हिन्द पॉकेट बुक्स

सत्य प्रकाश की यादगारी कहानियां

सत्य प्रकाश का जन्म 23 अप्रैल, 1954 में हुआ। इन्होंने व्यंग्य, कहानी, उपन्यास, कविता आदि विधाओं में तो बहुत लिखा है, साथ में कई टी. वी. सीरियलों, फ़िल्मों में पटकथा और गीत लेखन में भी लेखनी का लोहा मनवाया है। इन्हें अनेक साहित्यिक और सामाजिक पुरस्कार प्राप्त हो चुके हैं।

सत्य प्रकाश
की यादगारी कहानियां

सत्य प्रकाश

हिन्द पॉकेट बुक्स
एक पेंगुइन रैंडम हाउस कंपनी

हिन्द पॉकेट बुक्स

यूएसए। कनाडा। यूके। आयरलैंड। ऑस्ट्रेलिया
न्यू ज़ीलैंड। भारत। दक्षिण अफ्रीका। चीन

हिन्द पॉकेट बुक्स, पेंगुइन रैंडम हाउस ग्रुप ऑफ़ कम्पनीज़ का हिस्सा है,
जिसका पता www.hindpocketbooks.com पर मिलेगा

हिन्द पॉकेट बुक्स
पेंगुइन रैंडम हाउस इंडिया प्रा. लि.,
सातवीं मंजिल, इनफिनिटी टावर सी, डी एल एफ साइबर सिटी,
गुड़गांव 122002, हरियाणा, भारत

हिन्द
पॉकेट
बुक्स

प्रथम हिन्दी संस्करण हिन्द पॉकेट बुक्स द्वारा 2013 में प्रकाशित
यह हिन्दी संस्करण 2019 में प्रकाशित

10 9 8 7 6 5 4 3 2 1

ISBN 9789353492908

मुद्रक : रेप्लिका प्रेस प्रा. लि., इंडिया

www.hindpocketbooks.com

MIX
Paper from
responsible sources
FSC® C016779
FSC
www.fsc.org

अनुक्रमणिका

सम्मोहन

चन्द्रप्रकाश एक नास्तिक वैज्ञानिक था। उसके लिए कर्म ही पूजा थी। वह बचपन से ही अपने काम के प्रति समर्पित रहा। कॉलेज के दिनों से ही तमाम खूबसूरत लड़कियां उसके पीछे पागल रहीं। लेकिन उसने कभी भी उनकी तरफ ध्यान नहीं दिया। वैज्ञानिक होने के बाद लड़कियों की संख्या बढ़ती गई। लेकिन उसका सारा ध्यान अपने काम में लगा रहा। घरवालों से काफी दबाव पड़ने पर उसने रचना से शादी कर ली। वह रचना से बहुत प्यार करता था। रचना भी उसे बहुत प्यार करती थी। लेकिन रचना उसके लिए जरूरत से ज्यादा ''पॅजेस्सिव'' थी। हालांकि उसे चन्द्रप्रकाश पर पूरा भरोसा था। फिर भी वो अपनी आदत से मजबूर थी। वह वक्त-बेवक्त कभी भी लेबोरेट्री में फोन कर देती। देर रात आने पर परेशान हो जाती और उस पर सवालों के बौछार कर देती। लेकिन अगले ही पल चन्द्रप्रकाश का निश्छल प्यार पाकर अपने आप पर झुंझला उठती।

चन्द्रप्रकाश का प्यार देखकर उसके दोस्त यार भी उसे ''पत्नीव्रता'' कहकर चिढ़ाते रहते। लेकिन लोगों की बातों से परे उनका प्यार परवान चढ़ता रहा। तभी चन्द्रप्रकाश को खजुराहो और दूसरी ऐतिहासिक गुफाओं की जांच के लिए भेजा गया। वह अपनी टीम के साथ सबसे पहले खजुराहो गया। वहां अजीबोगरीब हादसे में उसकी मुलाकात मार्टिना नामक एक विदेशी पर्यटक लड़की से हुई। पहली मुलाकात में ही चन्द्रप्रकाश को ऐसा लगा कि जैसे वह मार्टिना को पहले से जानता हो। लेकिन दिमाग पर बहुत जोर डालने के बावजूद उसे कुछ याद नहीं आया। उसकी उलझन तब और बढ़ गई जब उसने मार्टिना की बातें सुनी। हालांकि मार्टिना पहली बार भारत

घूमने आई थी। लेकिन खजुराहो के बारे में उसने कुछ ऐसी बातें बताई जिन्हें सुनकर गाइड भी हैरान हो गया। मार्टिना और चन्द्रप्रकाश में ढेर सारी बातें हुई। दोनों के मन में एक दूसरे के बारे में जानने की उत्सुकता बनी रही। जब मार्टिना ने बताया कि वो बचपन से ही हिन्दुस्तान के बारे में तरह-तरह की बातें करती तो कई लोगों ने पुनर्जन्म की बात कही। पुनर्जन्म की बात को बेवकूफी की बात बताकर वो खूब हंसा।

लेकिन चन्द्रप्रकाश की वो हंसी, उसकी आखिरी हंसी बनकर रह गई। मार्टिना उसके दिलो दिमाग पर इस कदर छा गई कि वह खजुराहो की उन मूर्तियों में मार्टिना और खुद को पाता।

चन्द्रप्रकाश बम्बई वापस आ गया। लेकिन मार्टिना की यादों ने उसका पीछा नहीं छोड़ा। वह चाहे लेबोरेट्री में हो या घर में, हर वक्त मार्टिना के ख्यालों में खोया रहता। उसे खाने-पीने की भी सुध नहीं रही। काम में भी मन नहीं लगता। उसे कई बार विभागीय चेतावनी दी गई। घर में रचना ने कई बार इस बात को लेकर उससे झगड़ा भी किया। लेकिन चन्द्रप्रकाश पर कोई असर नहीं पड़ा। उसके इस व्यवहार से सब लोग परेशान हो गए। सबने चन्द्रप्रकाश को मशहूर मनोचिकित्सक डॉक्टर रूपारेल को दिखाने का फैसला किया।

डॉ॰ रूपारेल ने चन्द्रप्रकाश को सुसुप्तावस्था में ले जाकर उसके जीवन की अन्दरूनी बातें जाननी चाही। लेकिन इसका कोई फायदा नहीं हुआ। क्योंकि उन्हें कोई खास जानकारी नहीं मिली। लेकिन अगली ''सिटिंग'' में जब वो चन्द्रप्रकाश को ''हिप्नोटिज्म'' की मदद से ''ट्रान्स'' में ले गए तो चन्द्रप्रकाश पिछले जन्म की बातें बताने लगा। मार्टिना को जब मनोचिकित्सक ट्रांसवर्ल्ड में ले गया तो पता चला कि वो पुराने पाषाण युग जैसे एक कबीले में पहुंच गए। वहां उस समय मानव केवल छाल ही पहनता था। तब वहां सभ्यता उतनी ही विकसित हुई थी जैसे कि कुछ-कुछ राहुल सांकृत्यायन की किताब ''वोल्गा से गंगा तक'' के एक अध्याय में वर्णित है। वहां तब मां-बाप, भाई-बहन जैसे रिश्तों की सामाजिक मान्यता ही नहीं थी। जिस प्रकार वन्य जीव रहते थे वैसे ही मनुष्यगण भी रहते थे। बस

इतना अंतर था कि मानव समूहों में एक-एक नारी मुखिया के रूप में रहती थी। मार्टिना उस कबीले में एक मुखिया औरत के पेट से जन्मी थी और उसे शीबा कहा जाता था। उसी मुखिया औरत के पेट से जन्मा था, बीसू जो आज चन्द्रप्रकाश था। वहां उस समय संभोग कोई भी नर-नारी परस्पर में कर लेते थे। शीबा और मुखिया औरत दोनों बीसू पर आशिक थे। शीबा और मुखिया औरत मां-बेटी होते हुए भी एक दूसरे से बहुत जलन रखती थी क्योंकि वो दोनों बीसू पर मोहित थीं। औरत की सौतिया-डाह की भावना तो प्राकृतिक ही है, ये तब वहां भी थी। शीबा और बीसू के प्यार से एक नवजात शिशु का जन्म हुआ जिसे जलन में क्रोधित हो मुखिया औरत ने बाढ़ से भरी नदी में फेंक दिया और जिसे बचाने के लिए शीबा नदी में कूदी और वहीं डूब कर मर गई। बीसू ये सब जानकर इतना गुस्सा हुआ कि उसकी आंखें लाल हो गई। उनका मिलन अधूरा ही रह गया।

चन्द्रप्रकाश की बातें सुनकर डॉ॰ रूपारेल हैरान रह गए। उन्होंने "ट्रांन्स" में ही चन्द्रप्रकाश के अन्तर्मन में ये बातें भरनी शुरू की कि शीबा मर चुकी है। इसलिए अब उसे हमेशा के लिए शीबा को भूल जाना होगा।

डॉ॰ रूपारेल के इस ट्रीटमेंट का थोड़ा सा असर चन्द्रप्रकाश पर पड़ा। फिर भी रचना उसकी बीमारी के बारे में जानने की जिद कर बैठी। रूपारेल ने पिछले जन्म की बातें बताई तो रचना उस पर भड़क उठी। उसने पुनर्जन्म की बात मानने से साफ इन्कार तो कर दिया, फिर भी उसके मन में जाने-अनजाने एक भय समा गया। वह चन्द्रप्रकाश के साथ ज्यादा से ज्यादा समय बिताने लगी। वह हर पल उसका ख्याल रखती। उसे अपने साथ जगह-जगह घुमाने ले जाती। चन्द्रप्रकाश में भी थोड़ा सुधार होने लगा, रचना खुश हो गई। लेकिन उसकी खुशी ज्यादा दिन तक नहीं रही। एक दिन गेटवे के पास चन्द्रप्रकाश का सामना मार्टिना से हो गया। दोनों का प्यार फिर से जाग उठा। रचना हकीकत भांप गई। उसे डॉक्टर की बातें सच लगने लगीं। घर आकर चन्द्रप्रकाश को उसने प्यार से पिछले जन्म की बातें भूल जाने को कहा। चन्द्रप्रकाश ने पुनर्जन्म की बातों में विश्वास भी नहीं किया और ना ही मार्टिना को भूल पाया। वह उससे मिलने के लिए बेचैन

रहने लगा। एक दो बार उसे मिल भी आया। लेकिन इससे चन्द्रप्रकाश की बेचैनी घटने के बजाय और बढ़ गई। सोते वक्त वह चौंक जाता। कभी-कभी वह चीख उठता—"हमें इस गुफा से बाहर निकलना होगा।" उसकी हालत देखकर रचना और भी परेशान हो गई। उसकी मदद के लिए उसके मां-बाप भी आए। सब लोग मिलकर चन्द्रप्रकाश को वापस डॉ॰ रूपारेल के अस्पताल ले गए। गुफा वाली बात बताई तो डॉक्टर थोड़ा परेशान हो गया। उसने पुनर्जन्म वाली बात भी दुहराई। लेकिन डॉ॰ रूपारेल की बात पर यकीन करने के लिए कोई भी तैयार नहीं हुआ। तब डॉ॰ रूपारेल चन्द्रप्रकाश के "ट्रान्स" में कई जन्म पीछे चला गया।

तब वह एक खूबसूरत मूर्तिकार जगत था। मार्टिना की खूबसूरती की चर्चा राजदरबार में भी होती। वहां का राजा शादीशुदा होने के बावजूद उस लड़की के बारे में सोचता। वह लड़की थी—नर्मदा। एक बार नर्मदा को देखा तो वह बेचैन हो गया। उसने नर्मदा को उठवा लिया। लेकिन नर्मदा को महल भी नहीं ले जा सकता था। इसीलिए उसने नर्मदा को एक गुफा में कैद करवा दिया। बाहर सख्त पहरा बिठा दिया गया। उस खूबसूरत गुफा में ही नर्मदा की मुलाकात पहली बार जगत से हुई। जगत ने अपनी कल्पना से गुफा की दीवारों पर जिस लड़की की तस्वीर बनाई थी वो सामने थी। दोनों ही हैरान हो गए। फिर जगत दिन रात मेहनत करके नर्मदा की कई अवस्थाओं में मूर्तियां दीवारों पर बनाने लगा। इस दौरान दोनों का प्यार इतना आगे बढ़ गया कि दोनों ने गुफा से भागने का फैसला किया। पहरेदारों को चकमा देकर दोनों रात में भाग गए। लेकिन ज्यादा दूर भी नहीं गए कि नदी के पास घेर लिए गए। पकड़े जाने पर उन्हें बिछुड़ने का डर था। इसलिए दोनों ने एक साथ नदी में कूदकर आत्महत्या कर ली।

डॉक्टर ने "ट्रान्स" में ही चन्द्रप्रकाश को पिछली बातें भुला देने की कोशिश की। लेकिन वह जानते थे ये कई जन्मों का अतृप्त प्यार है। इसीलिए उन्होंने विडियो रिकार्डिंग सबको दिखाई। सब हैरान रह गए। डॉ॰ रूपारेल ने एक बार फिर पुनर्जन्म की बात दोहराई। लेकिन चाहकर भी कोई मानने को तैयार नहीं हुआ।

उधर मार्टिना की हालत भी कुछ ऐसी ही हो गई। वह हर वक्त चन्द्रप्रकाश के बारे में सोचती और मिलने की कोशिश करती। जब भी दोनों मिलते तो चन्द्रप्रकाश की हालत और भी खराब हो जाती। उसे लगता कि मार्टिना को कोई उससे छीन रहा है वह चीखने चिल्लाने लगता। उसकी हालत देखकर रचना और उसके मां-बाप उसे दूसरे मनोचिकित्सक के पास ले गए। शॉक ट्रीटमेंट भी दिया गया। लेकिन कोई फायदा नहीं हुआ। आखिरकार थक हारकर दुबारा डॉ॰ रूपारेल के पास ले गए। डॉक्टर ने पिछली बातें ही दुहराई तो रचना के पिता भड़क उठे। उन्हें विश्वास दिलाने के लिए चन्द्रप्रकाश को एक बार फिर "ट्रान्स" में ले जाया गया। चन्द्रप्रकाश ने रचना की छोटी बहन संजना की मौत और पुनर्जन्म की बात बताई। सब लोग अवाक् रह गए। ज्यादा पूछने पर संजना की मौत का दिन और पुनर्जन्म का चिह्न भी बता दिया। अब सभी लोग असमंजस की स्थिति में आ गए। घटनाक्रम यूं रहा धीरे-धीरे दिन बीतते गए। आखिर वो तारीख भी आ गई। सब लोगों ने संजना को उस दिन घर पर रोक लिया था। हर पल उसके साथ रहे थे। सुबह से शाम और शाम से रात होने को आ गई थी। लोगों का डर खत्म होने लगा था। सभी ने राहत महसूस करते हुए सोने की तैयारी थी। संजना बाथरूम में गई थी। उसका पैर फिसला। और सिर के बल गिर गई थी। उसकी मौत हो गई थी।

रचना पर एक और गम का पहाड़ टूट पड़ा। वक्त के साथ सभी का गम हल्का होने लगा और सबकी निगाहें पुनर्जन्म की तारीख पर अटक गई। उस दिन बताये गए घर में एक बच्ची का जन्म हुआ। उसके होठों पर भी संजना की तरह तिल थे।

अब सबको पुनर्जन्म में विश्वास होने लगा। लेकिन रचना चाहकर भी कोई फैसला नहीं कर पाई। एक तरफ खुद की बेटी की जिन्दगी का सवाल था तो दूसरी तरफ मार्टिना की पुनर्जन्म की हकीकत सामने खड़ी थी। इस असमंजस की घड़ी में काफी सोच विचार के बाद खुद ही फैसला करना तय किया। उसने चन्द्रप्रकाश और मार्टिना को मिलाने की सोची। ताकि मार्टिना को मोक्ष की प्राप्ति हो जाए और कम-से-कम अगले जन्म में तो चन्द्रप्रकाश उसे मिल जाए।

लड़के वाले, लड़की वाले

उन दिनों घर में बड़ी रौनक थी। श्यामलाल के लड़के की शादी थी। सारे रिश्तेदार बाहर से आए थे। कोई घर का दामाद था, कोई फूफा था, कोई मौसा था, कोई मामा था। नाश्ते-पानी, गपशप सब के दरम्यान ठहाकों की आवाजें गूंज रही थीं।

बारात गई, दुल्हन के साथ वापस आई। श्यामलाल बड़े खुश थे। अब उन्हें कोई चिन्ता न थी। उन्होंने लड़की की शादी तो पहले ही कर दी थी। बेटे सुधांशु की शादी हो जाने से उन्हें सुकून था। रिटायरमेंट के पहले ये काम हो जाने से वो और उनकी पत्नी श्यामा बड़े खुश थे। अब उन्हें रिटायरमेंट की कोई चिन्ता न थी। उन्हें लगा कि उनका गुजर बसर पत्नी के साथ पेन्शन में हो जाएगा।

घर में जो बहू आई थी लता, उसका मैका भी अच्छा था। उसके पिता भी नौकरीपेशा ही थे। उनका नाम था मोहनदास। लता शादी के पहले नौकरी करती थी। उसका वेतन लगभग साठ हजार रुपये प्रतिमाह था। मोहनदास ने शादी तय होते समय श्यामलाल को बता दिया था कि शादी के बाद लता नौकरी करेगी या नहीं इसका फैसला ससुराल वाले यानी पति सुधांशु और ससुर श्यामलाल करें।

अब लता ससुराल आ गई थी। शादी के लिए उसने जो छुट्टियां अपने ऑफिस से ली थीं वो खत्म होने को आ रही थीं। श्यामलाल लड़के की शादी से काफी उत्साहित और जोश में थे। उनका दिल सबसे ज्यादा तो इस बात से फूला नहीं समाता था कि लड़के की शादी उन्होंने अपने ढंग से

की थी। सुधांशु ने उन्हें उनके पूछने पर बता दिया था कि उसकी शादी वो चाहे जहां करें क्योंकि उसके अपने मन में शादी के लिए कोई विशेष लड़की नहीं है। आज के जमाने में महानगरीय जीवन में ऐसा बहुत कम होता है कि कोई लड़का या लड़की कहीं दिल से लगा न हो और शादी के लिए लड़की या लड़का तय करने का जिम्मा अपने मां-बाप को दे। श्यामलाल ने तमाम प्रस्तावों की छानबीन कर तमाम फोटुओं को देख, तमाम तरह की शर्तों को रख, मनमाना दहेज ले और लड़के के बाप के सभी अहम् को संतुष्ट कर लड़के की शादी की थी। उनके समधी मोहनदास के भी चूंकि केवल एक ही लड़की थी इसलिए उन्होंने श्यामलाल की शर्तों को मान उनके मुताबिक ही शादी की थी। श्यामलाल मोहनलाल को बात-बात में धौंस भी देते रहते थे कि वो लड़के वाले हैं, इसलिए वो बॉस हैं। मोहनदास को उनका बॉसपन दिखाना अच्छा तो न लगता था पर चुप रहते थे सोचते थे ... शादी हो जाने दो ... जुबान से क्या झगड़ा किया जाए। श्यामलाल को ग़रूर इस बात का था कि उनका लड़का इंजीनियर था। उस पर उसने एम॰बी॰ए॰ किया था और एक सरकारी प्रतिष्ठान में अच्छे पद पर था। सवर्णों में कम ही लड़के इस तरह के अच्छे पदों पर होते थे इसलिए उनकी जात बिरादरी में कई लोग उनके लड़के के साथ अपनी बेटी का ब्याह करने के इच्छुक थे। इस लिहाज से श्यामलाल की अपने समाज में बड़ी पूछ थी। बड़ी कद्र थी। तिस पर से उनके बेटे ने शादी तय करने की खुली छूट उन्हें दे रखी थी इसलिए उनका अहम् हिमालय की पहाड़ियों जैसी ऊंचाई पर रहता था। सुधांशु चाह कर भी अपने लिए कोई अच्छी लड़की तलाश न पाया था, न कहीं वो प्यार कर सका था क्योंकि दोनों तरफ से दिल के आदान प्रदान का मामला शादी के पहले जमा नहीं। ऐसे में उसने सोचा मां-बाप ही उसकी शादी करें, जैसा हिन्दुस्तानी परिवार में होता आया है। जैसी भी पत्नी भाग्य में लिखी हो आए।

खैर समय वो आ गया था, जब घर में ये फैसला होना था कि बहू नौकरी करे या न करे। श्यामलाल को ये लगा था कि फैसला उन्हें ही करना है क्योंकि अब तक बेटे सुधांशु ने अपनी जिंदगी के सारे फैसले

पढ़ाई लिखाई, कोर्स, शादी सब पिता से ही करवाए थे। सुधांशु का मन तो था कि लता नौकरी चालू रखे। नौकरी मिलती कहां है। साठ हजार रुपये माहवार की बात थी। बड़े शहरों में फ्लैट खरीदना, कार खरीदना, इनके लिए गए कर्जों की किश्तों का भुगतान करना रुपये की जरूरत तो हर पल लगी ही रहती है। अच्छी खासी आय को क्यों रोका जाए। पर अनुशासित और भारतीय संस्कार में पला बेटा सुधांशु पिता से मुख पर बहस नहीं कर सकता था। श्यामलाल इस पक्ष में थे कि बहू को नौकरी कराने की क्या आवश्यकता है। सुधांशु अच्छी नौकरी पर है, आज तक खानदान में किसी लड़की या बहू ने नौकरी नहीं की है। सुधांशु ने एक दो बार अपना विचार रखा कि अब जीवन की जरूरतें बदल गई हैं, बड़े शहरों में खर्चे का दबाव नौकरी को मजबूर कर देता था पर श्यामलाल को ये पड़ी थी कि उनके समाज जाति-बिरादरी में उनके हम उम्र क्या कहेंगे। बेटा उनके विचारों से असहमत होकर भी बहस करना उचित न समझ रहा था।

पर श्यामलाल के दिल को धक्का तब लगा जब उनकी पत्नी श्यामा ने उन्हें बहू लता का फैसला खाना खाने के दौरान गरम रोटी देते समय बता दिया जिसके अनुसार लता ने स्पष्ट शब्दों में संकेत क्या अपना निर्णय सुना दिया कि अगले सोमवार से वो अपने ऑफिस जाया करेगी। श्यामलाल ने अपने बेटे सुधांशु तथा पत्नी श्यामा की मार्फत लता बहू को कहलाया कि वो घर के मुखिया हैं और बहू द्वारा नौकरी करना अशोभनीय माना जाएगा, पर लता टस से मस न हुई, उसने तो इतनी दृढ़ता दिखाई कि इस बारे में बहस करने तक से मना कर दिया। उसके अनुसार ये फैसला उसकी निजी जिंदगी से ताल्लुक रखता था, वो स्वयं करेगी, और लोग क्यों इसमें दखलंदाजी कर रहे हैं। सुधांशु स्वयं को असहाय पा रहा था। शादी के बाद से ही घर में तनाव का प्रारंभ दृष्टिगोचर होने लगा था।

श्यामलाल ने लड़की के पिता यानी बहू के पिता मोहनदास से पहले फोन पर बात की फिर उन्हें घर पर तलब किया। उन्होंने लता को ससुराल के हिसाब से चलने की सलाह दी पर लता ने साफ-साफ कह दिया कि

नौकरी उसे बड़ी मुश्किल से मिली थी और वो पढ़ी-लिखी है वो अपना जीवन रसोई और घर की चाहरदिवारी में नहीं सीमित रखना चाहती है। वो इतनी 'आइडेंटिटी' रखेगी और कुछ करती रहेगी। लता ने पिता को भी अपने हिसाब से मना लिया।

श्यामलाल ने मोहनदास पर दोषारोपण किया कि ये शादी के पहले मानी गई शर्त के विपरीत था, क्योंकि शादी के बाद लता नौकरी करेगी या नहीं ये फैसला ससुराल वालों को करना था और लता मुकर रही है पर मोहनदास ने उन्हें समझाने का प्रयास किया कि शादी के बाद वर-वधू फैसला कर लें। अगर लता नौकरी करना चाहती है तो थोड़े दिन कर लेने के बाद में अगर मुश्किल होगी तो शायद लता नौकरी छोड़ दे, इस बात को इतना तूल न दें तो अच्छा है पर श्यामलाल न माने उन्होंने बुरा-भला कहकर मोहनदास को भी क्षुब्ध कर दिया। लता को अपना हक अपना अधिकार वाजिब लग रहा था। सुधांशु अंदर-अंदर लता की नौकरी के खिलाफ न था। नतीजा यह हुआ कि श्यामलाल की एक न चली और लता छुट्टी खत्म होने के बाद अपनी नौकरी पर जाने लगी। जाते समय सुधांशु उसे ऑफिस छोड़ देता और आते समय वो चार्टड बस से ऑफिस से घर आ जाती।

श्यामलाल ने जिंदगी का जो सपना पिछले कुछ दिनों से देखा था, वो बदला दिख रहा था। उन्होंने सोचा था लड़की लड़के की शादी हो जाने के बाद मन में कोई पारिवारिक तनाव नहीं होगा। उन्होंने समझा था कि 'रिटायरमेंट' सुकून से जाएगा और शेष जिंदगी शांति से कट जाएगी पर इंसान सोचता कुछ और है, होता कुछ और है। उन्होंने सोचा था रसोई में बहू काम करेगी, उनकी पत्नी श्यामा को राहत मिलेगी पर लता को दफ्तर जाना होता था। रसोई में जाने का समय नहीं वो सोचते थे वो बाबा अतिशीघ्र बन जाएंगे। पर लता अभी बच्चा ही नहीं चाहती थी, उसने गर्भपात करा लिया था।

शादी के बाद शनैः शनैः श्यामलाल व उनकी पत्नी यानी अपने मां-बाप से बेटा सुधांशु अलग होता जा रहा था। वो लता के साथ अपनी नयी

जिंदगी में ज्यादा रुचि ले रहा था। अब सुधांशु और श्यामलाल में आपस में बातचीत भी कम होने लगी थी।

श्यामलाल और उनकी पत्नी श्यामा ने पहले मान्यता मानी थी कि बेटे की शादी के बाद घर में सत्यनारायण की पूजा और कथा कराएंगे। एक रविवार को उन्होंने इसका आयोजन भी किया पर इस पूजा कथा में लता इसलिए सम्मिलित न हो सकी क्योंकि जिस कम्पनी में वो काम करती थी, उसका विदेशी पार्टनर भारत आया था और उसने अत्यावश्यक मीटिंग अपने भारतीय पार्टनर और स्टाफ के साथ एक फाइव-स्टार होटल में लंच के साथ रखी थी। लता को कम्पनी में जिम्मेदार ओहदा दिया गया था और वो कम्पनी में अपने अधिकारी तथा प्रबंधकों से छुट्टी न ले सकी। यहां तक कि जब सुधांशु ने भी उसे सत्यनारायण की कथा में सम्मिलित होने के लिए कहा तो लता का उत्तर था–"सुधांशु तुम तो आज की पीढ़ी के हो, आज के जमाने और वक्त के हो, ऐसी महत्त्वपूर्ण मीटिंग जिसमें निर्यात को दुगुना करने जैसे मसले पर विचार होना है मैं घर बैठूं और सत्यनारायण की कथा के नाम।"

पर सुधांशु बोला–"पर भगवान की पूजा छोड़कर।"

लता ज्यादा बहस नहीं करना चाहती थी, उसने संक्षिप्त उत्तर दिया–"भगवान से हाथ जोड़ कर माफी मांग लूंगी।"

बात आगे इसलिए नहीं बढ़ पाई क्योंकि उसी समय लता के पिता मोहनदास का फोन आ गया था। उन्होंने लता से हाल-चाल लेना चाहा था। मोहनदास ने फोन पर पूछा था–"लता इस रविवार को अगर तुम लोग घर पर रहो तो मैं मिलने आऊं।

लता ने कहा–"सॉरी पापा, मेरे ऑफिस में अर्जेंट मीटिंग है, इसलिए रविवार को मुझे ऑफिस जाना होगा। नहीं तो आप आते तो बड़ा अच्छा लगता। यहां घर में सत्यनारायण की पूजा भी है पर मैं शामिल नहीं हो पाऊंगी।"

अगले रविवार को मोहनदास मिठाई और फल लेकर श्यामलाल के यहां

हाजिर थे। दरवाजा श्यामलाल ने ही खोला था, उन्हें देखते ही मोहनदास ने उन्हें प्रणाम किया था–"नमस्कार भाई साहब। मुझे पता चला था कि आज आपके यहां पूजा है। भगवान की पूजा में हर कोई शरीक हो सकता है, मैं इसलिए प्रसाद लेकर आया हूं।

श्यामलाल ने मोहनदास के नमस्कार का उत्तर तो दिया पर कुछ बोले नहीं। वो काम-काज में व्यस्त हो गए। सत्यनारायण की पूजा हो गई थी। मोहनदास प्रसाद लेकर थोड़ी देर बैठे फिर चले गए थे।

वक्त गुज़र रहा था। श्यामलाल भी रिटायर हो गए थे और मोहनदास भी। श्यामलाल ने अपने मन को किसी तरह समझा-बुझाकर शांत कर लिया था पर झटके थे कि खतम नहीं हो रहे थे। वो स्वयं तो न बेटे सुधांशु से बात करते थे न अपनी बहू लता से। उनकी पत्नी श्यामा ही उन लोगों का समाचार दे देती थी।

एक दिन श्यामा ने श्यामलाल को बताया कि सुधांशु और लता अपने लिए नया फ्लैट बुक कर रहे हैं।

"क्यों यहां क्या तकलीफ है?" श्यामलाल के मुख से ये बात निकल गई।

श्यामा ने जबाव दिया–"ये मुहल्ला पुराना है, ये मकान गली में है, लता नए पॉश मॉर्डन एरिया में रहना चाहती है, लता कहती है कि यहां अड़ोस-पड़ोस अच्छा नहीं है। लता का तो कहना ये है कि बच्चा भी वो तभी चाहेगी जब वो अपने नए घर में शिफ्ट हो जाए।"

श्यामलाल का तो ये बातें सुनकर गला तक सूख गया। अब तो ईश्वर से मन ही मन ये प्रश्न ऐसे मौकों पर पूछने लगते थे कि उनका अपराध क्या था जो वो बुढ़ापे की दहलीज पर ये कष्ट भोग रहे थे। उन्होंने सुधांशु को वापस पाने की उम्मीद ये बात सुनकर छोड़ दी। उन्हें लगा अब तक लड़का बहू घर में अनजान थे, बात चाहर दीवारी में छिपी थी पर अब तो सारी दुनिया जान जाएगी कि बेटा-बहू उनसे अलग हो चुके हैं।

कुदरत ने इंसान के शरीर को क्षिति, जल, पावक, गगन व समीर से मिलाकर बनाया है। ये सब तत्त्व खुले रहते हैं। इनसे बना शरीर सब कुछ

सह लेता है। वैसे समस्याएं भी मन के सोचने के दृष्टिकोण हैं। पर एक विचार, एक संस्कृति के हिसाब से कई वर्ष जीने के पश्चात् इंसान का मन केवल अपने विचारों को ही सही समझने लगता है, शेष को गलत। फिर जब उसके मन के अनुसार कुछ नहीं होता है तो उसे कष्ट होने लगता है। सुधांशु सही था, लता सही थी, श्यामलाल सही थे या कौन गलत है ये बात दीगर थी। बात बस इतनी सी थी कि एक छत के नीचे रह रहे एक ही परिवार के खून के रिश्ते से बंधे लोगों के विचारों में विभिन्नता आ गई थी। ये विभिन्नता जहर के एक कड़वे घूंट की तरह हो गई थी जो कुछ लोगों के गले नहीं उतर रही थी।

फिर भी पत्थर को सीने पर रख, श्यामलाल और श्यामा ने, सुधांशु और लता का उनका पुश्तैनी घर छोड़ कर अपने नए घर में जाना बर्दाश्त कर लिया था, वैसे और कोई चारा भी नहीं था।

मोहनदास कभी-कभी श्यामलाल जी के पास आते थे। श्यामलाल उनको चाय-पानी तो कराते थे, पर रिश्ते में कोई गर्मी नहीं दिखाते थे। उन्हें लगता था मोहनदास के ही कारण उनका घर टूटा है, बेटा बाप से अलग हुआ है। मोहनदास क्या बोलते, मौन रहते।

उधर लता और सुधांशु नए घर में खुश थे। कालांतर में उनके यहां बेटा भी हुआ। बाद में वे लोग श्यामलाल के पास पैर छूकर आशीर्वाद लेने भी आए। श्यामा ने प्रसव के समय लता को सहारा भी दिया। सुधांशु और लता ने स्विफ्ट कार भी खरीद ली थी।

लेकिन मनमुटाव तो चलते-चलते रोज़ की जिंदगी का ढर्रा ही बन गया था।

इन्हीं मुसीबतों में श्यामलाल को दिल का दौरा पड़ा और उन्हें आई.सी.यू. में एडमिट होना पड़ा। शुरू में सुधांशु आया, लता भी आई पर नौकरी में अत्यधिक व्यस्त तथा छोटे बच्चे के लालन-पालन की वजह से वो लोग श्यामलाल को ज्यादा 'अटेन्ड' नहीं कर पाए। सुधांशु लता को जब कई बार चलने के लिए कहता तो एकाध बार लता अस्पताल चलती। उसके बच्चे

को देखकर श्यामलाल को थोड़ी खुशी मिलती पर लता बच्चे को 'इन्फेक्शन' के डर से अस्पताल न लाती। सुधांशु के मन में एक बात घर कर गई कि लता ने उनके पिता की बीमारी में उसका साथ नहीं दिया।

पर मोहनदास ने श्यामलाल की बीमारी में उनका बड़ा साथ दिया। मोहनदास रात-रात भर जाग कर अस्पताल में श्यामलाल का ख्याल रखते। शुरू-शुरू में श्यामलाल को लगा कि मोहनदास उनकी सेवा का नाटक कर रहे हैं, पर मोहनदास की मेहनत और लगन देख कर श्यामलाल बहुत प्रभावित हो गए थे। वो अपने घर से बनवाकर खाना, नाश्ता लाते, दौड़कर दवाइयां लाते, दवाई देने के समय का ख्याल रखते श्यामा को बड़ी राहत लगी। अगर मोहनदास का साथ न मिलता तो मुसीबत की ये घड़ी पार करना मुश्किल थी। अब तो दो समधियों में आपस में खूब गपशप होती–

मोहनदास–"भाई साहब मुझे आज भी ये बात कचोटती है कि मैंने आपको बोला था लता शादी के बाद नौकरी करेगी या नहीं ये फैसला ससुराल वाले करेंगे पर ऐसा हुआ नहीं मुझे आत्मिक क्लेश होता है।"

श्यामलाल–"इसमें आपका कोई दोष नहीं ये तो सुधांशु और लता का आपसी फैसला था।"

मोहनदास–"भाई साहब आपको पता नहीं मैंने लता को किस तरह से पाला है, बचपन में ही इसकी मां का स्वर्गवास हो गया था, मैं अपनी नौकरी भी संभालता था, लता का भी पालन-पोषण करता था, गृहस्थी भी देखता था, सरकारी दौरे पर भी जाता था, लता को मां का भी प्यार बांटता था। ऐसे माहौल में लता एकाकीपन की आदी हो गई। उसे शायद अकेले रहने में चाव आने लगा। शायद यही उसके व्यक्तित्व का अंग बन गया। उसका मनोविज्ञान ही ऐसा हो गया वो अपनी संतुष्टि ही सर्वोपरि समझने लगी।"

श्यामलाल–"छोड़िये इन बातों को पर हम आपके बड़े शुक्रगुजार हैं, आपने हमारा बीमारी में इतना ख्याल किया।"

मोहनदास–"भाई साहब एक बात कहूं हम लोग हम उम्र हैं, आज के

जमाने का कोई भी अपने बुजुर्गों को समय नहीं दे सकता। पर हमें चिंता नहीं करनी चाहिए, हमें इसका सामना करना चाहिए, आखिरकार मैं भी रिटायर, आप भी रिटायर, अगर हम एक दूसरे की मदद करें तो हमें औरों के आगे सर झुका कर देखना न पड़े। आपका बेटा है और मेरी बेटी है। वो पति-पत्नी हैं अगर उनके पास हमारे लिए समय नहीं है और हमारे आपके पास समय है तो क्यों नहीं हम एक दूसरे का ख्याल रखें। आपस में एक दूसरे की मदद हम क्यों न करें, लड़के-लड़की की आड़ में हम क्यों दुश्मन बनें।''

श्यामलाल ने उनकी बातों में हामी भरी। बातें करते-करते उनका ध्यान मन ही मन उस बात पर चला गया जब उन्होंने कई साल पहले मोहनदास से अपने लड़के सुधांशु की शादी के समय दहेज के नाम पर अच्छी रकम ऐंठी थी। उस रकम का एक पैसा भी उन्होंने स्वयं हाथ नहीं लगाया था, सारा का सारा बेटे-बहू के नाम कर दिया था। बेटे-बहू ने आज तक उनका किसी बात पर कोई एहसान नहीं माना था। श्यामलाल को अब इस समय ये विचार आ रहा था कि बेवजह उन्होंने मोहनदास को लड़की वाला समझ उन्हें दबाया, परेशान किया और शोषण किया।

मोहनदास ने थोड़ी देर तक और बातें कीं, फिर वो चले गए थे। उनके नित्य आ जाने से श्यामलाल का अस्पताल में समय अच्छे से गपशप करते कट जाता था।

वक्त और गुज़रा। श्यामलाल ठीक होकर अपने घर वापस आ गए थे। मोहनदास और श्यामलाल रोज मिलते थे। या तो श्यामलाल उनके घर चले जाते थे या मोहनदास ही श्यामलाल के यहां चले जाते थे। श्यामा भी साथ रहती थी।

एक बार मोहनदास की तबियत खराब हो गई। उनका लीवर क्षतिग्रस्त हो गया था। डॉक्टरों की सलाह पर उन्हें अस्पताल में अतिशीघ्र एडमिट करना पड़ा था।

इस बार श्यामलाल और श्यामा ने बागडोर संभाली। इन लोगों ने उनके परहेजी खान-पान, दवा, इन सबका ख्याल रखा। लता और सुधांशु आए पर आपस में कुछ मनमुटाव हो गया था। जब लता ने सुधांशु को अपने

पापा मोहनदास को देखने के लिए अस्पताल चलने को कहा तो सुधांशु ने व्यंग्य बाण कस दिया–"जब मेरे पापा बीमार थे, उन्हें दिल का दौरा पड़ा तब तुम कितनी बार उन्हें देखने चली थीं।"

लता ने महसूस किया कि सुधांशु बदला ले रहा था। आपसी रंजिश के कारण लता और सुधांशु मोहनदास का अस्पताल में ख्याल न रख सके।

पर श्यामलाल और श्यामा ने मोहनदास को किसी तरह की कोई कमी, कष्ट या तकलीफ़ नहीं होने दी।

अस्पताल में जब मोहनदास की तबियत संभल गई तो उनके और श्यामलाल के बीच गपशप का सिलसिला फिर शुरू हो गया था–

श्यामलाल–"ऐसा लगता है हम लोग एक दूसरे की मदद के लिए ही रिश्तेदार बने थे–बेटी-बेटों की शादी तो बहाना थी।"

मोहनदास–"मैं तो अपने बुढ़ापे की सोच से डरता था। मेरे कोई बेटा तो था नहीं...पर आपको पाके। भाभी जी का स्नेह पाके मेरा बुढ़ापा तो संवर गया।"

श्यामलाल–"अगर आप जवान होते तो आपके लिए हम रिश्ता भी देखते पर अब बुढ़ापा ज्यादा संवार भी नहीं सकते।"

श्यामलाल के मज़ाक पर मोहनदास और श्यामा दोनों हंसे थे।

श्यमा बोली–"आप दोनों तो भाई-भाई लगते हैं।"

मोहनदास–"हमें भाभी के अलावा किसी तीसरे की जरूरत भी नहीं है।"

श्यामलाल–"सच, समझ नहीं आता क्यों लोग लड़का वाला, लड़की वाला ये सब सोचकर आपस में अहम लाते हैं, टकराव होता है। अपना बुढ़ापा खराब करते हैं, बच्चों का क्या, वो तो अपने में मियां-बीबी बन मस्त रहते हैं, पिसते हैं बूढ़े मां-बाप आपसी द्वेष, मतभेद से–अगर समधीगण भाई-भाई का व्यवहार करें, मिल कर रहें, तो कष्ट कम हो जाएं। कितनी सहूलियतें हो जाएं, जिंदगी कैसे आराम से कट जाए, सहारे के लिए भटकना ही न पड़े।

मोहनदास की आंखें नम हो आईं थीं।

अनहोनी की होनी

अनिल जब अपने ऑफिस से लौटा तो अनिता एक पत्र पढ़ रही थी।

"हाय!" अनिल ने ब्रीफकेस रखा और जूते उतारते हुए बोला।

अनिता ने उसके जबाव में–'हाय' कहा था पर आवाज थोड़ी धीमी थी।

अनिल क्या कोई भी अनिता के उत्तर देने के ठंडेपन पर टिप्पणी करता, वो तो खैर उसका पति ही था।

मोजों को पैरों से निकाल कर जूतों में खोंसते समय अनिल ने कह ही दिया–"अरे भई किसकी चिट्ठी है, इतनी तल्लीनता से पढ़ी जा रही है।"

"मंजू की"–अनिता ने जवाब दे दिया था पर अब भी उसकी आंखें बाईं तरफ से दाईं तरफ चिट्ठी के हर वाक्य को पढ़ती जा रही थीं।

"कौन मंजू"–जब तक अनिल ने ये प्रश्न किया था तब तक अनिता चिट्ठी पढ़ कर लिफाफे में बंद करने लगी थी। उसने पत्र पढ़ने के बाद एक दीर्घ निःश्वास छोड़ी थी।

"अनिल तुम मंजू को भूल गए। हमारी शादी में उसी ने ही तो तुम्हारे जूते चुराए थे जिसको वापस पाने के लिए तुमने पांच हज़ार रुपए दिए थे।"

–"पर वो तो तुम्हारी कोई रिश्तेदार थी–शायद दूर की बहन।"

–" रिश्तेदार से ज्यादा दोस्त–उसकी चिट्ठियों में सभी दोस्तों की खबर रहती है। हम लोग साथ-साथ पढ़े भी तो हैं।"

–"होगी खैर–चलो चाय तैयार करो।"

–"पर तुमने पूछा नहीं चिट्ठी में क्या लिखा है।"

–"तुमने बता ही दिया कि तुम्हारे दोस्तों का हाल-चाल है।"

–"पर मंजू तो एक तरह से तुम्हारी साली ही हुई"

–"मैं जरूरत से ज्यादा रिश्ते नहीं बनाता।"

–"अच्छा मैं चाय का पानी गैस पर रख के आई।"

अनिता ये कह कर जब किचेन में घुसी तो चाय बना कर ही बाहर निकली। जब तक वो कप में चाय निकाल पाई थी तब तक अनिल भी कुर्त्ता-पैजामा पहनकर हाथ मुंह धोकर आ गया था। चाय के कप को अनिता के हाथ से लेकर उसने पहले एक चुस्की ली फिर केन की कुर्सी को खींच कर बैठते हुए बोला–

"अनिता चाय तो तुम अच्छी बना लेती हो–तुम भी तो लो।"

–"नहीं मैंने ऑफिस से आते ही एक कप चाय पी ली थी। उसके बाद ही मैंने लेटर बाक्स से ये पत्र निकाला था।"

–"फिर भी आधा कप ही सही–मेरे साथ के लिए..."

–"हां तुम कह रहे थे कि तुम जरूरत से ज्यादा रिश्ते नहीं बनाते क्यों?"–अनिता ने भी आधी कप चाय हाथ में होल्ड कर केन की कुर्सी को उसकी कुर्सी के पास खींचते हुए कहा।

अनिल रिश्तों की बात पर टिप्पणी नहीं चाहता था। उसने बात को बदलते हुए कहा–

"लगता है तुम आज ऑफिस से जल्दी आ गईं। नहीं तो अपना चाय का प्याला साथ-साथ ही तैयार हुआ लगता है।"

–"हां आज गणेश-चतुर्थी का विसर्जन है। इसलिए छुट्टी थोड़ा जल्दी हो गई।"

–"अरे हां, हमारे यहां भी यही रिवाज है, तभी ऑफिस का काफी स्टाफ चला गया था–मैं काम में इतना मशगूल था कि मुझे पता ही नहीं चला।"

–"अच्छा हां, तो बात तो रह ही गई।"

–"कौन सी"

–"यही कि तुम जरूरत से ज्यादा रिश्ते नहीं बढ़ाते क्यों?" ... फिर तो तुम दोस्त यार ज्यादा नहीं रखते होंगे। हां अब याद आया शादी में तुम्हारे इर्द-गिर्द तुम्हारे साथ ज्यादा दोस्त क्यों नहीं थे।"

–"देखो शादी में दोस्त नहीं आए क्योंकि उन्हें छुट्टी नहीं मिली। रिश्तों के बारे में मेरा ख्याल ये है कि रिश्ते उतने ही बनाओ जितने निभ सकें। रिश्तों के साथ उम्मीदें जुड़ती हैं उम्मीदों का घेराव चाहतें करती हैं, फिर चाहत पूरी न होने पर निराशा होती है, निराशा में मन-मुटाव हो जाता है फिर दुश्मनी हो जाती है। तब लगता है रिश्ता इस हद तक गया ही क्यों? इसलिए अच्छा है रिश्ता ही कम से कम रखा जाए। जितने रिश्ते कम होंगे उतने ही दुश्मन कम।"

अनिता ने बात को उतनी गंभीरता से लिया नहीं था। उसे अभी जिंदगी का तर्जुबा कम था। उसने अनिल की बातों को गहराई से समझा नहीं था। दरअसल उन दोनों की शादी के अभी ज्यादा दिन नहीं गुजरे थे। उनका दाम्पत्य जीवन अभी शैशवकाल में ही था। अनिता ने हंसते हुए कहा–"ओफ्पोह अनिल। रिश्तों को लेकर इतना गहन अध्ययन ... वाह।"

तब तक सात बजे की स्टार न्यूज का समय हो चुका था। अनिल ने उठ कर 'रिमोट' ढूंढा और टी.वी. ऑन करके चैनलों के नम्बर बदलने के लिए उंगलियों को नम्बरों पर दबाते हुए कहा–"सात बज रहा है। न्यूज़ सुन ली जाए।"

अनिल की उस दिन की बात सुनकर अनिता को ये दुःख जरूर हुआ था कि उसकी कज़िन सिस्टर और उसकी दोस्त मंजू से अनिल ने क्यों रिश्ता रखने में आनाकानी की। अनीता मंजू को बहुत अच्छी लड़की, सहेली और बहन की तरह मानती थी। वो यही सोचकर रह गई कि–काश! अनिल मंजू को अपना लेता और उसमें कुछ रुचि ले लेता।

वक्त गुजरता गया। वे दोनों दफ्तर जाने वाले दम्पत्ति थे। उन्होंने शुरू में फैसला किया कि बच्चे थोड़ी देर बाद हों तभी ठीक रहेगा, कम से कम अनिता की नौकरी तो स्थायी हो जाए अन्यथा प्रसव की छुट्टी लम्बी होने से नौकरी के स्थायित्व में खतरा पड़ सकता है। एक दो बार अनिता

का गर्भ भी ठहरा पर गर्भपात कराना पड़ा। लेकिन चूंकि गॉइनाकालोजिस्ट तजुर्बेकार नहीं थी, इसलिए एक गड़बड़ी अनिता के गर्भाशय में ऐसी पैदा हो गई कि बाद में अनिता गर्भ ही धारण न कर पाती थी। अनिल और अनिता अक्सर अब इस इलाज के सिलसिले में तमाम डॉक्टरों का चक्कर लगाने लगे थे।

मंजू की चिट्ठियां अनिता के पास अक्सर आती रहती थीं। अनिता अपनी सारी समस्याएं मंजू को पत्र में लिखती रहती थी और मंजू अपनी जीवनी अनिता को अपने पत्रों के माध्यम से अवगत कराती रहती थी। हर पत्र में अनिता को मंजू की तरफ से ''जीजाजी को मेरा विशेष नमस्कार' ये लिखा मिलता। वैसे तो अनिता भी हर पत्र में मंजू को इस नमस्कार का 'जीजाजी की ओर से साली मंजू को नमस्कार' लिख उत्तर देती थी पर जीजा अनिल नमस्कारों के इस आदान-प्रदान से अनभिज्ञ था। मंजू को क्या पता कि अनिल को रिश्तों में भी कंजूसी का अहसास था। अनिता सौहार्दता और तकल्लुफ का ख्याल चिट्ठियों में निभा दिया करती थी।

लेकिन एक दिन की चिट्ठी ने अनिता को झकझोर दिया था। मंजू ने यूं तो पहले कुछ चिट्ठियों में लिखा था कि इन दिनों उसकी तबियत कुछ खराब रहने लगी है और उसने अपने कॉलेज में छुट्टी ले ली है पर आज के पत्र से अनिता को पता चला कि मंजू का इलाज तो चंड़ीगढ़ में आगे नहीं हो पाएगा और डॉक्टरों ने उसे टाटा अस्पताल मुंबई में इलाज के लिए 'रिफर' किया है। जिस कॉलेज में मंजू पढ़ाती है वहां 'लीव वैकेन्सी' में उसकी जगह दूसरी अध्यापिका अस्थायी तौर पर रख कर उसकी लम्बी छुट्टी अनुमोदित कर संस्तुत कर दी गई है। मंजू अगले मंगलवार को गोल्डन टेम्पिल मेल से मुंबई आ रही थी।

अनिल का ये सुनते ही मूड ऑफ हो गया था कि अनिता की सहेली, दूर के रिश्ते में बहन तथा 'सो कॉल्ड' उसकी साली मंजू बम्बई आ रही थी। उसको बुरा ये लग रहा था कि ले दे के दो छोटे-छोटे कमरों का तो घर था, मियां-बीबी किसी तरह गुजर-बसर कर रहे थे अब तीसरा यहां कैसे रह लेगा। उनकी डिपॉजिट और मासिक भाड़े की औकात या हैसियत

इससे ज्यादा बड़ा घर लेने की इजाजत नहीं देती थी। ये तो अच्छा था कि अनिता की नौकरी के कारण वो थोड़ा ज्यादा डिपॉजिट और भाड़ा दे सकने की स्थिति में था, इसलिए घर एक अच्छे एरिया में भाड़े पर मिल गया था, वरना छोटे स्तर की कॉलोनी में भी जाना पड़ता। वहां आवागमन और कठिनाइयों वाला हो सकता था।

"तुम लिख दो। हम लोग कहीं बाहर जा रहे हैं–" जब अनिता ने अनिल को मंजू के आने के बारे में बताया था तो अनिल ने झल्ला कर कहा था।

"कैसे इतनी निष्ठुर हो जाऊं अनिल। तुम रिश्ते बना नहीं सकते तो मैं रिश्ते तोड़ नहीं सकती...वो इलाज के लिए आ रही है, उसकी जान पर बनी है और मैं मुंह मोड़ लूं, झूठ बोल दूं... हम गांव के खेतों, खलिहानों में साथ-साथ नाच गा चुके हैं, हमने साथ में मस्ती की, जिंदगी गुजारी है मेरा ज़मीर नहीं इजाजत देगा कि मैं उसे धोखा दूं, उसके विश्वास को तोड़ूं"–अनिता ने जब ये सब कहा तो उसकी आंखें नम हो आई थीं।

वो दिन भी जल्द ही आ गया था जब अगले दिन सवेरे मंजू आने वाली थी। अनिता को न मानने का शक तो था फिर भी उसने अनिल से कह ही दिया–मुझे इस शहर का ज्यादा आइडिया भी नहीं है। अगर तुम मेरे साथ मंजू को स्टेशन से ले आने के लिए चल सकते..."

"तुम ऑफिस के लिए तो आती जाती ही हो–बस मुंबई सेन्ट्रल लोकल स्टेशन पर उतर जाना। मुंबई सेन्ट्रल मेन स्टेशन के साथ लगा है। दरअसल अगर हम ज्यादा मेहमान नवाजी दिखाएंगे तो उम्मीदें बढ़ जाती हैं दूसरे मेहमान परच जाता है फिर वो जाने का नाम नहीं लेता"–अनिल को मंजू में जरा भी रुचि नहीं थी, इन बातों ने ये बात जाहिर कर दी थी।

"ओफ्पोह! उम्मीद ... परच ... ये इन बातों का समय नहीं है अनिल। मेरा भी तो इस घर पर कुछ हक है ... मैं भी तो कमा रही हूं।"

अनिल को ये बात सुन कर आश्चर्य हुआ था। उसकी निगाहें जो नीची थीं वो एकाएक ऊपर हो गई थीं। अनिता को भी लगा कि वो कुछ ज्यादा बोल गई थी। उसने फिलहाल बात का रुख ये कहकर मोड़ दिया–"अच्छा

मैं मंजू को तो स्टेशन पर रिसीव कर लूंगी मेरे ऑफिस की एक कॅलीग (साथी) मेरे साथ रहेगी पर तुम जल्दी से जल्दी टाटा अस्पताल के डॉक्टर से एप्वायेंटमेन्ट ले लेना। जितनी जल्दी उसका इलाज हो जाए उतना अच्छा। वो जल्दी वापस चली जाएगी—ये तुम्हारी ही फिलास्फी (दर्शन) है।"

अनिल ने इधर उधर सिर हिला दिया था। अनिता का भी घर था, वो भी कमा रही थी—इन बातों नें उसे सन्न कर दिया था।

अगले दिन मंजू उसके घर आ गई थी। अनिल और मंजू आमने-सामने बैठे थे। अनिता किचन में चाय-नाश्ता बनाने चली गई थी।

"आप अकेले ही आईं—" कुछ न बोल कर मौन तोड़ने का प्रयास ये कहकर अनिल ने कर दिया था। घर आए मेहमान के सामने कुछ न कुछ तकल्लुफ तो करना ही था।

"हां जीजाजी, मम्मी को मैंने अपनी बीमारी के बारे में कुछ बताया नहीं उन्हें तो यही बताया कि कॉलेज की ओर से एक ट्रेनिंग प्रोग्राम के सिलसिले में मुझे मुंबई आना पड़ा। उनकी तबियत वैसे भी खराब रहती है। मेरी बीमारी सुन उनकी बीमारी भी बढ़ जाती और मैं उन्हें लेकर कहां-कहां चलती।" मंजू ने इतना ही कहा था कि अनिता चाय लेकर वहां आ गई थी।

अनिल ने पूछा—"और कोई।"

मंजू ने तीनों कपों में चाय उड़ेलते हुए कहा—"और कोई इस विचारी का कहां है इस दुनियां में। बस मैं और इसकी मम्मी।"

"और अनिता की मार्फत आप"—मंजू ने ये कहकर चाय का घूंट सिप कर लिया था। अनिल मंजू की इस बात का क्या उत्तर दे, वो सोच नहीं पाया। उसने भी गर्म चाय की एक चुस्की ले ली। उसके मौन से अनिता ने राहत की सांस ली थी, क्योंकि उसे डर था कहीं अनिल मंजू के सामने कुछ उल्टा-पुल्टा न बोल दे।

सहानुभूति का एक हल्का सा झोंका अनिल के मन में लहराया था जिसके तहत वो इतना ही बोला—"मैं डॉक्टर से एप्वायंटमेंट अतिशीघ्र लेने

का प्रयास करता हूं। चलता हूं ऑफिस की तैयारी के लिए।" मंजू बाथरूम चली गई थी।

तब तक अनिल चाय भी पी चुका था। वो उठकर बेडरूम में गया और ऑफिस में जाने वाले कपड़े, जूते वगैरह लाकर ड्राइंग रूम में रखने लगा। अनिता उसे इस प्रकार की तैयारी करता देख कर बोली–"तुम वहीं तैयार हो लेना मंजू उस समय बेडरूम में नहीं जाएगी।"

पर अनिल ने उसी तरह के मूड़ में कहा–मेरा बिस्तरा भी शाम को यहीं ड्राइंग रूम में "सो कॉल्ड" हॉल में लगवा देना। अब हनीमून खत्म। तुम लोग बेडरूम में रहना।"

अनिता ने कहा– "इतनी आफत नहीं है जितना तुम अति कर रहे हो। हम तुम बेडरूम में और मंजू ड्राइंग रूम में भी सो सकते हैं।"

"फिर तो वो हमेशा के लिए यहीं रह जाएगी"–ये कहकर अनिल तैयार होने बाथरूम में चला गया था।

अनिल ने ऑफिस जाते ही टेलीफोन पर बातचीत करके कुछ जान-पहचान का फायदा लेकर डॉ॰ से मंजू की मुलाकात का एप्वायंटमेंट फिक्स करा दिया था। अब सवाल उठा था कि मंजू के साथ डॉक्टर के पास कौन जाए। अनिता को अनिल से इसके लिए प्रार्थना करनी पड़ी–"अनिल प्लीज़ मुझे ऑफिस से छुट्टी नहीं मिलेगी ... अगर तुम पहली बार मंजू को डॉक्टर से मिलवा दो। बाद में जब भी जाना होगा मैं तुमसे नहीं कहूंगी, कुछ नहीं पाएगा तो अपने ऑफिस की साथिन नीलिमा को कह दूंगी जो मंजू के साथ अस्पताल चली जाया करेगी। प्लीज मना मत करना, जिंदगी और मौत का मामला है।"

अनिल उसकी इस चिचौरी को ठुकरा न पाया था। जितना ही वो अनिता से बचना चाहता था, उतनी ही उसके निकट होने की गुंजाइश पैदा होती जा रही थी।

अनिल के ऑफिस की डेस्क ऐसी थी कि वो छुट्टी ले सकता था। उसका काम ऐसा था कि वो दफ्तर के काम से बाहर जा सकता था और

अपना प्राइवेट काम भी निपटा सकता था। अनिल मंजू के साथ डॉक्टर के पास गया था। वो मंजू को अस्पताल के उन काउंटरों और डॉक्टरों से मिलवाने, बताने में सफल हो गया था जहां मंजू को अपने इलाज के सिलसिले में बार-बार आने वाले दिनों में जाना था। हर जगह समस्या यही खड़ी हो जाती थी कि लोग मंजू को उसकी पत्नी मान लेते थे। उसे रह-रहकर स्पष्टीकरण देना पड़ता था कि मंजू उसकी बीबी नहीं, उसके बीबी की रिश्ते में लगने वाली बहन थी। उसे ये एक अजब सी झल्लाहट लगी थी।

मंजू का इलाज शुरू हो गया था। कुछ दिन तक तो अनिता या अनिता की दोस्त नीलिमा मंजू के साथ अस्पताल वगैरह जाती रहीं पर बाद में मंजू को रास्ते तथा लोकल ट्रेन, बस, टैक्सी, पैदल मार्ग सबसे वाकफियत हो गई थी। नतीजन उसे अकेले जाने में कोई कठिनाई नहीं थी। बस ये था कि वो फिलहाल एक मरीज थी। उसके चेहरे से कोई बता नहीं सकता था, भांप नहीं सकता था कि उसको गले का कैन्सर था। डॉक्टरों ने इतना ही कहा था कि अभी मर्ज की एकदम शुरुआत ही थी इसलिए इलाज संभव था। उसे एक ऑपरेशन से गुज़रना पड़ा और बाद में उसकी केमोथेरापी, रेडियोथेरापी होनी थी। रेडियोथेरापी का इलाज कुछ महीनों तक चलना था, इस कारण उसे अनिता के घर में रुकना पड़ा।

अनिता की कोशिश यही थी कि मंजू को उसके यहां कोई तकलीफ न हो। वो मंजू के खान-पान का भी ख्याल रखती। मंजू के लिए चिकन, गोश्त, अंडा, दूध, मेवा ये सब वो इंतजाम करती रहती ताकि मंजू को कड़वी तथा तेज दवाओं के सेवन से हो रही शारीरिक कमजोरी के मिटने में कठिनाई न हो। अनिता की ये दिली इच्छा थी कि मंजू उसके घर से जब वापस जाए तो पूर्ण रूप से स्वस्थ होकर और किसी को पता भी न चले कि मंजू को कैंसर भी था। अनिता को यही चिन्ता थी कि अगर मंजू का इलाज ठीक-ठाक हो गया तो इसके लिए उचित वर तलाशा जा सकता था, जिससे उसकी शादी की जा सकती थी। अनिता के मन में ये भी विचार आता कि मुंबई बड़ी जगह थी और यहां मंजू के लिए उपयुक्त वर के प्राप्ति की गुंजाइश थी।

उसके मन में विचार आया कि अनिल से मंजू की शादी के लिए उचित वर की तलाश के लिए बात करे पर उसकी हिम्मत न हुई। अनिल के रुख का क्या भरोसा, वो कहेगा अभी इलाज हुआ नहीं और डॉक्टर के ढाढ़स बढ़ा देने से शादी की बात सोचना एक तरह का बचकाना ख्याल ही था। डॉक्टर लोग तो हमेशा आशावादी बातें ही करते हैं। मंजू के केस में डॉक्टर ने बड़े आत्मविश्वास के साथ कहा था कि ऑपरेशन सफल हुआ था और रेडियोथेरापी से पूरा इलाज शर्तिया होने वाला था। फिलहाल अनिता के मन में अनिल से कुछ कहने में डर ही था क्योंकि उसके मन में ये बात घर कर गई थी कि अनिल को मंजू का उसके घर में रहना एकदम नहीं सुहाता।

लेकिन इंसानी मन का कोई ठिकाना नहीं है। मंजू की बीमारी के प्रति अनिल के मन में सहानुभूति जाग ही उठी थी। वो यौवन की चोटी पर अब भी थी। जवान उमर में कैंसर जैसा मर्ज़ ... ये सोचकर और मंजू की सिधाई अर्थात् सरलता और भोलेपन को देखकर अनिल के मन में न चाहते हुए भी सहानुभूति जाग ही उठी थी। मंजू ने कभी भी अनिल और अनिता से न कुछ मांगा था और न ही कोई चाहत या उम्मीद जताई। वो अक्सर अपने को अलग रखने का प्रयास करती ताकि अनिल और अनिता के बीच वो कांटा न बने, शूल जैसी न लगे।

कभी-कभी जब महरी-नौकरानी न आती तो वो भी काम में हाथ बंटाने का प्रयास करती ताकि अनिल का लंच बनने में कोई देरी या असुविधा न हो।

मंजू का अनिता को हर समय पे याद दिलाते रहना कि जीजाजी को कोई परेशानी न हो, अनिल अपने मन में मंजू के प्रति सारी नफरत या अलगाव की भावना को मिटा चुका था। उल्टा मंजू अब अनिल को अच्छी लगने लगी थी। मंजू की नजरें नीची ही रहती थीं। उसकी आवाज भी दबी रहती थी, वो कम बोलती थी। अनिल को उसके बोलने का इंतजार रहता था। वो चुपचाप सुनता रहता, बस कनखियों से उसे देख लेता था। उसकी झुकी-झुकी निगाहें अनिल को अच्छी लगने लगी थीं।

अनिता को अनिल से पहले ऑफिस जाना होता था। अनिता यूं तो खाना नाश्ता सब बनवा कर जाती थी पर मंजू, मना करने के बावजूद भी, अनिल का नाश्ता गर्म करके उसके आगे रखवाती थी। अनिता के जाने के बाद देर तक नौकरानी झाड़ू-पोंछे के काम के वास्ते घर में रहती थी।

मंजू अनिल से तभी बात करती थी जब अनिल उससे कुछ पूछता था। अनिल उसकी मोहक आवाज सुनने के लिए उससे कुछ न कुछ पूछता रहता था। खासकर उस समय जब अनिता ऑफिस के लिए रवाना हो चुकी होती थी और नौकरानी काम खत्म करके जाने वाली होती थी, आने वाले एकाकी पलों में मंजू का समीप्य पाने के प्रयास में स्वतः उसके मन में अनजाने से मंजू से बातें करने की इच्छा बड़ी बलवती हो उठती थी।

धीरे-धीरे मंजू के बारे में अनिल ने सब कुछ जान लिया था, किस प्रकार बचपन में उसके पिता और भाई की मोटर साइकिल पर साथ-साथ सवारी करते दुर्घटनाग्रस्त होकर मृत्यु हुई थी और किस प्रकार मंजू की मां ने अनिता के यहां रहकर मंजू को पाला था।

मंजू की मां ने अनिता की मां के घर का सारा काम-काज संभाला था जिसकी एवज में यही प्राप्ति थी कि मंजू भी पल कर बड़ी हो रही थी और अनिता के परिवार का साया सर पर था। बचपन से ही अनिता ने मंजू को अपनी सहेली, अपनी बहन माना था। जाने कहां से अपनेपन की धारा का स्रोत मंजू के प्रति अनिल के हृदय में उत्पन्न हो गया था, जो मंजू में उसकी अथाह रुचि पैदा करता जा रहा था।

एक दिन नौकरानी छुट्टी पर थी। अनिता ऑफिस भी जल्दी चली गई थी। मंजू ने ही अनिल के लिए नाश्ता बनाया था और उसने ही अनिल का लंच पैक किया था।

"जीजाजी और कुछ चाहिए"– मंजू ने लंच का पैक बना कर एक कैसरोल का पैकेट डिब्बे में डालकर अनिल की ओर बढ़ाते हुए कहा था। अनिल की निगाहें मंजू की ओर उठनी ही थीं। मंजू के शब्दों में अनिल के लिए उसका ख्याल रखने का अंदाज था पर अनिल को उसमें एक तरह के

निमंत्रण की सुगन्ध का अनुभव हुआ था। यूं तो मंजू के बदन पर नाइट गाउन था पर ऊपर का एक बटन खुला रह गया था। यूं तो मंजू के गले में रेडियोथेरापी के इलाज के निशान थे पर गरदन का रंग सौन्दर्य में अहम नहीं रखता था। गरदन का तो आकार ही सौंन्दर्य में भूमिका निभाता है। मंजू के गाल खिले हुए थे, उसके होठों पर रस की बूंदें चमक रही थीं, उसकी आंखों में नशा था, पलकों में छांव जैसे आश्रय का आमंत्रण था।

"जीजाजी और कुछ चाहिए"—मंजू का ये वाक्य बार-बार अनिल के मस्तिष्क में सुरीले संगीत के साथ गूंज रहा था। मंजू के चेहरे की रूप-आभा, उसका यौवन, उसके एक-एक अंग की सुडौल बनावट, उसकी नीची नजरें सबने अनिल के ऊपर एक जादू सा कर दिया था। वो अपना आपा खो चुका था।

अनिल ने लंच पैक का डिब्बा अपने हाथों से लेकर एक ओर रख दिया था। वो अभी मंजू को एकटक निहारे जा रहा था।

"मंजू अब तुम एकदम ठीक-ठाक हो गई हो ना"—अनिल ने मंजू से इसलिए कहा था कि ताकि बातचीत का सिलसिला शुरू रहे।

"हां जीजाजी—आप लोगों की बदौलत मैं इस जानलेवा मर्ज से छुटकारा पा सकी। मैं सोचती हूं कि अगर आप लोग इस शहर में न रहते तो मेरा इलाज संभव न होता ये तो समय से पहले ही पता लग गया और ठीक हो गया वरना तो मैं इस दुनिया से गई ही थी—और फिर आपने हमें छः महीने अपने घर में आश्रय दिया—ये एहसान..." —मंजू के होठों पर एहसान शब्द का आना था कि अनिल का हाथ तेजी से उठा, जैसे ये वाक्य वार के उपयुक्त अवसर हो, और अनिल की उंगलियों ने मंजू के होठों पर भौरों की तरह अधर पंखुड़ियों पर बैठते हुए कहा—"नहीं-नहीं मंजू तुम एहसान शब्द कह कर मुझे छोटा मत बनाओ मेरे लिए तुम वैसी ही हो जैसी अनिता। आखिर वो तुम्हें अपनी बहन, अपने बराबर की तो मानती है।"

अनिल ने जज़बाती लहरें पैदाकर, जज़बाती झोंके बहा कर मंजू को अपने गले लगा लिया था। मंजू को लगा अनिल उससे अपनत्व दिखा रहा

था। मंजू के मुख से निकल गया–"सच जीजाजी। मेरा ये जीवन आप लोगों ने दिया है ये नया जीवन है–आपने मेरा जीवन-दान किया है।"

अनिल की श्वासें तेज हो चुकी थीं। उसने कहा–"मंजू तुम क्यों ये सब बातें करके मुझे छोटेपन का एहसास करा रही हो, तुम्हारा तो हक था–अब तुम्हारा मुख तो बंद करना ही पड़ेगा।"

ये कहकर अनिल ने अपने होठों को मंजू के होठों पर कसकर रख दिया था। स्वतः ही अनिल की बांहों ने मंजू के बदन को लपेट लिया था। मंजू ने अपने को उसकी बांहों के मजबूत घेरे से छुड़ाना चाहा पर अनिल के ऊपर प्रेम-शक्ति इतनी तेज सवार थी कि वो रोका नहीं जा पा रहा था।

"जीजाजी ये क्या कर रहे हैं–जीजाजी ये क्या कर रहे हैं"–मंजू बार-बार दुहराती जा रही थी, उसके स्वरों में अतिशय घबराहट थी पर अनिल की चुम्बन वर्षा मंजू के शरीर पर आंधी-तूफान के साथ वेग-यान गति से मूसलाधार रूप से बरस रही थी। फ्लैट बंद था और जब तक मंजू बहुत ज्यादा चीख-पुकार कर खिड़की की छड़ें तोड़कर न कूदती उसका अनिल के बाहुपाश से बचना असंभव था। ये ऐसा समय था जब हर घर में ऑफिस जाने की तैयारियां हो रही थीं। बहुत से लोग तो जा भी चुके थे। चीख-पुकार की आवाज का फ्लैट से बाहर जाना भी दूभर था। मंजू के ऊपर जीजा अनिल का व्यक्तित्व भी हावी था क्योंकि उसके मन में उसके प्रति उपेक्षा की अब तक लेशमात्र भावना भी नहीं पनपी थी। जीजाजी का ये वासनात्मक स्वरूप उसके लिए इतने वेग और चौंकाने वाले अंदाज से आया था कि वो उन्हें रोकने के लिए कोई सख्त कदम उठाने का साहस न बटोर सकी। वो प्रतिरोध करती रही पर अनिल अपनी मनमानी करता रहा और दो शरीरों के मिलन से वो अनहोनी घट गई जो विधाता सर्वज्ञानी होते हुए भी अपनी विधि में सम्मिलित कर देता है। जो उस जैसे अच्छे बुरे को परिभाषित करने वाले, अच्छा बुरे को बनाने वाले के लिए विधान में डालना लोगों के विश्वास से परे दिखता है। उसी लंच के डिब्बे ने मंजू के मुख से जो वाक्य उपजाया–"जीजाजी और कुछ चाहिए?"–अनिल के मन में इससे बिजली-सी चमक गई थी।

शरीर और मन की रचना करने वाले ने मन के अंदर भावों का ऐसा पुलिन्दा भर दिया है और उन भावों में इतनी शक्ति डाल दी है कि भावावेग शरीर से कुछ भी करवा सकता है। शरीर कुछ पाने के लिए जान की बाजी लगा सकता है, अपना सब कुछ न्यौछावर कर सकता है। वही मन जो उसका चिरस्थायी साथी है, पलभर के लिए उसका दुश्मन सा बन जाता है, उसे स्वार्थी, लोलुप बना देता है उसे गर्त की ओर जाने की प्रेरणा दे देता है। क्षण भर के लिए मन अपने ज्ञान को भुला देता है और विवेक-अविवेक में अंतर शून्य मात्र ही रह जाता है। एक संतुष्टि जिसके पाए बगैर वो पास के अधूरेपन की गहरी खाई से बाहर निकलने के लिए एक छलांग लगाता है जो उसे उस गड्ढे में गिरा देती है जहां से वो जीवन पर्यन्त बाहर निकल नहीं पाता।

मिनटों में जिंदगी की राह का ये खतरनाक मोड़ अचानक आ जाने से अनिल और मंजू आवाक् रह गए थे। शर्म पल भर के लिए विलुप्त होकर अब आंधी की तरह आ गई थी। अनिल जल्दी से तैयार होकर ऑफिस चला गया था। उसने लंच का डिब्बा मंजू द्वारा दिए जाने पर उस समय डाइनिंग टेबल के एक कोने पर रख दिया था, वो वहां का वहीं रह गया था। जल्दी के कारण वो उसे ले जाना भूल गया था। वो डिब्बा एक माचिस की तीली की तरह था जिसने बगैर जले ही आग लगा दी थी जिसमें जल कर बहुत कुछ स्वाहा हो चुका था, वो आग दिखी भी नहीं थी, उसकी जलन महसूस की थी दो बदनों ने, दो मनों ने, जो अनिल और मंजू के थे। इस आग में जलना एक तीसरे का बाकी था। जो दूर एक गगनचुम्बी इमारत के टॉप फ्लोर में समुद्र की छप-छप करती लहरों का दृश्य दिखाने वाले दफ्तर की फर्श पर रखी लम्बी मेज़ पर फैले एक प्लान का परीक्षण कर रही थी जो समुद्र में बनने वाले पाँच सितारे डीलक्स होटल का था। वो दूसरों के लिए एक वैभवशाली समुद्र में विचरते होटल के कमरों की सुख सुविधाओं को प्रदान करने का विचार मंथन करने में तल्लीन थी।

अनिल के दफ्तर जाने के बाद मंजू को वो फ्लैट काटने लगा था। कुछ देर पहले जो जगह उसे मंदिर सी लगती थी जो इस मूर्ति को रखे थी

जिसने उसे जीवनदान दिया था अब एकाएक कब्रिस्तान सी लगने लगी थी। एकाएक उसे अपने जीवन से मोह भंग हो गया था। उसके मन में यही विचार कौंध रहे थे कि उसे अब जीने का कोई अधिकार नहीं है और उस घर की किसी भी ईंट से साये के पनाह की उम्मीद रखना अनिता के प्रति अत्यधिक अविश्वास और धोखाधड़ी का कार्य प्रतीत हुआ। उसने शीघ्र ही अटैची तैयार की और इसके पहले कि वो घर से अटैची के साथ विदा हो जाती एक संक्षिप्त पत्र कागज पर अनिता के लिए लिख डाइनिंग टेबल पर रख दिया। पत्र के मजमून यही कह रहे थे–

"–मेरा इलाज पूरा हो गया है, अब और इलाज की जरूरत नहीं रह गई है। अनिता ... मेरी प्यारी बहन, मेरी प्यारी सहेली ... मैं इस लायक नहीं कि तुम्हारा सामना कर सकूं ... तुमने मेरे लिए बहुत कुछ किया है ... अपना घर लुटा दिया ... तुम्हारे समक्ष तुमसे विदा नहीं ले सकती। इसलिए एकाएक चले जाने का निर्णय किया है ... मेरा साहस और हिम्मत दोनों खत्म हो चुके हैं ... धन्यवाद से बड़ा कोई शब्द ढूंढूंगी अगर मिला तो भेजूंगी ... क्षमा प्रार्थी ...मंजू"

दफ्तर से पहले अनिता ही लौटी थी और वो मंजू के एकाएक चला जाना समझ न पाई थी। जो कुछ हुआ था वो अनिता की कल्पना-लोक से परे था। उसे ये ही डर लगा था कि अनिल ने मंजू को कुछ कह तो नहीं दिया। शाम को जब अनिल घर लौटा तो उसकी आंखें नीची ही थीं–उसने मन में ये निश्चय किया हुआ था कि वो नजरें मिलाएगा ही नहीं, न अनिता से, न मंजू से ... स्थिति से निबटने का कोई और चारा ही नहीं दिखा।

अपना ही घर था पर दरवाजे पर लगी कॉलबेल दबाने के लिए उसकी उंगली आगे नहीं बढ़ रही थी। "जाने क्या सीन घर के अंदर होगा..." ये सोच कर वो कांप उठा था। "कहीं अनिता को मंजू ने सब कुछ बता तो नहीं दिया होगा ... पर मंजू समझदार है उसने बताया तो नहीं होगा ... पर समझदारी होती तो क्या ये सब हो जाता ... " ऐसे तमाम विचार अनिल के मस्तिष्क में आंधी के झोंकों की तरह बह रहे थे। हिम्मत करके किसी

तरह अनिल ने कॉल बेल पर हल्की सी उंगली रखी और दबा दी थी। उसने सिर्फ इतना ही आभास किया था कि घंटी बज जाए।

नीची नजरों से घुसते ही अनिल ने ये जानने का प्रयास शुरू कर दिया था कि मंजू कहां है वो कहीं दिखी नहीं, दरवाजा अनिता ने खोला था जिसने उसके घर में प्रवेश करते ही प्रश्नों की झड़ी सी लगा दी थी–"मंजू घर में नहीं है ... वो वापस चली गई ... ये रही उसकी चिट्ठी ... और आज तुम लंच का डिब्बा भी नहीं ले गए ... डाइनिंग टेबल पर पड़ा रह गया ... आटोमेटिक डोर कलोजर की चाभी भी टेबल पर पड़ी थी ये तो अच्छा हुआ मेरे पास घर के दरवाजे की डुप्लीकेट चाभी थी।"

अनिल ने मंजू की चिट्ठी अनिता के हाथ से ले एक सरसरी निगाह डाल कर चिट्ठी का सारा तथ्य जान लिया था। अनिता ने उसके पत्र-पाठन के पूर्ण होते ही प्रश्न किया था–"तुमने मंजू को कुछ उल्टा-पुल्टा ऐसा-वैसा तो नहीं कह दिया कि वो नाराज होकर एकाएक चली गई।"

"मैंने उसे ऐसा-वैसा उल्टा पुल्टा कुछ नहीं कहा" –अनिल कपड़े बदलने बाथरूम चला गया जहां उसने दरवाजे पर सिटकनी चढ़ा दी।

बहुत खोजबीन करने, पत्र लिखने तथा जगह-जगह फोन करने पर भी अनिता ये पता न लगा सकी कि मंजू उसके घर से निकलने के बाद कहां गई। मंजू की मां, जिसे वो मौसी कहती थी, वो भी न ढूंढ़ी जा सकी।

मंजू की याद अनिल को भी आती थी अनिता को भी पर अलग-अलग तरीके से।

अनिता और अनिल डॉक्टरों के पास संतान के लिए जा-जाकर छक चुके थे। वैद्यों और ज्योतिषियों ने भी कोई कसर न छोड़ी। तंत्र-मंत्र की विद्याओं का भी सहारा लेने का काफी प्रयास किया गया। अब वे दोनों तीर्थ स्थानों पर जाने लगे थे। देवी-देवताओं के मंदिरों और देवस्थानों का चक्कर हर शनिवार को लगने लगा था जो उनकी छुट्टियों के दिन होते थे।

बहुत दिनों के बाद एक दिन जब वो किसी दूसरे शहर से शिवलिंग का दर्शन करके लौटे थे और विश्राम कर रहे थे कि तभी सुबह के समय घर की कॉलबेल बजी थी।

''कौन आ सकता है, इतनी सुबह''–ये बड़बड़ाती हुई अनिता दरवाजे के पास गई थी पर जब उसने दरवाजा खोला तो सामने एक बूढ़ी औरत एक दो साल के बच्चे को साथ लिए खड़ी थी, उसके पास एक सूटकेस भी था।

''पहचाना नहीं बिटिया–मैं तुम्हारी...'' बुढ़िया ने अनिता को अपनी ओर घूरता पाकर कहा ही था कि अनिता बोल पड़ी–''अरे मौसी आप ...आइए...आइए। ये बच्चा कौन है, बड़ा सुंदर है''–अनिता मौसी को घर के अंदर लिवा लाई और सूटकेस को अपने हाथों से अंदर रख लिया था। बच्चा उस घर को कौतूहल भरी निगाहों से इधर-उधर देख रहा था। अनिता ने आवाज दी थी–''अनिल–बेडरूम से बाहर आओ देखो आज मौसी जी आई हैं–मंजू की मम्मी।''

अनिल तो मंजू का नाम सुनकर ही सन्न रह गया था। उसके दिल की धड़कनें बढ़ गई थीं। उसे ड्राइंग रूम से अनिता का उसकी मौसी से किया गया प्रश्न सुनाई पड़ा–''मौसी जी, मंजू कहां है–उसका तो कुछ अता पता ही नहीं चला...वो यहां से जब से गई कुछ खबर नहीं...आपका भी कुछ पता नहीं...मैं तो तब से उसका हाल जानने के लिए परेशान हूं...वो कहां है।''

अनिल मंजू के बारे में जानने की उत्कंठा न दबा सका, वो बाहर आया, जब अनिता ने उसका परिचय कराया कि वो उसका पति था तो मौसी बोली–''हां शादी के बाद आज इनको देखा–ज्यादा फर्क नहीं ...।'' अनिल तो मौसी के रुख का प्रेक्षण कर रहा था कि क्या मौसी को उसके और अंजू के संबंध के बारे में ज्ञान है, पर मौसी ने उसके कंधे पर अपना हाथ आशीर्वाद के रूप में रख दिया था।

''हां तो मौसी आप मंजू के बारे में...'' अनिता ने बच्चे को अपने पास बुला उसके सर पर हाथ फेरते हुए जब कहा तो मौसी ने कहना शुरू तो कर दिया पर गला रूंध गया था–''मंजू...तो अब इस दुनिया में रही नहीं बेटी ...ये बच्चा ही अब उसकी निशानी है।''

अनिता और अनिल दोनों ही ये सुनकर अवाक् रह गए थे। अनिता तो स्तब्ध थी पर अनिल के दिल में शूल की चुभन सी महसूस हुई।

"तो मंजू का पति?"—अनिता ने रूंआसी आवाज में पूछा तो मौसी फफक कर रोते हुए बोली— "उसकी शादी कहां हो पाई ... ये तो उसके पेट में बगैर शादी के यहीं किसी से..."

अनिता शोकाकुल तो थी ही, उसकी उलझन भी बढ़ती जा रही थी। अनिल का तो गला ही मौसी की बात सुन कर सूख गया था। अनिता ने अनिल की ओर उत्सुकता भरी दृष्टि से देखा था पर अनिल ने अपनी नजरें इधर-उधर फेर ली थीं। उसने बस एक हाथ को हिलाया था ये जाहिर करने की क्या बात है ...क्या आश्चर्य है जबकि ये सब वो दिखावा कर रहा था समझ तो वो सब गया था। उसकी निगाह बच्चे पर केन्द्रित हो गई थी।

अनिता के हाथ बच्चे के सिर पर डोल रहे थे। मौसी ने अपने बैग से एक लिफाफा निकाला और उसे अनिता को देते हुए कहा—"अनिता बेटी, मंजू ने आखिरी सांसें लेने से पहले ये चिट्ठी तुम्हारे लिए लिख कर दी है। उसने मुझे कसमें धरायी है कि तुम्हारे अलावा कोई और इस चिट्ठी को न खोले।"

मौसी के आंसू अभी तक थमे न थे। उसने रूमाल से पोंछना शुरू कर दिया था।

अनिता ने चिट्ठी खोलकर निकाल ली थी। पहले वाक्य से ही उसके पांव तले की जमीन खिसकने लगी थी, पत्र यूं था—

"...अनिता मेरे पास ज्यादा समय नहीं है ... जो बच्चा मम्मी के साथ है वो अनिल का है ... तुम इसकी मां हो यशोदा की तरह ... जिस समय ये अनहोनी होनी बनी थी मैं बेबस हो गई थी ... पता नहीं मैं उस समय क्या कर सकती थी ... या मैं भागती शोर मचाती ... अनिल बदनाम होता तुम और मैं ... खैर उन बातों का अब समय नहीं है ... मेरा मर्ज फिर उभर आया ... अच्छा ही हुआ ... मुझे जीने का हक भी नहीं है ... शायद ईश्वर मेरे गर्भ से तुम्हारी गोद भरना चाहता था, इसीलिए मुझे जन्म दिया मैं तो इस दुनिया से जा रही हूं ... तुम अपना पारिवारिक जीवन संभालना।"

पत्र पढ़कर अनिता ने अनिल की ओर देखा था। अनिल उससे नजरें मिला नहीं पा रहा था। अनिल ने उसके हाथ से लेकर पत्र पढ़ लिया था।

"मैं अपराधी हूं ... जो चाहे सजा दे सकती हो" – अनिल ने जब ये कहा तो मौसी उसकी तरफ देखने लगी थी हालांकि ये वाक्य अनिल ने अनिता से कहा था।

"मैंने मंदिरों में भगवान से अपनी संतान के लिए हर बार यही प्रार्थना की थी–भगवान अनिल को कैसे भी हो एक बेटा दे दो। बाप बना दो वो बाप तो अवश्य बने उसे पापा कहने वाला कोई जरूर हो ... वो मिन्नत इस तरह पूरी की भगवान ने ... मैं समझती थी जब तुम पिता बनोगे तो मैं मां अवश्य ... " ... अनिता अनिल को इससे ज्यादा कुछ नहीं कह पाई। आंसुओं ने उसका गला बोलने से रोक दिया था।

मौसी सब कुछ समझ गई थी। अनिता ने थोड़ा आंसुओं को रोक कर कहने की कोशिश की थी–"जब मंजू यहां आई तब तो अनिल तुम उसके खिलाफ थे–फिर कैसे ... मैं तो हमेशा यही समझती रही कि तुम उसका आना और यहां रहना चाहते ही नहीं थे।"

पर अनिल मौन था, उसके पास कुछ कहने को था ही नहीं।

मौसी ने समझाने का प्रयास किया – "अनिता बेटी जो कुछ हुआ उसे भूल जाओ। ईश्वर हर मंशा पूरी करता है पर अपने तरीके से ... मुन्ने को अपना लो।"

बच्चे की निरीह आंखों ने पहले अनिता को देखा था फिर अनिल को।

अनिल ने बच्चे की कोमल हथेली अपने हाथों में ली थी, फिर अनिता की हथेली में रख दी थी।

उड़ते हाथी का शिकार

"मैं सरला हूं...आपसे टेलीफोन पर मैंने ही एप्वायंटमेंट लिया था...इस होटल की लॉबी में मिलने के लिए"–सरला ने सफेद पर्स हाथों में लिए धूप का चश्मा लगाए कारनर के सोफे पर बैठी उस औरत के आगे हाथ बढ़ाते हुए कहा, तो उसने भी हाथ बढ़ाते हुए कहा – 'वेरी नाइस...मुझे शालू कहते हैं।'

'आपने अपना नाम तो उस दिन फोन पर बता ही दिया था...वैसे मैंने टेलीफोन ही आपका नाम जानकर किया था' सरला कह तो रही थी पर शालू की वेश-भूषा देख कर अपने दिमाग पर जोर देकर सोचने लगी कि उस औरत को उसने पहले कहां देखा था। जब उसे कुछ खास याद नहीं आया तो उसके मन में 'आस्था' पिक्चर के उस कैरेक्टर की छवि उभरी जिसने हीरोइन रेखा को उस फ़िल्म में कालगर्ल की तरह बनाया था। उसे बस इतना ही याद आया।

'आइए कॉफी शॉप में चलते हैं' शालू ने सोफे से उठते हुए कहा। सरला अभी-अभी बगल के सोफे पे बैठी ही थी कि उठ दी।

कॉफी शॉप में दोनों एक छोटे सी टेबुल पर आमने-सामने बैठी थीं। बातचीत औपचारिकताओं के बाद असली मुद्दे पर आ गई थी।

'हां तो सरला अब मैं आप नहीं तुम ही कहकर बोलूंगी। बुरा मत मानना।'

'ठीक है' कह के हामी के अंदाज में सरला ने सिर हिलाया था

शालू ने अपनी बात बढ़ाते हुए कहा –'क्या तुम इस पेशे में ... या कुछ लड़कियां सप्लाई करना चाहती हो?' सरला थोड़ा घबड़ा गई क्योंकि

जो बातें वो करने वाली थी और सुन रही थी वो आज तक उसने सोचा भी न था।

सरला ने शर्म के कारण अपनी नजरें नीची कर ली थीं। वो दबे स्वरों में बोली –'मैंने तुम्हारे बारे में पता लगवा कर तुमसे संपर्क इसलिए किया क्योंकि मुझे एक बहुत खूबसूरत कालगर्ल की जरूरत है।'

'क्यों–किसके लिए?' शालू ने चौंकते हुए पूछा।

'मेरे पति के लिए'–सरला ने कह दिया था। उसने ये कहने के लिए थोड़ा पहले से ही हिम्मत बटोर ली थी। पर वाक्य के मुख से निकलते ही उसका कलेजा धक कर रह गया था।

'अपने पति के लिए...क्या तुम पागल हो गई हो...ऐसा तुम कह रही हो' शालू ने अपना धूप का चश्मा उतारकर टेबुल पर रखते हुए आश्चर्य के साथ कहा। उसने नोटिस किया कि बातें करते समय सरला ने नजरें नीचे ही रखी थीं और वो उससे नजरें मिला नहीं पा रही थी।

'जान सकती हूं ऐसा क्यों'–शालू ने प्रश्न किया था।

'मैं तुमसे कुछ छिपाऊंगी नहीं क्योंकि तुमसे मदद मांगने आई हूं...जो खर्चा होगा करूंगी..तुम्हें अपना प्रयोजन तो मुझे बताना ही होगा।'

'जल्दी बताओ सरला मैं जिस धंधे या प्रोफेशन में हूं ज्यादा देर एक जगह ठहरती नहीं। कहीं कोई जान-पहचान वाला मिल जाए...वैसे भी कॉफी खत्म हो चुकी है वेटर बिल लाने वाला होगा...उसका मतलब होगा पैसा भरो और जाओ।

'दरअसल मेरा पति अपने ऑफिस की एक साथ में काम करने वाली तलाकशुदा लड़की के चक्कर में फंस गया है। वो मुझे लगभग छोड़ चुका है। हमारी दो छोटी-छोटी लड़कियां हैं पर तलाकशुदा लड़की रोमा ने मेरे पति को अपने रूप-जाल में फंसा लिया है।'

'तुम हाउस-वाइफ हो?'

'हां तुमने ठीक समझा शालू...मैं रोमा के पास गई थी और अपने पति का पीछा छुड़ाने पर उसने मुझे जलील किया...मुझे गंवारू, कूप मंडूक और पुराने ख्यालों वाली बेवकूफ औरत कहकर उसने मुझे भगा दिया। मैं अपमान

और गुस्से का घूंट पीकर रह गई। मैंने उसी समय कसम खाई कि मैं अपने पति की जिंदगी से इस लड़की रोमा को तो दूर करूंगी ही चाहे इसके लिए चाहे मुझे अपना सब कुछ लुटाना पड़ जाए।'—हालांकि सरला ने अब तक अपने को बहुत संभाला था पर ये सब कहते हुए वो अपने भावों पर काबू पाने सफल न हो सकी और वो फफक-फफक कर रो पड़ी। शालू ने उसे ढांढ़स बंधाने का प्रयास किया। शालू को डर लगा कि कहीं सरला का रोना देखकर वहां सीन न बन जाए और लोग न इकट्ठे हो जाएं। उसने सरला को पानी का गिलास मेज से उठाकर दिया और साथ में अपने पर्स से रूमाल निकालकर सरला के हाथों में पकड़ा दिया।

'तो तुम्हारा प्लॉन क्या है?' शालू ने बात को आगे बढ़ाने के उद्देश्य से कहा।

'मैं एक पतिव्रता नारी हूं। मेरे लिए जिंदगी का दूसरा नाम मेरा सुहाग है। मैं रोमा से बदला लिए बिना आत्महत्या भी नहीं करूंगी। फिर मेरी दो बेटियां भी हैं। मैंने कोशिश की कि मेरे पति सुरेश और रोमा के बीच कुछ 'डिफरेंसेज' पैदा हो जाएं पर बात उलट गई और मामला और गड़बड़ हो गया। मेरे पति दूर चले गए। मैं उनके बिना नहीं रह सकती। जैसे जहर जहर को काटता है, लोहा लोहे को, उसी तरह हुस्न ही हुस्न को काट सकता है। मैं चाहती हूं कि एक खूबसूरत अदाओं वाली कालगर्ल मेरे पति को अपने रूप-जाल में फंसाए, प्रेम का नाटक करे और मेरे पति को रोमा के रूप और प्रेम जाल से मुक्त कराए। ये रोमा के गाल पर मेरा तमाचा होगा। बाद में कालगर्ल मेरे पति को ठुकरा दे जिससे वो हर जगह से हारकर वापस मेरे पास, मेरी दो बेटियों के पास, अपने परिवार में वापस आ जाएं। मैं कालगर्ल को उसकी मांग के मुताबिक तुम्हारे कमीशन के साथ तय की गई रकम खर्च करूंगी।'—यह सब कहने के समय शुरू में सरला ने सिसकियां ली थीं, हिचकियां भरी थी पर बाद में उसका आत्मविश्वास लौट आया था और अपना वक्तव्य पूर्ण करते-करते उसका चेहरा क्रोध और रोमा से बदले की आग में तमतमा गया था।

शालू के लिए यह एक निहायत अजब सा प्रस्ताव था। अविश्वसनीय समझकर शालू ने थोड़े कटाक्ष मिश्रित स्वरों में कहा—'इसका मतलब तुम उड़ते हाथी का शिकार करना चाहती हो।'

एक पल के लिए तो सरला समझ न सकी कि शालू ये बेसिर पैर की बात उसी से कर रही थी या यूं ही मजाक में बड़बड़ाने लगी थी। सरला ने प्रश्नसूचक निगाहों से शालू की ओर देखा और पूछा—'साफ-साफ कहो ना...ये उड़ते हाथी का शिकार क्या है?'

शालू ने हंसी के हल्के स्वरों में कहा—'सरला हाथी सबसे भारी जानवर है। उड़ नहीं सकता, एक तो वो उड़े, फिर, तुम एक घरेलू पारिवारिक औरत, जो उसका शिकार करे...यह सब कुछ असंभव-सा नहीं लगता तुम्हें और अगर हाथी शिकार होने के बाद तुम्हारे ही ऊपर गिर गया तो क्या तुम बचोगी? तुम बड़े खतरनाक खेल की सोच कर रही हो।'

'शालू मैं अपने 'माइंड' में क्लियर हूं...इस पार या उस पार, अगर मेरा पति कालगर्ल के फारमूले से नहीं सुधरा तो मैं हार मानकर बच्चियों को ले हमेशा-हमेशा के लिए उससे अलग हो दूर चली जाऊंगी। मैं यूं ही हाथ धरे नहीं बैठूंगी वैसे भी मैं पति को खोकर सब कुछ खो चुकी हूं। एक बार प्रयास कर लेने में मुझे कोई हर्ज नहीं लगता।'

शालू सरला की बातों को सोचने में उलझी थी। सरला को भय हुआ कहीं शालू उसका प्रस्ताव ठुकरा न दे इसलिए रुपयों का पांसा उसने दुबारा फेंका—'शालू तुम खर्च की चिंता मत करो—एक मंगल-सूत्र छोड़ मैं अपने सारे गहने तक दांव पर लगा दूंगी। बिना पति के आभूषणों का भी क्या, ये निरर्थक हैं। मैं किसे रिझाऊंगी। किसके लिए श्रृंगार करूंगी...हां बेटियों के काम के अवश्य हैं पर अभी वो दिन तो बहुत दूर हैं।

शालू ने अपने शिकार को छोड़ना उचित न समझा। उसने सोचा सरला की अन्य भावुक बातों में क्यों व्यर्थ समय गंवाया जाए। उसने अपने बिजनेस को ख्याल में रखते हुए कहा—'ओके सरला, तुम्हारा काम हो जाएगा—मैंने तुम्हारे काम के लिए उस कालगर्ल का नाम सोच लिया है जो तुम्हारा मकसद

पूरा करेगी...वो है माया। मैं उसे तुमसे मिला दूंगी...तुम उसे सब समझा देना...पर पेमेंट मेरी मार्फत ही करना...ये हमारे ग्रुप का नियम है।

अपने पति सुरेश के लिए कालगर्ल का प्रबंध करके सरला खुश हो गई थी। उसका आत्मविश्वास बढ़ा था। शालू और सरला ने एक-दूसरे से हाथ मिलाया था।

सरला ने माया को बता दिया था कि उसे क्या और कैसे करना था। माया शुरू में घबड़ाई थी कि क्यों किसी के झंझट में पड़े। पर शालू ने उसे बता दिया था कि जब आमदनी अच्छी होने वाली हो तो क्या समस्या है? सरला ने माया को ये एक नेक काम भी बताया था कि इससे एक टूटता परिवार बिखरने से बच जाएगा, दो जिंदगियां तबाह होने से बच जाएंगी। माया आज तक अपने 'प्रोफेशन' यानी धंधे को सोच आपराधिक बोझ से पीड़ित महसूस करती थी पर आज प्रेम-पाश का नाटक और अपना कालगर्ल का पेशा उसे पुण्य का काम समझाया जा रहा था, ये बात उसके गले नहीं उतर रही थी। सरला को माया से बहुत उम्मीदें थीं।

उसने तो माया से यहां तक गुजारिश कर दी थी—'माया तुम्हें सुरेश, मेरे पति को रोमा के चक्कर से तो बाहर निकालना ही है, साथ ही उसकी सिगरेट और शराब की गलत आदतें भी छुड़ानी हैं।

शालू को तो सरला के इस प्रस्ताव पर हंसी आई थी पर माया को सरला पर दया, ये सोचकर कि आखिर ये औरत उसे क्या समझती है, कोई जादूगरनी, पर सरला किसी भी कीमत पर अपने पति को रोमा के प्रेम-पाश से मुक्त कराना चाहती थी...माया को अपने काम की उचित कीमत भी मिल रही थी...माया को सरला की मासूमियत पर तरस आया था, वो सरला का दिल तोड़ना नहीं चाहती थी।

शालू के साथ मिलकर माया का परिचय सुरेश से कराने के लिए ये योजना बनी थी कि सरला माया को अपनी सहपाठिनी की छोटी बहन बनाकर सुरेश से मिलाएगी जो इस शहर में नौकरी करने के लिए नई आकर बसी है। चूंकि उसे शहर में बसना है इसलिए वक्त जरूरत वो सरला से आकर मिलती रहेगी। एकाध दिन तो सरला के घर ही आकर माया रह लेगी जब

तक उसे अच्छा उचित घर किराए पर मिल नहीं जाता। माया के अंदर सुंदरता, कसाव, अदाएं, नाक-नक्श, यौवन सब कुछ इस तरह भरा था जैसे किसी मूर्तिकार ने हर अंग को अलग-अलग बनाकर तराशा हो और फिर सलीके से 'एसेंबल' किया हो। किराए पर एक-दो फ्लैटों को देखने के लिए माया सुरेश को साथ ले गई थी ये कहकर कि...क्यों नहीं सुरेश के साथ ही किराए का फ्लैट देखो। वरना कहीं धोखा न खा जाओ। सरला और माया दोनों ने ये प्रेक्षित किया था कि सुरेश पर माया के रूप और अदाओं का जादू असर करने लगा था और किराये पर लेने वाले फ्लैटों को देखने के लिए माया के साथ जाने के लिए तैयार क्या बेताब होने लगा था।

माया ने अपना काम शुरू कर दिया था। सरला उससे 'फीड बैक' लेती रहती थी।

'मर्द की नस, नब्ज सब अब मुझे समझ में आ गई है, दवा है तो कड़वी पर मैं गले से उतार लूंगी।' सरला ने माया से बात करने के बाद सोचा था।

एक दिन तो सरला ने माया से साफ-साफ ये भी कह दिया—'माया अब अगली किश्त के लिए रुपये जुटाने के लिए मुझे गहने बेचने पड़ेंगे, ज्वेलर गहनों के दाम से बनवाई काट लेगा, कम रुपए मिलेंगे, चाहे तो माया गहने ही सीधे ले ले।' माया ने कुछ सोचा फिर तैयार हो गई थी। उसने इतना ही कहा—'ठीक है शालू के कमीशन के रुपयों को वो अपने पास से दे देगी।'

सरला को एक ही डर था कि कहीं सुरेश रोमा के हाथ से निकल कर माया के हाथ में ऐसा न चला जाए कि वापस न लौट पाए और इसी आशंका के कारण उसने शुरू से ही सब कुछ अपने नियंत्रण में रखा था। माया को हर बार वो ये ही सचेत करती कि उसे केवल प्रेम का नाटक सुरेश के साथ करना है...रोमा का नशा सुरेश के मन से उतारने के लिए।

सब कुछ उसी ढंग से होने लगा था जैसा सरला ने चाहा था। उसकी भारी कीमत वो अदा कर ही रही थी। लेकिन खतरा अब माया की तरफ से आने लगा दिखता था। माया ने अपने लिए पैसे सरला से तो लिए ही

थे, सुरेश ने अपनी तनख्वाह भी माया को दे दी थी। रोमा सुरेश के साथ ऑफिस में काम करती थी अपनी अलग तनख्वाह पाती थी, वो सुरेश का यौन-शोषण करती थी, सुरेश उसके ऊपर खाने-पीने, घुमाने, गिफ्ट देने पर अथाह पैसे खर्चता था वो बात अलग थी पर सुरेश ने माया को पटाने के लिए पूरी की पूरी तनख्वाह ले जाकर माया के कदमों में रख दी थी। दरअसल उसने माया के ऊपर तनख्वाह के सौ-सौ रुपयों के नोट बिखेरकर उड़ाते हुए कहा था–'मैं इन रुपयों के फूल तुम्हारे हुस्न पर बरसा रहा हूं माया...मेरी प्रेम वर्षा से अपना तन भिगो लो माया। मुझे किसी भी तरह, किसी भी कीमत पर तृप्त करो माया...मैं तुम्हारे बिना नहीं रह सकता।'

'पर मैंने तो सुना है तुम अपने ऑफिस की ही रोमा नाम की लड़की से प्यार करते हो।' जब माया ने मुस्कुराते होठों के एक सिरे पर जहरीले मोड़ के साथ कहा तो सुरेश बोल उठा–'रोमा को मारो गोली जो बात तुममें है वो रोमा में कहां।' ये कहकर बेताबी का प्रकोप न सहन कर सुरेश रोमा को बाहुपाश में भरना चाहता था पर माया ने बड़ी मुश्किल से उसे मना कर टाल दिया–'आज नहीं जानेमन कल'।

'फीड बैक' के दौरान जब सरला को माया से ये सब पता चला तो उसे थोड़ी सौतिया टाइप की जलन तो अवश्य हुई पर नाटक और स्वयं द्वारा निर्देशित समझ से उसने खुद पर काबू पा लिया। पर सबसे ज्यादा उसके कलेजे की तरावट ये सुनकर हुई कि सुरेश ने रोमा के लिए कहा–'रोमा को मारो गोली।' सरला ने सोचा कि वो माया से सुरेश द्वारा दी गई तनख्वाह की रकम मांग ले पर उसने सोचा ये वो समय है जब दवा अपना असर दिखा रही है, अस्त्र वार कर रहा है, कुछ छेड़ना ठीक नहीं है, जब इतनी दौलत, इतने आभूषण जा चुके हैं तो थोड़े और सही।

अगली शाम की 'स्ट्रेटेजी' उसी समय तय कर दी गई थी।

सुरेश माया के पास आया था। सरला घर के दूसरे कमरे में छुपी थी। माया ने सुरेश को अपने मोहपाश में बांधा था, चटपटी बातें की थीं, सुरेश को रोमा के विरुद्ध भड़काया था और उसी समय सुरेश पर जादुई प्रेम की

बातों से दबाव डाल उससे रोमा को फोन पर ये कहलवाया था—'रोमा आज से मेरा कोई रिश्ता नहीं।' सरला ने ये बातें पैरेलल फोन पर सुन ली थीं। वो उस छोटे से कमरे में विजय का हर्षोल्लास बना रही थी—आंसू पताका बन आंखों में लहरा रहे थे। ये तो दुश्मन का दुर्ग टूटा था पर सिंहासन तो अभी भी विजित करना था।—'रोमा तो दूर हो चुकी है पर सुरेश मुझे अभी भी वापस हासिल होना है' उसने सोचा।

सुरेश उसका पति था। वो पराई लड़की के साथ कमरे में था वो झांक कर दृश्य देखने की लालच न रोक सकी। लेकिन उसके दिल को छेद से देखकर सांत्वना मिली कि अत्यधिक बेताब हो जाने पर माया ने उसे शराब के पेग में नींद की वो गोली पिला दी थी जो 'प्लान' के मुताबिक सरला ने पिछले दिन उसे दी थी और जो पेग पीते ही सुरेश बेहोश हो गया था, जिसे टैक्सी में डाल सरला बाद में घर ले आई।

सरला ने रोमा को फोन पर खूब लताड़ा था, रोमा सबक सीख गई थी। सरला ने फोन पर आखिरी वाक्य सही कहा था —'मैं तुमसे और बहुत कुछ कहती पर फोन पर बात करने की भी एक सीमा है...पर मैं और कुछ कहने के लिए तेरे सामने नहीं आऊंगी क्योंकि तू तो नरक का कीडा है जिसे जिंदा क्या मुर्दा भी नहीं देखा जा सकता।' सरला ने ये कहकर उत्तर बिना सुने फोन पर रिसीवर पटक दिया था।

यूं तो माया पर भी सुरेश के बेइंतहा प्यार का नशा असर करता पर सुरेश की कामुकता का दृश्य वो अच्छी तरह देख चुकी थी। जो मर्द अपनी पत्नी सरला का न हुआ, अपनी प्रेमिका रोमा का न हुआ वो भला प्यार के काबिल हो कहां सकता था। माया थोड़े दिन सुरेश को प्यार का झांसा देती रही फिर एक दिन उसने सुरेश को झाड़ ही दिया—'तुम प्यार-प्यार-प्यार क्या हर समय रटते हो, तुम सिर्फ एक काम-लोलुप मर्द हो, ऐयाश किस्म के, मैंने तुम्हारे बारे में सब कुछ जान लिया है तुम अपनी सीधी-सादी मासूम पत्नी के न हुए, प्रेमिका रोमा तक के न हुए और भी न जाने कितनी लड़कियों के साथ तुमने फ्लर्ट किया होगा..मैं तुम्हारा भीतरी रूप जानकर तुमसे प्यार

नहीं कर सकती। ... अभी-भी वक्त है जाओ अपना परिवार संभालो। तुम्हारी बीवी, दो बच्चियां हैं। मैं हवस मिटा सकती हूं, पर कोई हरा-भरा घर नहीं बरबाद कर सकती।' ये कहकर माया ने सुरेश को छोड़कर दूसरे कमरे में जाकर अपने आपको बंद कर लिया था। सुरेश थोड़ी देर तक उसके बंद कमरे का दरवाजा पीटता रहा, फिर हारकर वापस अपने घर चला आया था।

तय की रकम की आखिरी किश्त देने जब सरला माया से मिली और धन्यवाद के साथ जब सरला ने माया को रुपयों का लिफाफा दिया तो सरला को माया की आंखों में आए आंसुओं को देखकर बड़ा आश्चर्य हुआ था। माया ने उल्टे अपने पर्स से एक लिफाफा निकालकर उसे पकड़ाते हुए कहा–'सरला दीदी ये लो, ये सुरेश की तनख्वाह के रुपये हैं जिसे लेना हमारे एग्रीमेंट में नहीं था। मैं तुम्हें धन्यवाद देती हूं कि तुमने मुझे भटकी हुई राह से हटवाकर उठवा कर सही राह पर चलना सिखा दिया। आज मैंने जाना असली प्यार क्या है, असली जिंदगी क्या है? अब मैं कालगर्ल का जीवन त्याग दूंगी। इतने पैसों, ग्लैमर, एसी गाड़ी इन सब की क्या जरूरत...मुझे भी परिवार चाहिए, पति चाहिए, बच्चे चाहिए।'

इतने में शालू ने वहां प्रवेश किया और ताली बजाते हुए कहा–'उड़ते हाथी का शिकार तुम्हारा कामयाब रहा सरला...बहुत-बहुत मुबारकबाद।'

अफवाह

जिस तरह से खबर फैली थी, शायद आग और हवा भी न चल पाते। वैसे भी अखबार में छपी सवेरे की खबरों से इलाके में भय छाया हुआ था पर दुकान बहुत दिन तक पहले से बंद रह चुकी थी, इसलिए उसे खोलना आज जरूरी हो गया था। बहुत-सा रोजमर्रा का सामान जैसे अंडे, सब्जियां और ब्रेड वगैरह अंदर सड़ रहे थे। उनको फेंका जाना भी खतरनाक था इसलिए गरसिया ने चुपचाप दुकान खोलकर ग्राहकों की तरफ ध्यान देना ज्यादा ठीक समझा। सड़े सामानों को एक बोरे में रख उसे किनारे रख दिया था। ग्राहकों को भी खुली दुकानें देख संतोष हुआ। कर्फ्यू न भी होता तो न दुकानदार को दुकान खोलने की हिम्मत थी और न खरीदार को खरीदने की। सब तरफ खौफ, आतंक छाया हुआ था। आज कुछ स्थिति सुधरी थी इसलिए कर्फ्यू में ढील थी। लोग जरूरी कामों को जल्दी से निबटा घर वापस आ जाना चाहते थे।

जो खबर प्रकाश की तरफ फैली थी, वो ये थी कि शायद आजाद जी अरेस्ट हो गए थे। आजाद जी एक खास समुदाय के नेता थे। आजाद ने कुछ खास किया भी नहीं था सिवाय एक बयान देने के कि जो हुआ अच्छा हुआ। इतनी ही बात से दूसरे समुदाय के लोगों की भावनाओं पर चोटें लगीं, दंगे और न भड़क जाएं, आजाद जी के अरेस्ट होने की आशंका हो गई थी। चूंकि आजाद जी की जान को खतरा था इसलिए उनके घर के बाहर पुलिस गार्ड लगा दी गई थी। पहले तो यही बात फैली कि आजाद जी के घर को पुलिस ने चारों तरफ से घेर लिया है। फिर बात और गर्म

हुई और इस रूप में फैल गई कि आजाद जी को पुलिस पकड़ने आई थी पर वे अंडर ग्राउंड हो गए हैं। थोड़ी देर बाद खबर यह बन गई कि आजाद जी हाउस अरेस्ट हो गए हैं।

जिन लोगों के पास कोई काम नहीं था, वे एकाएक व्यस्त हो गए थे जिनके पास काम था वे काम छोड़ घर भाग रहे थे। बेकाम वालों की क्रियाशीलता का समय आ गया था। बेकाम वालों के कान इन खबरों को सुनते ही सचेत हो गए। उन्होंने आजाद जी की शक्ल भी न देखी थी। न उन्हें आजाद जी से कोई सरोकार ही था। पर उन्हें वातावरण की गर्मी से हाथ सेंकने की तलब लगने लगी थी। वे लोग सड़कों पर घूमने लगे थे और दस-बारह के ग्रुप बन बंट गए थे। वे सिर्फ चिल्ला रहे थे 'बंद करो-बंद करो शटर गिरा कर बंद करो।' उनसे कोई पूछ भी नहीं रहा था, क्या बंद करो, क्यों बंद करो? सब यही समझ रहे थे कि आजाद जी अरेस्ट हो गए हैं। ऐसे में यह अनिवार्य समझा जा रहा था कि सब कुछ बंद करके घर में बैठ आजाद जी के अरेस्ट होने का गम मनाया जाए।

एक अफवाह ने पूरे शहर को हिला कर रख दिया था। लोग छिप-छिपकर आ रहे थे। हर आदमी चौकन्ना था और सामने वाले को इस प्रकार घूरता कि वो किस समुदाय का है, शक्ल से बदमाश तो नहीं है, कहीं ऐसा तो नहीं है कि उसके पास कोई औजार या हथियार हो। चंद दिन पहले लोग ऐसे मिलकर चल रहे थे कि एक-दूसरे को धक्के लग रहे थे। आज स्पर्श होते ही जान को खतरा लग रहा था।

छोकरों का एक समूह 'बंद करो' चिल्लाता हुआ गरसिया की दुकान पर आ गया था। वैसे भी गरसिया ने आधा शटर गिरा रखा था और आधे गिरे शटर के नीचे से ही ग्राहक आ जा रहे थे। लोग मुंह मांगे दाम पर कुछ भी खरीदने को तैयार थे क्योंकि सभी सहमे थे कि जाने कब दुबारा दुकान खुले और वे आने की अवस्था में हों। गरसिया की दुकान पर आते ही छोकरों में से ही एक लीडर बने छोकरे ने औरों को इशारा किया और कहा –'ये वही दुकान है जो हमें नहीं मानता है। जब भी कुछ खरीदो

पैसा मांगता है। और लोग कभी ऐसी जुर्रत नहीं करते। फिर इसकी लड़की अपने आप को जाने क्या समझती है? अपने को किसी फिल्मी हीरोइन से कम नहीं समझती है। चुस्त कपड़े पहन अपने हर अंग का आकार बताती है, लेकिन झांको या देखो तो बुरा मानती है चप्पल की ओर इशारा करती है।' दूसरा छोकरा सीटी बजाकर बोला –'भगवान सबको मौका देता है। और दिन अन्य लोग अपने मन की करते हैं, आज हमारा दिन है, हमें अपने मन की करनी है।

तीसरे छोकरे को भी जोश आ गया। वो तैश में आकर बोला–'आज इतना कर लो कि महीना भर आराम से चल जाए। पता नहीं ऐसा दुबारा कब हो।'

चौथे से भी न रहा गया, उसने कहा–'मुझे पैसे का लालच नहीं है। कोई गदराया जवान बदन हाथ लग जाए तो...कितना मजा आता होगा... काश आज कुछ हाथ आ जाता।'

स्वयं को छोकरों के समूह का लीडर मानने वाले ने कहा– 'अब बातचीत में ज्यादा रागय न गंवाओं। पुलिस की वैन राउंड लेते-लेते अभी इधर से गुजरी है। आधे घंटे बाद फिर वो इधर से राउंड लेती जाएगी। अपने पास केवल तीस मिनट हैं जिसको जिस्म का मजा लेना है मेरे साथ आए बाकी लोग दुकान लूट लें। लूटा माल बाद में बांट लिया जाएगा। अपने-अपने औजार हाथ में ले लो...अटैक...'

इसके बाद समूह गरसिया की दुकान पर टूट पड़ा। गरसिया ने जब विरोध करने की कोशिश की तो उसके हाथ रस्सी से बांध दिए गए। रस्सी दुकान में बेचने के लिए रखी गई थी। रस्सी से दुकानदार खुद बंध गया था। उसके मुंह में कपड़ा ठूंस दिया गया था। गरसिया को बचाव करते-करते कुछ चोटें भी आई थीं। उसके ऊपर छुरे से प्रहार भी हुआ था पर चोट हल्की आई थी, क्योंकि गेहूं का बोरा कुछ देर के लिए बीच में आ गया था और चाकू का वार सहन कर गया था। दुकान से सबसे पहले कैश लूटा गया फिर जो भी कीमती सामान लूटा जा सकता था, लूटा गया।

छोकरा-लीडर और उसके साथी गरसिया के उस मकान में घुस गए थे जो दुकान के ऊपर था। गरसिया की पत्नी तो छत से नीचे कूदकर बेहोश हो गई थी। गरसिया की लड़की और उसकी सहेली का समूह रेप हो गया था।

आजाद जी को मानसिक तनाव हो गया था। उनकी लड़की अभी तक घर वापस नहीं आई थी। कालेज में छुट्टी हो गई थी। उसने फोन से बात की और डैडी को बताया कि वो कॉलेज के पास अपनी सहेली के घर रुक गई है। डैडी या तो कोई गाड़ी भेज कर उसे बुला लें या जब स्थिति ठीक हो जाएगी तो वो स्वयं आ जाएगी।

उसके फोन आने के बाद ही आजाद जी परेशान हो गए थे। उनका ड्राइवर ऐसे इलाके में रहता था जहाँ कर्फ्यू लगा रहता था। वो गाड़ी चलाने के लिए आ ही नहीं पाता था। वैसे तो आजाद जी ने उसके लिए कर्फ्यू पास की व्यवस्था भी करा दी थी पर ड्राइवर को दूसरा डर यह भी था कि उसकी गैरहाजिरी में उसका परिवार पता नहीं सुरक्षित रह पाए या नहीं, इसलिए वो ड्यूटी करने आजाद जी के पास आ ही नहीं रहा था। आजाद जी ने लड़की को कॉलेज जाने से मना भी किया था, पर लड़की को पास आती परीक्षा की चिंता थी। उसे लैब में काम था, लाइब्रेरी में काम था, अतएव वो जिद्द करके कालेज चली गई थी। क्या मालूम था कि स्थिति सुधरने के बाद एकाएक यूं बिगड़ जाएगी वो भी एक अफवाह को लेकर। आज़ाद जी की लड़की को अपनी सहेली गरसिया की लड़की के घर अपनी असुरक्षा के सोचने का कोई प्रश्न ही न था। आजाद जी स्वयं जाकर लड़की को लाना चाहते थे पर पुलिस ने उन्हें निकलने से मना कर दिया था। इंटेलीजेंस रिपोर्ट के मुताबिक आजाद जी की जान को खतरा हो गया था। उन्होंने जो यह बयान दे दिया था कि जो कुछ हुआ था वो अच्छा था इसलिए एक खास समुदाय के लोग उनसे विक्षुब्ध हो गए थे। उस समुदाय के कुछ सिरफिरे जाने क्या कर बैठें। जब आजाद जी ने पुलिस वालों को कहा कि जाकर लड़की को ले आओ तो उन लोगों ने यह कहकर मना कर दिया कि उनके पास उनकी लड़की को लाने-ले जाने का आर्डर नहीं है। इसके अलावा पुलिस

वालों को आजाद जी के यहां ही रहकर उनकी रक्षा करनी है। आजाद जी ने काफी समझाया बुझाया फिर भी वे नहीं माने। आखिरकार आजाद जी ने एक वरिष्ठ अधिकारी से फोन पर बात की और उन्हें स्थिति समझाई। वरिष्ठ पुलिस अधिकारी ने तो यही बात दुहराई कि आजाद जी को घर से बाहर नहीं निकलना चाहिए। हां उसने यह आश्वासन दिया कि पुलिस की एक जीप भेजकर लड़की को उसके घर जल्द ही पहुंचा दिया जाएगा। आजाद जी को यह प्रबंध होने पर राहत मिली। चूंकि तनाव बहुत बढ़ गया था और उन्हें बाहर जाने की मनाही थी, टाइम पास करने के लिए उन्होंने एक सिगरेट सुलगाई, व्हिस्की का एक पेग बनाया और एक अंग्रेजी उपन्यास के पन्ने खोल लिए।

पुलिस अधिकारी से बात होने के बाद वे आश्वस्त हो गए थे। सिगरेट के कुछ कश लेने के बाद वे ऐश ट्रे में ऐश झिड़क ही रहे थे कि फोन की घंटी बज उठी।

‘‘हॅलो आजाद हियर’’–उन्होंने समझा कि किसी कार्यकर्ता का फोन होगा। जो उनका हालचाल लेना चाहता होगा और कुछ खबरें देना चाहता होगा।

पर आवाज पुलिस अधिकारी की निकली। उसने दबे स्वरों में कहा–‘‘आजाद जी एक बुरी खबर है’’ आजाद जी चौंक गए। सिगरेट उनके हाथ से छिटक कर गिर गई। उन्हें लगा शायद उनके वाकई ‘अरेस्ट’ होने की बात हो। ‘‘बोलिए-बोलिए पूरी बात तो कहिए’’ आजाद जी यद्यपि अंदर से काफी परेशान थे पर ऊपर से संयम लाते हुए बोले। पुलिस अधिकारी ने साहस बटोरते हुए कहा–आपकी लड़की गरसिया के यहाँ बेहोश पड़ी है। वहाँ बदमाशों ने आकर लूट-पाट की और घर की लड़कियों की इज्जत भी ले ली। वे कहीं उन बदमाशों को पहचान न लें इसलिए उन लोगों ने रेप की हुई लड़कियों की आंखों में एसिड डाल दिया है। लड़कियां अभी भी बेहोश हैं। गरसिया को भी चोट आई है। सबको अस्पताल ले जाया जा रहा है।’’ आजाद जी के गले से शब्द नहीं निकल रहे थे। उनकी नैराश्य भरी

आशाओं में एक किरण उभरी, जिससे प्रेरित हो वे टूटे स्वरों में बोले– "कुल कितनी लड़कियां थीं...क्या मेरी भी...क्या मेरी भी..." पुलिस अधिकारी ने कुछ छुपाना उचित न समझकर कहा–"सॉरी...आप की भी...सबका वही हाल वैरी सैड।" आजाद जी ने पुलिस अधिकारी से प्रार्थना की–"मुझे तुरंत अस्पताल ले चलिए..."

"मैं वैन लेकर आता हूँ–पुलिस अधिकारी ने संक्षिप्त सा उत्तर देकर फोन रख दिया।

पुलिस के संरक्षण में आजाद जी अस्पताल पहुँचे। लड़कियाँ बेहोश बेड पर लेटी थीं। गरसिया को होश आ गया था। उसका बयान लिया जा रहा था।

टूटते कराहते शब्दों में गरसिया के होठों से शब्द निकल रहे थे– "...हमने चीख-पुकार की थी...मदद के लिए चिल्लाया था...पर कौन आता...हमारा हाहाकार उन्हीं लोगों के लिए आमंत्रण बन कर रह गया जो इस लूट-खसोट में अपना भी हिस्सा लेना चाहते थे...सब कुछ मिनटों में हो गया था...जो आए थे निश्चयतः किसी भी धर्म के भक्त नहीं थे...वे हैवान थे...उन्हें ईश्वर से भी कोई सरोकार न था...वे लुटेरे थे..."

थोड़ी देर बाद आजाद जी की लड़की को होश आ रहा था, उसके होठों में कुछ हलचल थी...वो कराह कर अपने जीवित होने का संकेत दे रही थी। उसके कराहने से डॉक्टरों को खुशी हुई थी कि चलो अच्छा हुआ उसे होश तो आने वाला है। डॉक्टरों के चेहरे पर संतोष देख आजाद जी को भी संतोष मिला, क्योंकि डॉक्टरों को डर था पता नहीं उसको होश आए या नहीं। लड़की होश में आते ही चिल्ला पड़ी थी–पापा, पापा मेरी आंखें मैं देख नहीं सकती..." लड़की ने रोना शुरू कर दिया था।

आजाद जी ने पिछले कुछ घंटों में जो कुछ हुआ था उससे बहुत कुछ सीख लिया था। लड़की की आंखें जा चुकी थीं पर उनकी आंखों में जो अंधापन समाया था वो दूर हो चुका था। अब सब कुछ साफ स्पष्ट दिख रहा था।

पान का बीड़ा

महेंद्र प्रसाद ने लाइट ऑफ करके अभी आंखें मूंद कर सोने की तैयारी शुरू ही की थी कि एकाएक फोन की बजती घंटी ने उन्हें चौंका दिया। उन्होंने सोचा जरूर कोई किसी दूसरे शहर से फोन कर रहा होगा, क्योंकि इस समय एसटीडी का रेट एक चौथाई हो जाता है। पर रिसीवर उठाने पर पता चला कि फोन नगर विकास मंत्री आत्माराम के पी०ए० का था।

दुआ-सलाम के बाद पी०ए० ने बताया—'कल तीन बजे मंत्री जी एक मीटिंग करेंगे, जिसमें महेंद्र प्रसाद की उपस्थिति अनिवार्य है।' महेंद्र प्रसाद ने उत्तर दिया—'भई मैं तो कल सवेरे साले के लड़के की शादी में बाहर जाने वाला हूँ अपने असिस्टेंट को भेज दूंगा।'

पी०ए० ने ज्यादा समय न गंवाते हुए आदेश भरे लहजे में कहा— 'बड़े हाई लेवल की मीटिंग है। असिस्टेंट से काम नहीं चलेगा। आपको खुद आना पड़ेगा।'

'पर मीटिंग है किस बारे में।' जैसे ही महेंद्र प्रसाद ने यह पूछने की कोशिश की, पी०ए० ने डांटते हुए कहा— 'अरे यार मुझे हजारों आदमियों को मीटिंग में बुलाना है इतना टाइम अगर सबके साथ खर्च करने लगूं तो हो चुका। मैं तो कुछ और कर ही न पाऊं।' महेंद्र प्रसाद ने सोचा कि जितनी देर से यह बकबक कर रहा है इतने में असली मुद्दा बता सकता था, पर पी०ए० के मुंह लगना शेर की मांद में हाथ डालने के बराबर था।

लेकिन मीटिंग किस बारे में है यह जानना तो जरूरी था ही। अतः उन्होंने फोन रखने के पहले एक बार फिर पूछ लिया— 'जरूरी कागजात लेकर आने पड़ेंगे, इसलिए पूछ रहा था। मीटिंग का विषय क्या है?'

पी०ए० ने सोचा– 'ये मानेगा नहीं, इसलिए इशारा कर दिया– 'मंत्री जी कुछ यूरोपीय देशों की यात्रा पर गए थे। वहां उन्होंने कई बड़े अंतरराष्ट्रीय स्तर के शहरों को देखा है। शायद उसी के बाबत कुछ कहना चाहते हों।'

पी०ए० ने फोन रख दिया।

महेंद्र प्रसाद परेशान हो गए थे। मंत्री के बुलावे को नकारा नहीं जा सकता था। कुढ़न तो हो रही थी कि खुद तो विदेश घूम के आए हैं और मुझे साले के लड़के की शादी में नहीं जाने दिया जा रहा है। ये अलग बात थी मंत्री को पता भी नहीं होगा कि महेंद्र प्रसाद के साले के लड़के की शादी होने वाली है और अगर वो कल नहीं चले तो शादी में सम्मिलित नहीं हो पाएंगे। महेंद्र प्रसाद की हिम्मत फोन करके मंत्री जी से बात करने की तो हो ही नहीं सकती थी। खैर, महेंद्र प्रसाद ने अपने परिवार को रवाना करके खुद को मीटिंग के लिए उपलब्ध करा दिया था।

महेंद्र प्रसाद जैसे तमाम अधिकारियों के कहीं न कहीं इंगेजमेंट थे, पर मंत्री जी के द्वारा बैठक बुलाए जाने पर उन लोगों को अपने सारे कार्यक्रम स्थगित करने पड़े।

मीटिंग का समय तीन बजे सूचित किया गया था, पर चार बजे तक भी शुरू न हो पाई थीं। चेयरमैन के अतिरिक्त कई अधिकारी व चुने हुए नेता आ गए थे। अधिकारियों ने आपस में बातचीत शुरू कर दी थी। सबके शब्दों में कडुवाहट थी। एक – 'मुझे बच्चे के एडमिशन के लिए जाना था। एकाएक ये मीटिंग आ पड़ी।'

दूसरा– 'मैंने तो अपने बैचमेट को लंच पर बुलाया था। उसे अब डिनर पर बुलाना पड़ेगा।'

तीसरा– 'मैंने अपनी साली को आज मार्केटिंग के लिए टाइम दिया था।'

चौथा– 'इन मीटिंगों वगैरह में सिवाय चाय, नाश्ते के कुछ होता नहीं है। जितनी लंबी मीटिंग उतना ज्यादा समय की हानि। इससे अच्छा लोग अपनी टेबल पर बैठकर अपना काम ही करें।'

पांचवां– 'साला खुद विदेश घूम कर आया है। अब अपनी विजिट जस्टीफाई कर रहा है हमारा टाइम अलग खराब कर रहा है।'

छठा– 'सारी समस्याएं अगर मीटिंगों से 'सॉल्व' हो जाती तो देश में कोई समस्या आज तक न बचती।'

सातवां– 'मुझे तो ब्लड टेस्ट कराके डॉक्टर को दिखाना था, पर क्या कहूं...ये मीटिंगों का चक्कर जिंदा भी नहीं रहने देगा।'

आठवां– 'अब जब यही नहीं मालूम कि मीटिंग में 'एजेंडा' क्या है तो मीटिंग का फायदा क्या?'

नवां– 'आप लोग जरा धीरे-धीरे बोलिए यहां कई चमचे भी होंगे जो यहां की सभी बातें मंत्री जी तक पहुंचा देंगे। फिर खैर नहीं...'

दसवां– 'मेरा क्या कर लेंगे मैं तो अगले साल रिटायर हो रहा हूं।'

ग्यारहवां– 'मुझे तो सब सुनना ही पड़ेगा, क्योंकि मुझे मीटिंग की चर्चा का ड्रॉफ्ट तैयार करना है। चाहे मीटिंग में फैसला कुछ भी न हो पर क्या-क्या चर्चा हुई, इसकी अधिसूचना तो जारी करनी ही पड़ेगी।'

इस तरह की बातें चलती रहीं पर एकाएक भगदड़ जैसी मची। उससे ये आभास हो गया था कि मीटिंग की अध्यक्षता करने वाला आ गया है। उसके साथ एक काफिला था जिसमें कुछ पत्रकार, फोटोग्राफर वगैरह शामिल थे। जनता की वास्तविक सेवा हो या न हो, पर प्रेस और फोटो के जरिए ये तो दिखाना ही था कि सारा समय सारी मशीनरी को इसी उद्देश्य के पीछे लगाया जा रहा है।

जहां सब कुछ आराम-आराम से चल रहा था एकाएक सरगर्मी से सब कुछ तेजी से होता हुआ प्रतीत होने लगा था। एक अधिकारी ने मीटिंग की बागडोर संभालने का यानी संचालन करने का ठेका ले लिया। उसने ये बताना उचित नहीं समझा कि वो कौन था। उसे विश्वास था कि वो इतने बड़े ओहदे पर आसीन था कि उसे सब पहचानते ही होंगे। जो न पहचान पाए ये उसके सामान्य अज्ञान का परिचायक था। पत्रकारों ने कानाफूसी करके आसपास बैठे लोगों के जरिए ये पता लगा लिया था कि मीटिंग का संचालन करने वाला अधिकारी कौन था।

जो लोग बड़ी-बड़ी बातें कर रहे थे और आलोचनाओं में होड़ लगाए हुए थे। गिरगिट की तरह रंग बदल चुके थे। सभी कुर्सियों से उठकर 'गुड आफ्टरनून', 'नमस्ते', 'प्रणाम' कहने के लिए आगे आने की भेड़ चाल करने लगे थे। सब चाहते थे मीटिंग की अध्यक्षता करने वाले मंत्री जी सलाम करते हुए उन्हें ही पहले देखें। मंत्री जी को कहां इतनी फुर्सत थी कि वो उन लोगों की शक्ल देखकर पहचानें जो उन्हें अभिवादन कर रहे थे। उन्होंने अपनी गर्दन को तीस डिग्री के कोण तक झुका कर अभिवादन का उत्तर देकर अपनी शालीनता का परिचय दे दिया था।

खैर मंत्री जी विदेश से लौटे थे। बहुत-सा काम उनकी गैरहाजिरी के कारण रुक गया था। अतः उन्हें समय की अत्यधिक कमी थी। इसलिए ज्यादा समय अन्य औपचारिकताओं में न गंवा कर मीटिंग के संचालक ने उनसे अनुरोध किया, 'अब मैं आप सब लोगों को बताना चाहूंगा कि माननीय आत्माराम जी, जो हमारे राज्य के नगर विकास मंत्री हैं, ने हाल ही में तमाम अंतर्राष्ट्रीय शहरों का दौरा यूरोप के तमाम देशों में किया है। वो चाहते हैं कि उन्होंने जो कुछ देखा उससे आपको अवगत कराएं ताकि आप हम सब लोग मिलकर उन प्रणालियों को अपने यहाँ भी लागू कर सकें जो शहर की नागरिक सेवाओं को और बेहतर बना सकती हैं।'

इतने में वेटरों ने नाश्ते और चाय की प्लेंटें सर्व करना शुरू कर दी थीं। एक बार ऐसा हुआ था कि मीटिंग खत्म हो गई थी और वेटरों ने नाश्ता चाय इसलिए देरी से सर्व किया था कि कहीं मीटिंग में बैठने वाले डिस्टर्ब न हों। पर अध्यक्ष तथा अन्य महत्वपूर्ण व्यक्ति बिना चाय, नाश्ते के ही चले गए थे। उस वारदात से उस बाबू को मुअत्तल कर दिया गया था जो चाय, नाश्ते का इंचार्ज था। इसलिए तब से हिदायत दे दी गई थी कि चाय, नाश्ता मीटिंग शुरू होते ही सर्व कर दिया जाए। कई लोगों को मीटिंग में औपचारिकतावश ही आना पड़ता है। उनका नाम/विभाग आमंत्रित लोगों की सूची में वर्षों से आता रहता है। लिहाजा नाम था, बुला लिए गए। उन्हें तथा औरों को ये पूर्ण विश्वास था कि उनके आने न आने से कोई फर्क

नहीं पड़ता पर कोई सूची बदली क्यों जाए? ऐसे लोगों का निशाना चाय, नाश्ता की प्लेट ही होती है। वे अपने काम में जुट गए थे।

मंत्री जी ने बोलना शुरू कर दिया था।

कुछ अंशों का तात्पर्य इस प्रकार था–'क्यों हमारे शहर पूर्ण रूप से विकसित नहीं हो पाते? हमारे पास किस चीज की कमी है? तकनीकी क्षमता हम में कम नहीं...फंड भी जरूरत भर के उपलब्ध हो ही जाते हैं। आवश्यकतानुसार टैक्स बढ़ाकर आर्थिक सहयोग पा ही लिया जाता है फिर क्या बात है हमारी सड़कों पर, बाजारों में...वो चमक-दमक नहीं जो मैंने विश्व के अन्य शहरों में देखी...हमारी सड़कों पर गड्ढे हैं..हर कोने पर कूड़े का ढेर लगा रहता है...हर दस कदम पर पानी भरा रहता है...आधी सड़क बाजार के रूप में इस्तेमाल होती है...जो चाहे जहां गाड़ी पार्क करके सड़क पर अवरोध उत्पन्न कर देता है...मुझे इन मामलों में जनता से सहयोग चाहिए। ...कूड़े करकट को इधर-उधर न छितराएं, गाड़ियों को वहीं पार्क करें, जहां उसके लिए स्थान निर्धारित किया गया हो...पानी बेमतलब न फेंके...पानी की वैसे ही कमी रहती है। रुके हुए पानी से मच्छर भी फैलते हैं...हम इस प्रश्न पर भी सोचने पर बाध्य हो रहे हैं कि जरूरत पड़ी तो शहरों का रख-रखाव किसी अंतर्राष्ट्रीय ठेके पर दिया जाए ताकि देश में कंपटीशन फैले और जो लोग मोनोपोली किए हैं उनका चक्र टूटे...(इस बात पर कुछ लोगों ने तालियां बजाने की कोशिश भी की)... कूड़ा बजाय अपने निर्धारित ढेर पर रहने के नालियों में पहुंचकर नालियों का रास्ता बंद कर देता है...(कुछ लोगों ने कानाफूसी शुरू कर दी थी...मंत्री जी को सब मालूम है...दूसरे ने इस पर टिप्पणी की– इसे कौन नहीं जान सकता है...जाते-आते तो सब लोग सड़कों से ही हैं..कितनी देर तक कोई आंखें मूंदे रख सकता है...दिखाई तो देगा ही...पर इन सबसे छुटकारे का क्या उपाय है...) मैं अंत में ये ही अनुरोध करूंगा कि आप सब लोग सहयोग दें। बिना जनता के सहयोग के कुछ भी नहीं हो सकता...(12वें आदमी ने टिप्पणी की कि जनता यहां कहां है, यहां तो वो लोग बैठे हैं जो अपने आपको जनता का हिस्सा कहलाने

में शर्म महसूस करेंगे। क्या कोई भी जो यहां बैठा है राशन की दुकान पर घासलेट के लिए जनता की तरह लाइन में लगेगा।...बिजली का बिल चुकाने के लिए लाइन में लगेगा।...)

मंत्री जी ने सब कुछ जनता के ऊपर ही डाल दिया था। जनता ने उन्हें चुन कर अपने ऊपर शासन के लिए बिठाया था। उन्होंने अपनी महानता का परिचय देते हुए जनता को सर्वोत्तम घोषित कर दिया था।

अब मंत्री जी ने मीटिंग को विचार-विमर्श के लिए खुला छोड़ दिया था। उनके पास जो शब्दों को भंडार था उन्हें उड़ेल कर वो अपना मस्तिष्क पात्र खाली कर चुके थे।

मीटिंगों के शुरू में बड़ा अनुशासन बरता जाता है। धीरे-धीरे लोगों का मुख खुलता जाता है। फिर सच्चाई सामने आती जाती है। अनुशासनहीनता का आभास दिखने लगता है।

लोगों ने अपने-अपने विचार व्यक्त करने शुरू कर दिए थे। एक नेता, जो एक बड़े महत्वपूर्ण पद पर आसीन थे, ने अपने उद्गार व्यक्त करने शुरू कर दिए– 'यहां पर जो लोग बैठे हैं वो सभी जानते हैं कि सच्चाई क्या है...सड़कें जब बनती हैं तो नई होते हुए भी उनमें मरम्मत की आवश्यकता होती है...नालियों के लिए जब खुदाई शुरू होती है तभी उसमें मिट्टी, कंकड़, पत्थर भरे रहते हैं, तो बाद में पानी बहने का प्रश्न ही नहीं उठता...अगर इन ठेकेदारों को दुरुस्त कर दिया जाए...तभी कुछ हो सकता है...' एक दूसरे अधिकारी ने उत्तर देना शुरू किया– 'देखिए ठेकेदार का पेमेंट तभी होता है जब उसके बिल पर सर्टीफाई किया जाता है...कि काम पूरा हो गया है।' इतने में तीसरे आदमी ने बीच में ही बोलना शुरू कर दिया– 'क्यों न हम ठेका ही किसी अच्छे ठेकेदार को दें जिसका काम मशहूर हो।'

चौथे ने कहा– 'कायदे-कानून लिखकर बना दिए गए हैं ठेका उसी को दिया जाना होता है जो काम सबसे सस्ते में कर सके।' पांचवें ने बात बदलते हुए कहा– 'एन आर आई कम्पनी को मौका दिया जाए तो बेहतर होगा।'

एक अन्य नेता ने उठकर भाषण देना ही शुरू कर दिया था– 'अध्यक्ष महोदय, मैं इस बात पर सबको गौर दिलाना चाहूंगा कि सड़कों पर अनधिकृत रूप से दुकानें बनती जा रही हैं...कहीं ठेला लग जाता है कहीं खोमचा...।'

पर उन्हें पूरा मौका दिए बिना ही दूसरे ने बोलना शुरू कर दिया– 'अरे ठेले खोमचे वाले भी तो इंसान हैं। उन्हें भी तो पेट पालना होता है...परिवार चलाना होता है...फिर मध्यम वर्ग तक के लोग सड़कों पर ही खरीदारी करते हैं। उनकी जेब की शक्ति उन्हें शोरूम वाले दुकानों पर जाने की इजाजत नहीं देती...फिर अगर बहुत जोर जबरदस्ती की तो लाठी, बंदूक चलानी पड़ेगी। कोर्ट तक मामला चला जाता है...जांच पड़ताल शुरू हो जाती है... कोर्ट से कुछ लोग 'स्टे' भी ले आते हैं...'

एक अन्य मीटिंग अटेंड करने वाले ने चाय का प्याला पी कर प्याले को मेज के किनारे की तरफ दूर सरकाते हुए कहा– 'ठेला खोमचा तो आज तक नहीं हटाया जा सका है...जब तक रोजगार की समस्या का समाधान नहीं हो सकता तब तक ठेला खोमचा को बर्दाश्त करना ही पड़ेगा।'

एक सज्जन जो बहुत देर से चुप बैठे थे और स्वयं को न बोल पाने के कारण हीनता का आभास लिए हुए थे एकाएक सारी हिम्मत इकट्ठी करके बोले– 'मेरा विचार है अध्यक्ष महोदय सड़क एक बहुत ही मौलिक आवश्यकता है...लोग खून पसीना बहाकर कमाते हैं, बजाय बच्चों पर या बूढ़े मां-बाप की जरूरतों को पूरा करने के, पेट काट कर टैक्स भरते हैं..लेकिन उन बेचारों को चलने के लिए एक साफ सुथरी कायदे की सड़क तक मुहैया नहीं है। सड़क की जरूरत तो छत से भी ज्यादा है...सड़क पर आदमी रह तो सकता है। छत पर तो रह भी नहीं सकता...लोग घर में बंद होकर तो रह नहीं सकते...इन्हें दफ्तर, फैक्टरी, स्कूल अस्पताल, बाजार जाना तो पड़ेगा ही। बिना सड़क के कहां कैसे जा सकते हैं...हमें सारा ध्यान अच्छी सड़कें बनवाने तथा उनके ठीक से रख-रखाव पर देना ही होगा।'

दूसरे सज्जन को लगा कि जब इसने इतना साहस बटोर ही लिया है तो मैं कैसे पीछे रहूं– 'आपने हमारे आदरणीय मित्र के विचार सुन लिए...मैं

उनसे पूर्णतया सहमत हूं...पर सड़कों के साथ-साथ नालियों की उपेक्षा नहीं होनी चाहिए...अगर सफाई ठीक तरह से न हो तो बीमारियां फैल सकती हैं...और तो और...बारिश का पानी न निकल पाने के कारण...जब देखो तब बाढ़ का सामना करना पड़ जाता है। पहले बाढ़ में गांव तबाह होते थे अब आज के आधुनिक वैज्ञानिक युग में इक्कीसवीं शताब्दी के पायदान पर रख रहे समय में महानगर तबाह होते हैं। गांव ज्यादा सुरक्षित महसूस करते हैं।'

अब तक पत्रकार लोग चुप बैठे थे। उन्हें भी ताव आ गया था। जब सारी समस्याएं चर्चित हो रही थीं तो उन्हें भी भाग लेने का अवसर मिलना ही चाहिए था।

एक पत्रकार ने प्रश्न खड़ा किया– 'ऑफ्टर ऑल...सड़कों तथा नालियों पर ध्यान देने की जरूरत को नकारा नहीं जा सकता पर पीने का पानी तथा बिजली भी तो सुचारू रूप से सप्लाई होनी चाहिए...आजकल ये भी तो नसीब नहीं हो रहा है...' लोगों ने समझा मंत्री जी इसका उत्तर देंगे पर वो मौन थे। एक-दूसरे पत्रकार से रहा न गया, उसने पूछ ही लिया– 'मैं माननीय मंत्री जी से गुजारिश करूंगा कि पत्रकार भाई ने जो मुद्दा उठाया है उस पर कुछ कहें।'

मंत्री जी ने सोचा अब तो बोलना ही पड़ेगा पर उन्हें कोई घबड़ाहट नहीं हुई। इस तरह के प्रश्नों से निपटना उन्हें आता था। उन्होंने मुस्करा कर कहा– 'हमने ये मीटिंग इसीलिए बुलाई है, ताकि लोगों को समस्याओं का पता लग सके। उन पर चर्चा हो सके और फिर हम सब मिलकर एक होकर उनसे जूझ सकें। सब लोग अपनी-अपनी बुद्धि, चातुर्य का इस्तेमाल करके सुझाव दें ताकि उनसे जनता को राहत मिल सके...। पत्रकार भाई ने जो समस्या उठाई है वो मूल समस्या है...आपने देखा होगा कि हर समस्या के समाधान में क्या समस्या आड़े आ जाती है। इस पर मीटिंग में परिचर्चा हो जाती है। आप स्वयं सोचें और सुझाव दें। हम हर सुझाव मानने के लिए सहर्ष तैयार हैं।'

एक अन्य वक्ता ने एक और समस्या की ओर सबका ध्यान आकर्षित

करना चाहा– "मैं सबका ध्यान उन अस्पतालों की ओर आकृष्ट करना चाहूंगा, जो नगरपालिका चलाती है...। (एक ने टिप्पणी दी...अरे भाई ये शहरों की नागरिक सुविधाओं के लिए मीटिंग है...अस्पताल, स्कूल, की नहीं।)...उनमें अक्सर दवाएं नहीं रहतीं जिन्हें मर्ज पर काबू पाने के लिए चाहिए होता है। इन डॉक्टरों के पास आदमी तभी जाता है जब वो अंत समय समझ कर स्वयं को भगवान के भरोसे छोड़ देता है। अस्पतालों की सफाई के बारे में कहने से कोई फायदा नहीं है क्योंकि सफाई जब पूरे शहर में ही नहीं है तो अस्पताल में अलग से कहां होगी।...'

इतने में एक अधिकारी बीच में बोल उठा– 'पिछले साल जब हमने कुछ सफाई वालों, जो अक्सर अनुपस्थित रहते थे या ठीक से काम नहीं करते थे पर अनुशासनिक कार्रवाई की थी तो सारे सफाई वाले हड़ताल पर चले गए थे।...उनका अपना राज है...' एक और नेता ने बोलना शुरू किया– 'अब जब सब विषयों पर चर्चा हो ही रही है तो शिक्षा का विषय क्यों छोड़ा जाए। शिक्षा सभी चीजों का आधार है। अगर उचित शिक्षा का प्रबंध हो तो नागरिकता का विकास स्वतः ही हो जाता है। अच्छे नागरिक अच्छी शिक्षा से बनाए जा सकते हैं फिर बहुत-सी समस्याएं तो पैदा भी न होंगी।...मैं नगरपालिका के स्कूलों की बाबत ये कहना चाहूंगा कि इन स्कूलों में छतें बारिश में लीक करती हैं...वहां पर न बैठने के लिए बेंच हैं न किताबें रखने के लिए मेज...बाउंड्री टूट जाने के कारण स्कूल के खेल का मैदान बाजार बनता जा रहा है...आखिर इन स्कूलों का भविष्य क्या है?'

नगरपालिका के शिक्षा अधिकारी ऊंघने लगे थे। उन्हें उम्मीद न थी कि शिक्षा का विषय भी इस मीटिंग में चर्चित होगा। शिक्षा के बारे में जिक्र शुरू होते ही नगरपालिका के बहुत बड़े अधिकारी की निगाहें शिक्षा अधिकारी की ओर उठ गई थीं। शिक्षा अधिकारी को बोलना पड़ा– 'हमारे पास फंड की कमी होती है...चूंकि शिक्षा एक तरह से निःशुल्क है अतएव स्कूलों की मरम्मत के लिए फंड जुटा पाना बड़ा मुश्किल हो जाता है।...हमने एक

स्कीम सोची है...हर स्कूल एक बड़ा औद्योगिक संस्थान स्पॉनसर करेगा। उसको उचित पब्लिसिटी मिलेगी तथा स्कूल को अच्छा रख-रखाव।'

इसके बाद आपस में ही बहसें शुरू हो गई थीं। एक आदमी कोई समस्या उठाता और दूसरा ये बताता कि ये सुलझ क्यों नहीं सकती। कोई एक प्रश्न उठाता दूसरा बताता कि किस प्रकार इसका उत्तर मिलना मुश्किल है। मीटिंग के खत्म होने का समय आ गया था। लोग भी चर्चा कर करके ऊब चुके थे। मंत्री जी के इर्द-गिर्द बैठे लोगों ने कुछ ऐसे इशारे किए जिससे लग रहा था कि अब वो मीटिंग खत्म करना चाहते हैं। लोगों ने मंत्री जी की तरफ इस उम्मीद से देखा कि शायद वो अपनी विदेश यात्रा के अनुभव से इन समस्याओं का समाधान सुझा सकें। पर मंत्री जी ने पान का बीड़ा उठाकर मुंह में भर लिया था। लोग समझ गए थे कि मीटिंग खत्म हो गई है। मंत्री जी का मुख बंद हो गया था।

एक कमरे की जिंदगी

वैसे तो कामतानाथ उस कमरे का मालिक था क्योंकि वर्षों पहले उसने उस कमरे को खरीदा था, लेकिन अब सब कुछ उल्टा सा लगता था। मालिक की जगह कमरे ने ले ली थी। कामतानाथ को उस कमरे ने आश्रय दे रखा था। कामतानाथ को डर भी लगा रहता था कि कहीं कमरा धोखा न दे दे और उसे निकाल दे।

कामतानाथ उस कमरे में दिन भर पड़ा-पड़ा यही सोचता रहता था कि किस तरह एक-एक पाई जुटा कर उसने इस कमरे को खरीदा था। नौकरी का सारा प्राविडेन्ट फन्ड निकाल कर पत्नी के गहनों को गिरवी रख कर, जहाँ से जो बन पड़ा उधार लेकर उसने अर्थ की व्यवस्था की थी ताकि वो भी कम से कम वन रूम किचन एपार्टमेन्ट खरीद सके। जब भी वो कभी कोई पता पढ़ता जिसमें एपार्टमेन्ट लिखा रहता तो उसके मन में टीस भी उठती फिर आशा भी जगती कि काश वो भी कभी एपार्टमेन्ट का स्वामित्व हासिल कर सकता है, उसके नाम के साथ भी जो पता जुड़ता उसमें एपार्टमेन्ट शब्द आता। जब कमरे की चाभी बिल्डर ने उसे दी थी तो उसने हांफते हुए दौड़ कर सीढ़ियां इतनी तेज चढ़ी थीं कि एक लम्बे समय तक वो हांफता रहा। कमरे में पहुंचने के बाद वो घंटों खड़ा रहा। यह एहसास या अनुभूति जानने के लिए अपने स्वयं के कमरे में हवा लेते समय नाक या फेफड़ों को कैसा स्वाद मिलता है। उसने खिड़की से दिखने वाली हर चीज में अपनत्व का अनुभव किया। अब यही सब तो उसे उठते-बैठते आते-जाते हर समय दिखना था। हर पड़ोस में उसे रुचि हो गई थी। जिस एरिया में ये

एपार्टमेन्ट था उसकी हर गली में अब उसे अपनापन लगने लगा था, क्योंकि ये उसके अपने मुहल्ले की गलियां थीं। पहले वो इन गलियों से होकर कई बार गुजरा था पर जब तक उसने इस एरिया की इस बिल्डिंग में फ्लैट नहीं बुक किया था उसे कोई अभिरुचि नहीं थी। पर अब जब वो एपार्टमेन्ट में रहने आ गया था सारा मुहल्ला अपना लगने लगा था।

कई वर्षों तक कामतानाथ उस कमरे में स्वामी के रूप में रहा पर जैसा कि होता आया है, ह्रास भी प्रकृति का नियम है। जैसे विकास होता है, उसी प्रकार ह्रास भी होता है बच्चा बड़ा होकर जवान बनता जाता है और जवान बड़ा होकर बूढ़ा। जवानी चढ़ने की निशानी है, बुढ़ापा उतरने की। शरीर जब विकसित होता है तो आभायमान रहता है पर जब बुढ़ापे की ओर अग्रसर होता है तो ह्रास होने लगता है। कामतानाथ की पत्नी का निधन हो गया था। उसके बच्चों का विवाह हो गया था। बच्चों के बच्चे बड़े हो गए थे।

पूरा संयुक्त परिवार उसी कमरे में रहता था। बुड्ढे कामतानाथ ने अपनी अधेड़ावस्था में कमरा खरीद लिया था पर लड़के इतना भी धन न जुटा पाए कि इससे बड़ा घर बनवा पाते या खरीदते। किसी तरह नौकरियों का जुगाड़ हो गया था और दाल रोटी चल रही थी। कमरा ऐसे एरिया में था जो अब शहर का मुख्य भाग हो गया था। वहां रहने पर आने-जाने की तकलीफ नहीं थी।

कामतानाथ का वृद्ध जर्जर शरीर कमरे के एक कोने में एक दीवान पर पड़ा रहता था। जब कोई मेहमान आता था तो कामतानाथ की दशा दयनीय हो जाती थी। उसकी उपस्थिति लोगों को खुल कर बात करने हंसने में रोड़े की तरह लगती थी। कामतानाथ को खुद भी अच्छा न लगता था कि उसकी उपस्थिति से लोगों को असुविधा हो पर कोई चारा न था। वो इस उमर में, इस अवस्था में उठ कर जा भी कहां सकता था। सीढ़ी चढ़ना उतरना दुश्वार था। करवट लेने में ही दम निकल जाता था। पहले वो पैर घुमाता था फिर पेट का भाग और अंत में किसी तरह गरदन। ऐसे शरीर को उठा कर कमरे से बाहर ले जाना था ही नामुमकिन। अगर गलती से

कोई उसे नमस्ते कर ले तो वो चौंक जाता था क्योंकि उसे किसी ने नमस्ते क्यों किया, यह बात उसे समझ में नहीं आती थी। नमस्ते का जवाब देना भी मेहनत का काम। कुल मिला कर दशा ये हो गई थी कि कामतानाथ खुद अपने मरने का इंतज़ार कर रहा था। उसे स्वयं यह एहसास होता था कि अब न तो संसार को उसकी जरूरत थी, न उसके परिवार को। अगर वो मर जाता तो दीवान के बराबर की जगह वो खाली कर देता जो उसके पोते-पोतियों के खेलने या पढ़ने के काम आ सकती थी। इतनी जगह तो उसे धरती मां से मिलनी ही थी, क्योंकि जहां वो जलाया जाता, मरने के बाद, वो उसकी राख उठने के बाद खाली ही हो जाती।

घरवालों को भी इसी की प्रतीक्षा थी कि अब बुड्ढा भगवान के घर जाए और दीवान के बराबर की जगह उनके हाथ लगे। पोते तो उस दीवान के बराबर टेबुल स्पेस का भाव भी मार्केट-रेन्ट से लाख के बराबर जोड़ लेते। अक्सर वे बुदबुदाते—''बुड्ढा लाख रुपये की स्पेस पर लेटा थूकता रहता है।''

कामतानाथ जब बहुत दिन तक न मर पाया तो उसके अंदर अपराध की भावना आती जा रही थी। उसे लगता तो और जी कर पाप कर रहा है, औरों का हक खा रहा है।

उसी कमरे की उन दीवारों में जहां उसने मातृत्त्व की झलक देखी थी आज उसे लगता काट खाने को हैं। चार दीवार उसे घूरती रहती कि बच्चू कितना चूसोगे, कितना हमसे आश्रय लोगे, कितनी छांव लोगे। अब तो तुमने वो दाम भी वसूल लिया जो मुझे खरीदने में लगाया था, कब तक टप-टप आंखों से घूरते रहोगे। कभी-कभी तो बुड्ढा शरमा जाता और हीन भावना से ग्रसित हो नजरें नीची कर लेता।

खैर, एक रात सब की इच्छा पूरी हुई। बुड्ढ़ा चल बसा। उसकी अंत्येष्टि बड़ी ही शीघ्रता से की गई। सबने उसकी तारीफ की बड़ा अच्छा था, किसी ने यह नहीं कहा कि उसी की बदौलत सिर पर छत नसीब हुई थी।

बुड्ढे की जगह खाली होते ही उसके दोनों बेटों में झगड़ा शुरू हो गया

कि उस दीवान की जगह को कौन लेगा। बड़े लड़के ने कहा कि वो बड़ा है इसलिए पहला हक उसी का बनता है। छोटे ने कहा –उसके लड़के के पढ़ने के लिए जगह नहीं है– वो उसी दीवान वाली जगह पर पढ़ेगा। बुड्ढे के मरने के पहले तक घर में कम से कम एकता थी, कोई कलह नहीं थी। बुड्ढे के मरते ही घर में कलह शुरू हो गई, अशान्ति शुरू हो गई। लड़ाई होने लगी।

एक सुबह जब दोनों भाइयों ने आंखें देर से खोली क्योंकि पिछली रात वे देर तक लड़ते रहे थे तो पाया कि उनके बेटों ने चाक से निशान मार कर कमरे व किचन का बंटवारा कर लिया था।

जब दोनों भाइयों ने प्रश्न सूचक दृष्टि से उनकी तरफ देखा तो वे बोल पड़े– ''आप लोग रोज लड़ते-लड़ते फैसला भी नहीं कर पा रहे थे और हम लोगों का वक्त भी जाया कर रहे थे। हमने उस दीवान को काट कर दो बना दिया था आप दोनों भाई आधी-आधी दीवान पर लेट कर छत और दीवारों को वैसे ही घूरिये जैसे बाबा जी किया करते थे। हम लोगों ने बाकी घर आपस में बांट लिया है।''

कुदरत के नियम के आगे वे सब नतमस्तक हो गए थे।

लेकिन तलाकशुदा

मोहन और मंजू की मुलाकात तब हुई थी जब एक दिन रास्ते में बस खराब हो जाने के कारण उन्हें बीच सड़क पर उतरना पड़ गया था। दोनों जल्दी में थे और सांताक्रूज स्टेशन पहुँच कर पहली लोकल लेकर उन्हें चर्चगेट पहुँचना था। आटो रिक्शा केवल एक ही था जो उस समय सड़क के किनारे खड़ा था। दोनों ने उसे लेने की कोशिश की थी। यूं तो मोहन ने उससे पहले पूछा था–"सांताक्रूज स्टेशन चलोगे" पर आटो रिक्शा वाले के उत्तर देने के पहले ही मंजू भी टपक पड़ी और उसने रिक्शे वाले को हुक्म सा ही दे दिया था– "सांताक्रूज स्टेशन चलो"।

मोहन को मंजू का ये एक्शन बड़ा नागवार लगा था। उसने मंजू से कहा– "मैंने पहले पूछा"। मंजू ने तपाक से उत्तर दिया– "आप अभी तक निश्चय नहीं कर पाए थे कि सांताक्रूज जाना है कि नहीं आप पूछताछ कर रहे थे आप उससे एक प्रश्न कर रहे थे– सांताक्रूज चलोगे या नहीं...जब कि मैंने उसे सीधे-सीधे इंगेज कर लिया है और सांताक्रूज चलने के लिए कह दिया है।" रिक्शे वाले ने दोनों संभावित यात्रियों का झगड़ा सुलझाने के पहले तम्बाकू की खैनी खाने को सोचा और उसने दोनों हाथों के बीच पान मसाला व तम्बाकू मसलना शुरू कर दिया था।

मुँह में तम्बाकू का स्वाद लेते होठों का एक भाग दबाए दूसरे भाग को चालित करते आटो ड्राइवर ने कहा– "ऐसे तो बाबू साहब पहले पहुँचे थे, पर लेडीज फर्स्ट का जमाना है।"

''उफ'' अब क्या होगा एग्जाम का'– ये कहकर मोहन ने सिर नीचे की ओर हिलाते हुए झल्लाहट सी दिखाई।

''मेरा भी एग्जाम है'' यह कहते हुए मंजू आटो रिक्शे में बैठने लगी थी।

आटो वाले ने तम्बाकू की एक पीक स्पीड के साथ एक ओर गिराते हुए कहा– ''अगर आप दोनों को जल्दी है और दोनों को एक ही जगह यानी सांताक्रूज स्टेशन जाना है तो दोनों क्यों नहीं बैठ जाते।''

''ताकि तुम्हें दो-दो यात्रियों से किराया मिले।'' – मंजू ने तपाक से उत्तर दिया।

''नहीं मैं तो आप लोगों के भले के लिए कह रहा था, किराया आप लोग आधा-आधा दे देना।''

मंजू का सब कुछ अपने फेवर में होते देख मूड अच्छा हो गया था। उसने कहा– ''आइए आप भी बैठ जाइए।'' मंजू रिक्शे में एक ओर सरक गई थी और मोहन इस प्रकार बैठ गया था दोनों के शरीरों के स्पर्श की कोई संभावना तब भी न हो जब आटो रिक्शा गड्ढे पर या बम्प पर उछले।

''आप किस चीज का एग्जाम देने जा रहे हैं– मंजू ने एक गंभीर वातावरण को हल्का बनाने की कोशिश करते हुए कहा।

''एग्जाम देने नहीं इनविजिलेशन करने जा रहा हूँ'' मोहन ने टू दि प्वायंट उत्तर दिया।

''ओह मैं तो देने जा रही थी''– मंजू बोली। अब मंजू ने मोहन में इतनी रुचि दिखाई थी तो मोहन को ये फर्ज महसूस हुआ कि वो पूछ ही ले– ''आप का एग्जाम कहाँ है।''

''लॉ कॉलेज में'' – जैसे ही मंजू का ये उत्तर मोहन को सुनाई दिया उसका चौंकना मंजू को इसलिए आश्चर्यचकित न कर सका क्योंकि उसने मंजू को ये बात सुनते ही उचक कर कह दिया था– ''वहीं तो मेरी ड्यूटी इनविजिलेशन की लगी है।''

मंजू को अपना पलड़ा थोड़ा हलका लग गया था। उसका चेहरा भी थोड़ा-सा नम्रता का रंग लेने लगा था।

"सर आप कहां पढ़ाते हैं?"– मंजू ने पूछा तो मोहन ने छोटा-सा उत्तर दे दिया था–"विवेकानन्द लॉ कालेज में"।

तब तक सांताक्रूज स्टेशन आ गया था और इसके पहले कि वो लोग रिक्शे से उतरते, मंजू ने शर्म पर विजय प्राप्त कर थोड़ी हिम्मत थोड़ी हिचकिचाहट के साथ कह ही दिया "पर सर आप इतने 'यंग' लगते हैं कि कोई कह नहीं सकता कि आप पढ़ाते भी है।"

मोहन को अपने बारे में 'यंग' सुनकर अच्छा लगा था। उसने जेब में हाथ डालकर पैसे निकालते-निकालते कह ही दिया– "अरे भई मैं यंग ही हूँ, पिछले साल ही मैंने लॉ पास किया। पहले नम्बर पर मैरिट में होने के कारण मुझे टेम्पोरेरी लीव वैकेन्सी में पढ़ाने का ऑफर मिला वो भी इसलिए क्योंकि एक फेकल्टी मेम्बर को एक फॉरेन एसाइनमेंट मिल गया था, तो मैंने सोचा जब तक सिविल सर्विसेज की तैयारी करूं तब तक लॉ पढ़ाने में ही क्या बुरा है, अनुभव ही होगा और पढ़ाई भी।

"मैं अपना हिस्सा देती हूँ" यह कह कर मंजू अपना पर्स खोलने वाली थी कि मोहन ने कहा–"लीव इट, मैं दे रहा हूँ, आपकी लिफ्ट के लिए शुक्रिया अगर आप ऑटो में न बैठने देती तो मैं लेट हो सकता था।"

"नहीं नहीं सर ये ठीक नहीं" मंजू कुछ कहती तब तक मोहन ने उसके पर्स पर हाथ इस तरह से रख दिया कि पर्स खुल ही न सके। इस दोस्ताना हाथापाई में दोनों के हाथों का अचानक स्पर्श दोनों के शरीर में एक मीठे सिहरन का एहसास भी करा चुका था। जब दोनों आटो रिक्शे से मुस्कराते हुए उतरे तो रिक्शे वाले ने भी तम्बाकू द्रव्य को मुंह में चलाकर हिलाकर हंसते हुए कहा कि–देखा मेरे रिक्शे का कमाल...रिक्शे में बैठने के पहले दोनों दुश्मन और रिक्शे से उतरने के बाद दोनों की दोस्ती...कहाँ तो दोनों को रिक्शे की भागीदारी नहीं पसन्द थी और कहाँ एक-दूसरे के लिए मेहमान नवाजी होने लगी। ये कहकर आटो रिक्शा वाले ने रिक्शे का एक्सीलटर जोर से दबाया और खर्र की आवाज के साथ चलता बना। उसे

भी दोनों की दोस्ती से खुशी मिली थी, जो एक्सीलेटर पर जोर से दबते पांव से प्रकट हो गई थी।

"आप तो लेडीज कम्पार्टमेंट में जाएंगी क्योंकि इस समय जेन्ट्स वाले डिब्बे में तो घुसना भी नामुमकिन है, मैं तो लेडीज वाले में चल नहीं सकता"– मोहन ने ये कहकर मंजू से विदा लेने की शुरुआत कर दी थी।

"सी यू सर इन एग्जाम्स" – मंजू ने ये कहा और हाथ हिला दिया।

मोहन ने भी "थैंक्स" कहा, और जल्दी से गाड़ी पकड़ने के लिए सीढ़ियों से उतरने लगा।

ब्रिज के एक ओर मोहन उतरा और दूसरी ओर मंजू। उन दोनों के बीच मुलाकातों का होना जैसे विधि का विधान बन चुका था। उसी हाल में जिसमें मंजू की सीट थी मोहन की ड्यूटी थी। मंजू ने अपनी उत्तर पुस्तिकाएं लिखकर भरनी शुरू कर दी थी। मोहन ने तकल्लुफ वश एक दो बार इशारे से पूछ लिया था कि सब कुछ ठीक है क्योंकि खुलेआम तो वो मंजू से कुछ पूछ नहीं सकता था। मंजू ने भी इशारे से कह दिया था कि सब कुछ ठीक है। इनविजिलेटर से जान-पहचान ने मंजू के मन में आत्मविश्वास बढ़ा दिया था और वो अपना पेपर अच्छी तरह से कर सकी थी। मुलाकातों के बढ़ने का सिलसिला इसलिए आगे और शुरू हो गया था क्योंकि कभी कानून की पढ़ाई के कुछ मसलों को ठीक से समझने के लिए मंजू को मोहन के पास जाना पड़ा था। और धीरे-धीरे दोनों को ये एहसास हो गया था कि मुलाकात का रंग बदलने लगा है। मुलाकात ने मुहब्बत की राह पकड़ी और मंजिल बन गई– शादी।

शादी के फैसले के लिए मोहन ने मंजू से कहा था – "हमें उन दोनों ड्राइवरों का शुक्रगुजार होना चाहिए जिन्होंने हमें मिलाया।"

मंजू ने उत्सुकतावश पूछा– "कौन से दो ड्राइवर" मोहन ने हंसते हुए कहा– "एक तो वो बस वाला जिसकी इस घोषणा से हम बीच रास्ते बस से उतर गए थे, कि बस एकाएक खराब हो गई थी और दूसरा ड्राइवर उस आटो रिक्शे का जो हमें साथ-साथ उस दिन हमारी पहली मुलाकात में ले

गया था। घटनाओं की श्रृंखला बनाने वाले ने कितनी खूबसूरती से हमारी शादी का बैकग्राउंड तैयार किया।''

मंजू ने भी हंसने की मुद्रा में कहा– ''उस दिन जब बस रास्ते में खराब हुई थी तो मैं अपनी किस्मत को कोस रही थी। मुझे लग रहा था कि बस एक बदकिस्मती की राक्षस थी जो मुझ एग्जाम में न पहुँचने देगी पर देखें...एग्जाम तो क्या किसी लड़की के जीवन की आखिरी मंजिल तक मैं पहुँच गई–विवाह''

मोहन ने सिविल सर्विसेज की परीक्षा दी पर सफलता न मिली। उसको अंदर ही अंदर मन में ये संदेह था कि जब से उसका मन मंजू से प्यार की राह पर चल पड़ा था, पढ़ाई में मन नहीं लगता था। इधर उसे कॉलेज में परमानेन्ट भी कर दिया गया था। जो भी कारण हो चाहे किस्मत ही, मोहन सिविल सर्विसेज में न आ पाया। पर मंजू का प्यार और उससे शादी वो अपने जीवन की इतनी बड़ी उपलब्धि मानता था कि सिविल सर्विसेज की असफलता उसको कोई ज्यादा फ्रस्टेशन या नैराश्य न दे सकी। मंजू कुछ दिन पहले दुल्हन बनी उतरी थी और दुल्हन को मां में तब्दील होते कितनी देर लगती है? वो धीरे-धीरे दो बच्चों की मां भी बन गई थी। बच्चों का नाम भी दोनों ने बड़े प्यार से रखा–लेख और लेखा। लेख बड़ा था और लेखा छोटी।

एक दिन जब मोहन पूरे परिवार के साथ अपनी ससुराल गया था तो उसने अपनी पत्नी और उसके पिता के बीच हो रही वो बातें सुन लीं जो वो लोग चुपचाप इस तरह कर रहे थे, ताकि मोहन न सुन सके–

मंजू के पिता– ''मंजू मोहन सिविल सर्विसिज में तो आया नहीं। अब उसका क्या प्लान है, क्या और कुछ सोच रहा है?''

मंजू– ''नहीं डैडी वो तो कह रहा है टीचर ही ठीक है।''

मंजू के पिता– ''पर मास्टरी कर पूरी जिन्दगी गुजारना बड़ा मुश्किल है...लॉ का मास्टर तो ट्यूशन क्लासेज चलाने का बिजनेस भी नहीं कर सकता। अगर साइंस, मैथ्स या अंग्रेजी का टीचर होता तो उसकी ट्यूशन क्लासेज ही करवा देते।''

मंजू– "क्या करूं डैडी वो आपकी सालिसिटर्स फर्म में भी नहीं ज्वाइन करना चाहता। उसका कहना है कि ससुराल में नौकरी करना भी ठीक नहीं है। ससुराल के भरोसे क्यों रहा जाए..."।

मंजू के पिता–"ये तो बड़ा गड़बड़ है, इससे अच्छा तो तुम्हारी शादी..."

मंजू–"छोड़िए डैडी शादी तो वहीं होती है जहां भगवान लिख देता है"।

मंजू के पिता– "पर ऐसे कब तक चलेगा मंजू मास्टरी से तो बम्बई में एक कोठरी तक नहीं खरीदी जा सकती। अपनी वकालत ही शुरू करे।"

मंजू– "उसमें भी तैयार नहीं है।"

मंजू के पिता– "तो लॉ पढ़ने की जरूरत क्या थी?"

मंजू– "कहता है सिविल सर्विसेज में लॉ पढ़ कर बैठना अच्छा रहता है और लॉ का पेपर स्कोरिंग है...।"

मंजू के पिता– "पर आया तो है नहीं।"

मंजू– "जब सिविल सर्विसेज के एग्जाम में आखिरी बार नहीं आया तो कह रहा था जज बनूंगा।"

मंजू के पिता– "खाक जज बनेगा बिना वकील बने। मुझे देखो मेरे पास दो-दो बार जज बनने का ऑफर आया पर मैंने ठुकरा दिया। जज तब बनूंगा जब वकालत से रिटायरमेंट लेने की सोचूंगा।"

मंजू– "वो कह रहा था जज बनने की परीक्षा में बैठूंगा उसमें लम्बी उमर तक बैठा जा सकता है।"

मंजू के पिता– "कहीं नहीं आएगा वो आजकल हर नौकरी में आरक्षण है, पता नहीं क्यों उसे खानदानी पेशा नौकरी ही करने की क्यों पड़ी रहती है।"

मंजू– "एक बात कहूं डैडी, मैंने लॉ पढ़ा है और बच्चे भी अब दो हो गए हैं। अब मैं सोच रही हूँ कि मैं आपकी फर्म के मार्फत वकालत के पेशे में घुसूं। गृहस्थी चलाकर पूरा जीवन गुजारना मुझे जानवरों जैसा लगता है।

इंसानी दिमाग अगर पढ़ लिख कर तैयार किया गया है तो उसका "रिटर्न" आना चाहिए।"

मंजू के पिता– "मुझे एतराज नहीं मुझे फख्र है कि मेरी बेटी की शादी गलत जगह हो गई है फिर भी वो डैमेजेस बचा लेगी।"

मोहन क्या किसी को भी ये अपने बारे में सुन कर आग बबूला हो उठना स्वाभाविक ही था। एक बार तो उसका मन किया कि वो सामने चलकर अपने ससुर यानी मंजू के पिता से साफ-साफ बात कर ले कि उसकी जिन्दगी उसके कैरियर का फैसला करने वाले वो कौन होते हैं? पर उसका पैतृक संस्कार उसके आड़े आ गया...उसने सोचा क्यों मुँह खोलकर ससुराल में भद्दगी की जाए। लेकिन उसने तय कर लिया कि वो घर चलकर मंजू से बातें साफ कर लेगा।

जाहिर है घर पहुँच कर उन दोनों में तनाव होता। मोहन मचल रहा था कि कब मंजू को आड़े हाथों ले। घर पर उसने मंजू से पूछना शुरू कर दिया– "तुम लोग मेरे बारे में क्या बातें कर रहे थे।"

मंजू– "कब कहां किससे...।"

– "अब मुझसे न छिपाओ तुम और तुम्हारे डैडी जो मेरे बारे में बातें कर रहे थे सब मैंने सुन ली हैं।

– "तो क्या गलत कह रहे थे, तुम्हारे कैरियर की चिन्ता उन्हें खाए जा रही है।"

– "मुझे ही कहीं न तुम लोगों की ये चिन्ता खा जाए।"

– "तुम्हें ये पढ़ाने का प्रोफेशन अच्छा लगता है।"

– "क्यों इसमें क्या बुराई है।"

– "बुराई कुछ नहीं पर न धन, न सामाजिक प्रतिष्ठा तिस पर इतनी मेहनत, छात्रों की बढ़ती गुंडागीरी, अनुशानहीनता, कौन इज्जत करता है। जिससे कहो हम मास्टर है मुंह बिचका लेता है लगता है समाज में हम किसी काम के नहीं।"

– "मैं चाहूँ तो बहुत कुछ बोल सकता हूँ, लेकिन तुम्हें भाषण देकर

क्या तुम्हें कुछ समझ में नहीं आएगा। तुम पर झूठी इज्जत, शान के नशे की तलब चढ़ी है...बस इतना कह देता हूँ कि तुम अपने डैडी से कह दो वो अपनी जिन्दगी अपने ढंग से जीने के हकदार हैं और मैं अपने, अगर तुम्हें पसन्द नहीं हो तो...।''

– ''तो...तो क्या...''

– ''यही कि तुम भी वहीं रह सकती हो।''

– ''ये तुम क्या कह रहे हो।''

– ''तुमने तो वैसे भी फैसला कर लिया है कि तुम डैडी के साथ वकालत में जाने वाली हो।''

– ''तो मैं क्या करूँ, घर का खर्च चलता ही नहीं, अपने बच्चों की पढ़ाई..अपने परिवार का खर्च तिस पर से तुम्हारे बूढ़े माता-पिता, तुम्हारे भाई-बहन...''

– ''क्यों मेरे मां-बाप, भाई-बहन ने तुम्हारा क्या बिगाड़ा है।''

– ''क्या बिगाड़ा है...उनकी दवा-दारू, उनकी पढ़ाई, शादी-ब्याह सब पर तो तुम खर्च करते रहते हो...क्या ये लोग मेरे बच्चों का हिस्सा नहीं खा रहे, उनका पेट काट कर, तुम अपने मां-बाप, भाई-बहन का पेट नहीं भर रहे...जो कुछ बचत की तो बहन की शादी में लगी दी।''

– ''ओफऽ तुम्हारे मन में इतना जहर भरा था...मुझे मालूम न था।''

– ''अच्छा तो अब मैं जहरीली लगने लगी।''

– ''तुम्हारे घर वाले भी तो यहाँ पर आए दिन जमे रहते हैं।''

...इसके बाद रोज ही कुछ न कुछ होने लगा। प्यार की दीवार को अहम के हथौड़े ने तोड़ दिया था। मोहन को संदेह था कि उसकी बीवी को उसके मायके वाले भड़काते हैं। जितनी ही लम्बी बहस चलती उतना ही मन-मुटाव बढ़ता जाता।

इस बीच मंजू ने डैडी की फर्म के मार्फत वकालत भी शुरू कर दी थी। अब हालत ये थी कि मंजू और मोहन सिवाये एक-दूसरे को जली कटी सुनाने के या जले पर नमक छिड़कने के और किसी तरह का मीठा

व्यवहार न दिखाते। दाम्पत्य को घुन लग गया था और जब मंजू के डैडी की सालिसिटर्स फर्म ने वो मुकदमा लड़ने के लिए ले लिया जो एक कम्पनी ने मोहन के भाई को नौकरी से निकालने के लिए दायर किया था तो सहनशीलता जवाब दे गई थी। मोहन के भाई को जब कम्पनी ने नौकरी से निकाला तो वो कोर्ट से अपने फेवर में जीत गया पर कम्पनी ने इस फैसले के खिलाफ अपील की और मंजू के डैडी की कम्पनी को मुकदमा लड़ने के लिए नामांकित किया।

कलह बढ़ गई और कहा-सुनी के दौरान एक दिन मोहन के मुंह से गुस्से से निकल गया– ''अगर तुम्हें अपने डैडी से इतना लगाव है तो तुम वहीं क्यों नहीं रहती, यहाँ आने की क्या जरूरत...''

मंजू ने इस बात पर बहुत क्रोध व्यक्त किया जब उसने डैडी से ये सब बताया तो वे भी तैश में आए और बोल दिया– ''छोड़ दो उस पगले का घर ...मेरी बेटी के साथ ऐसा बर्ताव...हम लोग कानून के विशारद और हमें ही धौंस...बच्चू को तलाक की नोटिस भिजवा दूंगा तब दिमाग ठिकाने आ जाएगा...।''

फिर क्या था मोहन के पास तलाक का नोटिस आ गया था कारण लिखा...पत्नी के साथ वहशियाना बर्ताव...

मोहन भी रोज-रोज की कुढ़न से झल्ला गया था। हालांकि रिश्तेदारों और दोस्तों ने तलाक जैसा बड़ा कदम उठाने के विपरीत काफी समझाया पर दोनों वर्ग समझौते के मूड में न थे। मोहन को मंजू के पिता की कानूनी धौंस पसन्द नहीं थी। वो आजाद ख्यालों वाला था। मंजू के पिता के मन में ये था कि वो कानून के इतने बड़े ज्ञाता और उनकी लड़की क्यों भुगते, क्यों कम रहे, क्यों सेर पे सवा सेर होके न रहे। इतने बड़े वकील की बेटी से मोहन जैसा अदना क्यों पंगा ले रहा था, क्यों जुर्रत कर रहा था।

फिर क्या था, तलाक हो गया...दो बच्चे थे, मंजू के साथ बेटी के रहने के फैसला हुआ और मोहन के साथ बेटे का। लेखा मंजू के साथ रहने लगी और लेख मोहन के साथ। दलील ये थी कि बेटी को मां ही अच्छी तरह

पाल सकती है। माँ ने भी कहा कि वो बेटी की अच्छी शादी करवा पाएगी उसका बाप नहीं।

कानून को क्या था, कानून को तो सिर्फ बंटवारा करना था, एक कागज पर चंद लाइनें लिखनी थी, टाइप होनी थी...टंकण तो दिल पर होना था वो भी मासूम निरीह नासमझ बच्चों के...।

मोहन और मंजू अलग-अलग हो गए थे। मोहन के मन में था कि मंजू के साथ कोई निभा नहीं सकता था और मंजू के मन में था कि मोहन के साथ कोई निभा नहीं सकता था। समाज में हर तरह के अकेले बने लोगों की मांग भी रहती है। कुछ महीनों के बाद मोहन ने दुबारा शादी कर ली मीना से और मंजू ने दुबारा शादी कर ली मयूर से। दोनों ने एक-दूसरे को खबर भी पहुँचाई कि दुबारा शादी हो रही है, शायद ये सिद्ध करने के लिए कि ये न समझना कि तुम्हारे अलावा और कोई मेरा हो नहीं सकता, जिसका मुख्य मकसद ये दिखाना था कि खोट तुम्हारे में था, मेरे में नहीं। वरना दोनों साथी बदलते ही हम कितने खुश हो गए, ये ढिंढोरा क्यों पीटते। पूर्व पति-पत्नी के दिलों में बदले के शैतान ने निवास स्थान बना लिया था।

मोहन ने शादी की थी अपनी जरूरत के लिए बल्कि समाज में एक ऐसे तलाकशुदा इंसान की इमेज न रखने के लिए जिसे उसकी बीवी ने तलाक दे दिया हो। मंजू को ये दिखाना था कि मोहन के बगैर किसी और के साथ खुश रह सकती थी। उसकी अपनी एक अलग पहचान थी।

मोहन की दूसरी बीवी से भी एक बच्चा हो गया था वो एक लड़की थी, जिसका उसने नाम रखा मोहिनी। उधर मंजू को भी दूसरे पति मयूर के साथ एक लड़का हुआ जिसका उसने नाम रखा माधव।

वक्त ने मलहम सा सबके दिमागों पर लगा दिया था और फिर लोग अपनी-अपनी रोजमर्रा की जिन्दगी में व्यस्त हो गए थे। मलहम नहीं लगा था तो लेख और लेखा के दिमागों पर। कानून बना ही सजा देने के लिए, बंटवारा करवाने के लिए। सजा मिल रही थी लेख को लेखा को...बंटवारा हुआ था उनका भाई का बहन से बहन का भाई से। यूं तो उन्हें नए मां

नए बाप भी मिल गए थे पर कुछ चीजें पुरानी ही अच्छी होती हैं। यूं तो उन्हें कोई परेशान नहीं करता था पर जो स्वाभाविक प्यार माँ या बाप का होता है उससे वंचित थे।

मोहन की दूसरी बीवी मीना पहले एक विधवा थी। उसका पति वायुयान में पाइलट था। एक प्लेन क्रैश में उसकी मृत्यु हो गई थी। थोड़े दिन वो दुःख संतप्त थी। बाद में उसके माता-पिता ने अखबार में इश्तहार देकर उसका रिश्ता मोहन से तय करवा दिया था। समाज के लिहाज से तो बड़ा अच्छा हुआ था। दो ठुकराये पुनः मिलकर दाम्पत्य सूत्र के बंधन में बंध रहे थे। दोनों को एक-दूसरे की जरूरत का एहसास उनके शुभेच्छुओं ने करवा दिया था। वैसे तो ख्याल ये भी था कि लेख को एक नई माँ मिल जाएगी पर नई माँ विमाता/कुमाता कुछ भी हो सकती है। लेख को मीना बेटा मानती थी पर अपना नहीं। विशेषतः अपनी लड़की मोहिनी के जन्म के बाद। वो उसे पति की एक जिम्मेदारी भर ही मानती थी। मीना को पूर्व पति की काफी इंश्योरेन्स की रकम भी मिली थी और साथ ही साथ उस हवाई कम्पनी में नौकरी भी, जहाँ काम करते समय उसके पूर्व पति की मृत्यु हो गई थी। मोहन और मीना को पैसे की कोई कमी नहीं थी पर पैसे और प्यार असम्बन्धित हैं। लेख से मीना घर का काम तो ले ही लेती, मानो वो एक नौकर हो। मीना के मन में तो यही रहता था कि वो उसका सौतेला बेटा है। पर बाहर यही जाहिर करती कि बच्चा घर का काम नहीं करेगा तो जिन्दगी जीना कैसे सीखेगा? लेख मोहिनी के जन्म के बाद मीना के अपने प्रति व्यवहार में बदलाव का प्रेक्षण कर रहा था। पर क्या कर सकता था। मीना ने धीरे-धीरे मोहन को पूरी तरह अपने काबू में कर लिया था। मोहन को उसने ये एहसास दिला दिया था कि उसकी दूसरी पत्नी पहली वाली से कहीं ज्यादा अच्छी है। मोहन चाहता था कि मंजू कभी मिले और देख ले कि उसके बगैर भी मोहन कितना खुश है कितना भरा पूरा परिवार उसके पास है। वैसे भी दूध का जला छाछ भी फूंक-फूंक कर पीता है। मोहन मीना के प्रति व्यवहार में सावधानी भी बरत रहा था।

इधर मंजू की वकालत अच्छी चल निकली थी। वो तलाक दिलाने की एक्सपर्ट बन गई थी। उसने इसी में महारथ हासिल कर ली थी। उसका दूसरा पति एक एन०आर०आई० था जिसने पहले किसी विदेशी औरत से विवाह किया था पर विदेशी औरत से उसकी बनी नहीं वो औरत किसी और पुरुष में रुचि दिखाने लगी थी। विदेशों में ये कोई विशेष बात नहीं थी। मंजू के दूसरे पति मयूर को विदेश में तुरन्त तलाक मिल गया था। उसके दोस्त सम्बन्धियों मां-बाप ने यही राय दी कि वो दुबारा शादी कर ले पर वो किसी विदेशी से विवाह नहीं करना चाहता था।

जब से मयूर का विदेशी पत्नी से तलाक हुआ था उसे भारत की संस्कृति में रुचि पैदा हो गई थी। वो चाहता था कि वह भारत में कोई व्यापार शुरू करें। सौभाग्यवश उसे एक अच्छा भारतीय पार्टनर मिल गया, जिसका भारत में अच्छा कारोबार था। इसी कम्पनी के विधि सलाहकार थे मंजू के पिता। मिलते-मिलते मयूर का परिचय मंजू तक से हो गया, क्योंकि मयूर को कई बार विदेश से भारत आना पड़ा। मंजू के पिता को तो एक ऐसे ही रिश्ते की तलाश थी। उन्होंने अखबारों में विज्ञापन भी दिया था पर जब दोनों यानी मयूर और मंजू के अभिभावकों को पता चल गया कि मुलाकात यूं ही हो गई तो उनका रिश्ता भी तय हो गया और मंजू और मयूर फिर दुल्हन दूल्हा बन गए। मयूर को मंजू के साथ उसकी लड़की लेखा स्वीकार थी। उसे लेखा का मंजू के साथ रहना नागवार नहीं था। एक बार फिर मंजू के लिए दाम्पत्य रंग लाया और वो दुबारा मां बनी...एक बेटे माधव की।

मयूर विदेश में ही एन०आर०आई० की हैसियत से रहता था। हिन्दुस्तान में कारोबार फैल जाने पर उसकी भारत यात्राएँ बढ़ गई थीं। वैसे भी उसकी पत्नी और बेटा वहाँ थे। उसकी मां भी हर साल भारत एक बार अवश्य आती थी। उन्होंने एक बंगला भी मंजू के लिए किराये पर ले लिया था। इस बार जब मयूर की मां विदेश से आई तो सबसे लिए उपहार लाई। उन्होंने सबको उपहार दिया पर उनके लिए मंजू के पहले पति से पैदा हुई लड़की लेखा की कोई अहमियत नहीं थी। लेखा को कोई उपहार नहीं मिला था।

मयूर की मां ने एक एक करके सबका नाम पुकारा ताकि वो अपने हाथों से उसे उपहार दे। कभी मंजू कभी बेटा माधव कभी घर का नौकर, नौकरानी...पर लेखा का नाम नहीं पुकारा। लेखा एक बच्ची ये समझ न सकी कि उसका नाम दादी मां यानी मयूर की मां ने क्यों नहीं पुकारा। वो भी तो उन्हें दादी कहकर पुकारती थी, जैसे माधव पुकारता था पर उसे दादी ने कुछ क्यों नहीं दिया।

बाद में उसने मंजू से पूछ ही लिया– ''मम्मी दादी मां ने सबको पुकार-पुकार कर उपहार दिया। फॉरेन से सबके लिए गिफ्ट लाई पर मेरा नाम क्यों नहीं पुकारा।''

मंजू समझती तो सब थी पर बच्ची को क्या बोले। उसने सांत्वना देने की कोशिश की– ''कोई बात नहीं बेटी मैं तुम्हें बाजार चलकर जो गिफ्ट तुम पसन्द करोगी खरीदवा दूंगी।''

पर लेखा को ये मंजूर नहीं था। उसे गिफ्ट की चिंता नहीं थी, उसके मन जो बात हथौड़े की तरह प्रहार कर रही थी वो ये थी कि उसके लिए दादी माँ ने गिफ्ट क्यों नहीं लिया उसका नाम क्यों नहीं पुकारा?

मयूर की मां ने मंजू को इस बात के लिए तैयार कर लिया कि वो भी मयूर के साथ विदेश चलकर बस जाए। हिन्दुस्तान की जिन्दगी बड़ी कठिन है यहां रहना रोज तमाम तरह की मुश्किलों का सामना करना है। यहाँ हर चीज के लिए संघर्ष करना पड़ता है फिर मयूर का सब कुछ तो विदेश में है। मयूर के भाई-बहन, मां-बाप और वो खुद सिर्फ, पत्नी बच्चा भारत में रहकर क्या करेंगे। भारत में तो पार्टनरशिप फर्म रखना ही ठीक है। एक लिंक-सा रहेगा...ऐसे तो बहुत देशों में मयूर के बिजनेस की पार्टनरशिप है वो हर जगह तो रह नहीं सकता। और मयूर भी भारत आता तो था पर यहाँ रहने में उसे दिक्कतें कई लगती थी। हर जगह किसी छोटे काम के लिए भी कई चक्कर लगाने पड़ते थे। फिर मौसम और सिविक सुविधाएं भी आरामदेह नहीं लगते थे।

मयूर ने भी मंजू को समझा दिया था– ''अब तुम्हारा यहां क्या रखा है।

तुम्हारे डैडी की हार्ट अटैक से मृत्यु हो गई है, चलो विदेश, वहाँ की दुनिया देखो। अगर आज के युग में तुमने पश्चिमी सभ्यता व उसका रहन-सहन नहीं देखा तो जिन्दगी अधूरी समझो। फिर तुम तो तलाक के मुकद्दमों की एक्सपर्ट हो तुम्हारे लिए तो वहाँ केस ही केस हैं।"

ये दलील मंजू को पसन्द आ गई थी। उसने मयूर के साथ विदेश में ही बस जाने के लिए हामी भर दी।

पर वीसा की समस्या थी। यूं तो शादी के बाद ही मयूर ने मंजू के वीसा के लिए प्रार्थना-पत्र दे दिया था पर अब उसे इस काम के पीछे पड़ना था।

मोहन बराबर खबर रखता था कि मंजू का जीवन कैसा चल रहा है। उसे भनक पड़ गई थी कि मंजू विदेश जाकर अपने एन०आर०आई० पति के साथ वहीं बस जाना चाहती है। तभी से उसे भी धुन चढ़ गई थी कि वो भी विदेश जाए। वो परिवार के साथ तो प्रोग्राम न बना सका पर उसे "इन्टरनेशनल लॉ" पर शोध की एक फेलोशिप एक साल के लिए मिल गई। वो चाहता था कि मंजू के रवाना होने के पहले ही वो विदेश चला जाए ताकि मंजू विदेश में बसने के पहले ये जान ले कि मोहन उसके पीछे नहीं रहा और उसकी भी विदेश जाने की काबिलियत है। उसके जाने के बाद उसकी पत्नी मीना लेख और मोहिनी के साथ रह गई। वो उन्हें भी घुमाने के लिए वहाँ बुलाने का वादा कर गया था।

मीना के पास कुछ महीनों के बाद मोहन ने फोन किया और कहा कि वो भी विदेश आ जाए। थोड़े दिन साथ-साथ बाहर घूम लेंगे। मीना की हवाई कम्पनी ने भी उसे इजाजत दे दी थी।

मीना ने विदेश जाने की तैयारियां शुरू कर दी थी। वो मोहिनी को तो साथ ले जाना चाहती थी पर लेख को नहीं। लेख थोड़ा बड़ा बच्चा था। मोहिनी तो बच्चे के रूप में साथ रह सकती थी। मीना के मन में ये था कि क्यों लेख के लिए घूमने रहने में किराया भाड़ा व्यर्थ में व्यय किया जाए। फिर ऐसे तो एक कमरा होटलों में ठीक रहेगा। अगर लेख भी साथ चलेगा

तो एक कमरा और लेना पड़ेगा। मीना को लेख अपने स्वतंत्र घूमने-फिरने में बाधक-सा लग रहा था। हर जगह एक-एक टिकट एक-एक कमरा अतिरिक्त भार लगने लगा था। ये सब सोच कर मीना ने निश्चय किया कि वे केवल मोहिनी को साथ ले जाएगी, लेख को नहीं। लेख को कह देगी तुम्हारी पढ़ाई का नुकसान होगा तुम कहाँ-कहाँ घूमोगे। फिर उसे ये भी ख्याल आया कि उसे इतना समझाने की क्या जरूरत। मीना का फैसला है लेख को विदेश साथ न ले जाना। वो नहीं ले जाएगी उसे क्यों और किसकी सफाई देती। सिर्फ एक ही समस्या थी कि लेख अकेले कहाँ रहेगा।

ये सोच कर कि लेख को मोहन का छोटा भाई अपने साथ रख ले, वो उसके पास गई थी पर भाई की पत्नी का उत्तर ये था– "मोहन भइया ने शादियाँ तो दो-दो की पर किसी भी भाभी ने कभी हमें अपना न समझा। आज जब आप लोगों को विदेश घूमने का शौक सवार हुआ है तो जिम्मेदारी लादने के लिए भाई का घर याद आया है। वैसे भी हमारा घर इतना छोटा है उस पर से मोहन के बूढ़े मां बाप...सवाल पैसे का नहीं है, पर जगह जरूरतें... एक को एक्स्ट्रा रखने पर पूरे घर का वातावरण रहन-सहन डिस्टर्ब तो हो ही जाता है...माफ कीजिएगा अगर हम इस तरह अपना बच्चा आपके यहाँ रखने आते तो आप क्या रख लेतीं। फिर कल बच्चे को कुछ हो जाए तो कौन जिम्मेदारी लेगा...।"

मीना को क्रोध तो बहुत आया पर लड़ने का समय न था। ये सब देखकर उसे लेख से और नफरत पैदा हो गई। उसे लेख एक कांटे की तरह चुभने लगा था। छोटे बच्चे को घर पर अकेला वो छोड़ना नहीं चाहती थी चूंकि घर की सुरक्षा को खतरा था।

उसकी एक मित्र ने राय दी कि थोड़े दिन तक लेख को एक अनाथाश्रम में रख दो। अनाथाश्रम के इंचार्ज को कुछ एक्स्ट्रा रुपये दे देंगे। अनाथालय में बच्चे तो रहते ही हैं, वहाँ रह लेगा। मीना को ये बात पसन्द आ गई। उसे अनाथालय में रखने पर कुछ एक्स्ट्रा रुपये खर्च करने में भी कोई नुकसान न दिखा। अनाथालय में रहकर लेख का स्कूल जाना भी जारी रह सकता

है– ऐसा तर्क भी उसके मन में तुरन्त आ गया। उसने पहले एक दो जगह होस्टल तलाशा पर शहर में बच्चों का होस्टल बनाने का रिवाज न के बराबर था। होस्टल चलाने में कोई आय न थी जबकि उसी जगह पर फ्लैट दुकान ऑफिस या घर बनाते तो ज्यादा मुनाफा मिलता। एक दो होस्टल थे पर वो एकदम फुल थे। अंततः मीना लेख को ''बालाश्रम'' नामक अनाथालय में डाल चलती बनी। कुछ दोस्तों को उसने सहेज दिया कि कभी-कभी लेख पर नजर डाल लें और ख्याल रखें। ये फर्ज था या मोहन और दुनिया को दिखावा कि उसे लेख का ख्याल था–कहा नहीं जा सकता।

मंजू और मयूर को बहुत कोशिश करने पर भी वीसा मिला पर केवल मंजू और उसके छोटे बच्चे माधव का। मयूर की माँ ने कुछ ऐसी चाल चली कि लेखा का वीसा न बन पाया। उन्होंने विदेशी एम्बेसी के दफ्तर में हो रहे इन्टरव्यू में बता दिया कि लेखा मयूर की बेटी नहीं है। एम्बेसी वालों को तो ना करने का बहाना चाहिए था। अंततः वीसा केवल मंजू और माधव का ही मिल पाया।

मंजू के आगे भी वही समस्या खड़ी हुई कि लेखा को कहाँ रखे। मयूर की माँ पीछे पड़ी थी कि जल्दी चलो। और घटनाओं का क्रम उसी तरह रहा जैसे लेख के साथ हुआ था। अंततः लेखा के लिए भी ''बालाश्रम'' की खोज हुई। मंजू ने आश्रम के लोगों को अच्छा ''टिप' दे दिया था कि लेखा को कम से कम तकलीफ हो। लेखा भी बालाश्रम पहुँच गई थी।

मंजू और मोहन विदेश जा चुके थे। उनके अंश लेखा और लेख ही भारत में रह गए थे वो भी ''बालाश्रम'' नामक अनाथाश्रम में। दोनों बच्चे अनभिज्ञ थे कि उनमें रिश्ता क्या था।

एक दिन आश्रम के लॉन में बैठे दोनों बात कर रहे थे–

लेखा– ये तलाक क्या होता है।

लेख– तलाक माने शादी का विलोम 'उलटा' तुमने विलोम शब्द तो हिन्दी कक्षा में पढ़ा ही होगा।

लेखा– पर समझ में नहीं आया।

लेख– तलाक माने मम्मी पापा में कुट्टी।

लेखा– पर कुट्टी के बाद मिल्ली भी तो होती है।

लेख– पर दूसरे से उसी से नहीं।

लेखा– तुम्हारा नाम क्या है भइया।

लेख– लेख

लेखा– तुम्हारे पापा का नाम पूछ सकती हूँ।

लेख– श्री मोहन– पर तुम्हारी मम्मी का नाम...

लेखा– श्रीमती मंजू।

लेख– अरे हम दोनों तो भाई-बहन हैं।

लेख– लेकिन तलाकशुदा...

जो भी अर्थ तलाकशुदा का बच्ची ने समझा हो उसने यही कहा।

गुनाहों की जिंदगी

भोलानाथ का जन्म गाँव में हुआ था। बचपन में वह मां-बाप के साथ बम्बई शहर मजदूरी करने आ गया था। वह अक्सर सोचता था कि उसका जन्म क्यों हुआ? जन्म से ही मां-बाप को उसने जीर्ण-शीर्ण दशा में देखा था। वह शरीर था या एक नर-कंकाल का ढाँचा कोई अंतर उसे समझ नहीं आया था। सड़कों पर पला, सड़कों पर जिया। घर क्या है उसने कभी न जाना। पिता की मृत्यु बम्बई की एक ऊँची इमारत की दीवार पर चूना पोतते एकाएक बांस के बनाए ऊँचे छज्जे पर से गिर जाने के कारण हुई। उसे कोई दावा राशि नहीं मिली, क्योंकि सेठ ने यह फैसला दिया था कि वह पिये हुए था। मां का शरीर बोझा ढोते-ढोते थक गया था और वह भी एक दिन जो सोई तो दुबारा उसकी आँख ही नहीं खुली ।

भोला को कभी पेट भर खाना नहीं मिला था। प्रकृति ने उसे कैसे बड़ा कर दिया, यह उसकी समझ में नहीं आता था। खैर किसी तरह वह पेट पालता था। कमजोर शरीर मजदूरी का व्यवसाय नहीं कर पाया।

पेट भरने के लिए क्या किया जाए यह उसको समझ में नहीं आता था। कभी चौराहों पर कारों का शीशा साफ कर कुछ कमा लिया, कभी ठेला चला दिया, कभी गोदामों में माल की ढुलाई करवा दी। पर इस सबसे मुश्किल से दो जून का खाना जुटा पाता था। कब तक ऐसे चलेगा, कुछ भरोसा नहीं था। क्या कभी अपना घर होगा अपना परिवार होगा? यह सब असंभव दिखता था। एक पेड़ भी जो उग जाता है उसे हवा पानी अपने आप जीवित रहने के लिए मिल जाता है। आखिर उसका अपराध क्या

है? जब वह चौराहे पर कारों का शीशा साफ करता है तो ट्रैफिक पुलिस का कांस्टेबल उसे भगाता है। उसे अपराधी समझा जाता है। जब वह ठेला चलाता है तो ट्रैफिक पुलिस के सिपाही उस पर चालान करने की कोशिश करते हैं कि वह इस रास्ते पर क्यों आया, यहाँ ठेला आना मना है। जब वह सड़क पर किनारे की ओर रात में सोने जाता है तो पुलिस का आदमी आकर डंडे से ठक-ठक की आवाज करता है। उसे सोने के लिए भी पैसा देना पड़ता है जैसे खाना खरीदना पड़ता है उसी भाँति सोना भी खरीदना पड़ता है।

शौच के लिए उसे रेलवे लाइन पर जाना पड़ता है यह भी अपराध है उसे मालूम था क्योंकि कितनी बार उसे डिब्बा लिए अर्द्धनग्न अवस्था में भगाया गया था। उसे समझ में नहीं आता था कि जब उसके पास घर नहीं है और समाज में दुनिया में, कहीं न कहीं रहना है तो कहीं तो शौच के लिए जाना ही पड़ेगा। उसके पास कोई सहारा नहीं था। क्या कोई बिना शौच के रह सकता है?

उसके दोस्त रग्घू ने जिसका भी कोई सहारा न था उसे राय दी क्यूँ न वह कुछ सामान खरीद कर ठेला लगा ले। उसे यह सुझाव पसन्द आया पर क्या बेचेगा? बहरहाल किसी तरह यह पता लगा कि बान्द्रा की एक गली में कुछ प्लास्टिक के झोले बनते हैं। अगर वह झोले बेचेगा तो एक चौथाई कमीशन मिलेगा। उसे लगा कि व्यापारी बन जाए उसने बड़े-बड़े स्वप्न देख डाले।

बचे खुचे पैसों से उसने एक चादर खरीदी और बाजार में किनारे पर झोले फैला दिए। कुछ झोले बिके पर खरीदने वाले इसी ताक में रहते कि कम से कम दाम पर झोले खरीदें। वह सोचता था कि क्या खरीददारों को यह समझ में नहीं आता कि बेचने वाला क्या खाएगा। वही सामान बड़ी दुकानों पर कितना महंगा मिलता है पर खरीदने वालों को सड़क पर बेचने वाला लुटेरा दिखता है। लोगों का वश चले तो मुफ्त में खरीद ले जाएं। यहाँ भी उसे पता लगा कि बहुत बड़ा अपराध हो रहा है। म्यूनिसिपैलिटी के

कर्मचारी आए और धमकी दे गए। पुलिस का सिपाही आया और धमकी दे गया। सबने उसे हड़काया कि इस तरह बेचने की मनाही है। उसकी चादर की बनी दुकान कभी इस सड़क, कभी उस सड़क भागती रहती। कभी रेलवे के ब्रिज पर, कभी महापालिका के ब्रिज पर, कभी स्टेशन के बाहर एक बस स्टैंड पर जाने कितनी जगह उसने अपनी दुकान लगाई पर हर जगह से भगाया गया। उसने सिनेमाघर, सरकस, रेस्टोरेन्ट के सामने दुकान लगाई पर वहाँ के सेठ साहूकारों को ऐसा लगा जैसे उनके अच्छे बदन पर फोड़ा निकल आया हो उसे भगवा दिया गया।

इस प्रकार उसे यह एहसास हो गया कि उसके लिए कोई भी काम करना गुनाही है। सवेरे शौच से लेकर रात के सोने तक सारे काम उसके लिए गुनाह हैं। वह अपने आप को अपराधी समझने लगा।

धीरे-धीरे उसके मन में बस गया कि इस तरह के वे सब लोग जो उसकी तरह जन्म लिए हैं और वैसे जी रहे हैं अपराधी हैं। वह कुछ भी करे कोई न कोई कानून उल्लंघित होता है। कोई न कोई गुनाह होता है।

इन्हीं सब मुसीबतों के बीच उसकी मुलाकात कालूराम से हो गई। कालूराम से जब उसने अपनी रामकथा और ये सब उपर्युक्त बातें बताई तो बीड़ी पीते हुए कालूराम बोला, "जो तुम आज सोच रहे हो मैंने भी पहले वैसा ही सोचा था। फिर जब मुझे लगा कि सब कुछ गुनाह ही है तो ऐसा गुनाह क्यों न करें जिसमें अपना सबसे ज्यादा फायदा हो। देख भोला, अपने पास ज्यादा ताकत नहीं है इसलिए बड़े गुनाह जैसे चोरी, डकैती, हत्या आदि तो हो नहीं सकते तो क्यों न छोटे-मोटे गुनाह किए जाएं जिसमें ज्यादा खतरा न हो और अगर पकड़े भी गए तो छोटी-मोटी सजा काट कर बाहर आकर पुनः आजाद हो जाएं।

कालूराम की यह बात भोला को बहुत तर्कसंगत जान पड़ी। उसने कालूराम को गुरु मानकर उसका धन्धा अपना लिया।

अब भोला सिनेमा हाल में टिकटों का, रेलवे स्टेशन पर सीटों का उनके टिकटों का धंधा करने लगा। वीडियो के कारण सिनेमा में ज्यादा गुंजाइश

नहीं थी। सिर्फ बड़े-बड़े हालों में पहले सप्ताह, वह भी अगर पिक्चर अच्छी निकली तब तो टिकटों का ब्लैक हो पाता था वरना वहाँ भी सुखाई रहती थी। रेलवे स्टेशन पर सीजन यानी दिवाली रश या समर रश में कुछ सीटें या कुछ रिजर्व टिकट को पहले से ले लेने पर कुछ फायदे की गुंजाइश रहती थी पर खतरा बहुत रहता था। याई से गाड़ी बैक होकर जब प्लेटफार्म पर आती थी तो तमाम लपकते थे। पुलिस व रेलवे स्टाफ पकड़ने की ताक में रहते थे। उसे लगता था इसमें बुराई क्या है और रेलवे या पुलिस का क्या जाता है। यात्री को जाना है अगर पहले से बैठ कर उसने यात्री को सीट पकड़ा दी तो हर्ज क्या है? अगर यात्री ही पहले से आकर रुमाल रख दे तो कोई क्या कर लेता? उसे लगने लगा कि सारा समाज तो उसका दुश्मन हो गया है। जैसे सबको जीवन मिला है उसी तरह उसे भी जीवन मिला है। वह नौकरी करना चाहता है पर कोई देता नहीं। कोई दुकानदार उसे अपनी दुकान पर नहीं रखता क्योंकि वह पढ़ा-लिखा नहीं है, गरीब है। सारे अमीरों को डर है कि अगर उसे पास फटकने दिया तो कहीं पैसा न चुरा ले। इस बीच दो तीन बार वह लॉकअप में भी हो आया। पहली बार उसे खराब लगा था, पर फिर वह अभ्यस्त हो गया था। लांकअप की रात्रि कोई खराब नहीं लगी। बाहर सड़क पर हमेशा भगाये जाने का खतरा था। लॉकअप में ऐसा नहीं था। लॉकअप में खाना भी अपने आप ही मिल गया था।

इस तरह उसकी दिनचर्या चल रही थी कि एक दिन उसे जेल की सजा हो गई। जेल से बाहर आने के बाद अब उसे कोई डर नहीं था। अब वह सब कुछ देख चुका था। उसे लगा कि उसका जीवन खुद एक गुनाह है। अगर गुनाह खत्म करना है तो जीवन ही खत्म करना होगा। उसके मन में ख्याल आया कि अब जीवन को खत्म करना है तो क्यों न सेना में भरती हो जाए पर फिर उसे समझ आई कि जिस तरह का उसका बैकग्राउन्ड है उसे सेना में कौन सिपाही बनाएगा। फिर उसने सोचा कि जब एक दिन मर ही जाना है तों क्यों न कुछ भी करके ऐसा किया जाए।

एक मित्र के मार्फत एक स्मगलर के यहाँ उसे नौकरी मिल गई।

उसका पिछला जीवन जेल जाने का अनुभव इस वक्त उसके काम आया। उसने अपने मन में न सोचा था कि यह अयोग्यता योग्यता में परिवर्तित हो जाएगी।

अब उसके दिन फिर गए थे। स्मगलिंग के काम में शारीरिक मेहनत कम थी पर कमाई अच्छी थी। सिर्फ सूटकेस को इधर से उधर ले जाना था। इतने काम के काफी पैसे मिल जाते थे। उसे यह काम करने में थोड़ा खतरा ज्यादा लगता था पर डर नहीं था। वैसे भी इतने सालों तक गुनाह का बोझ रोज के जीवन में समा गया था। उसे पता था जीवन गुनाह का दूसरा नाम है।

अब उसने एक परित्यकता से विवाह भी कर लिया था। पहले उसने सोचा था कि परित्यकता से शादी न करे पर उसने सोचा वह खाने में कितनी बार जूठन खा चुका है। पेट भरने के लिए जब जूठन खा चुका है, तो जीवन-साथी के जूठन होने में क्या हर्ज है?

भोला अब पैसे वाला आदमी बन गया था। अब समाज में लोग उसे भी सेठ कहने लगे थे।

उसके मन में यह विचार आने लगा था कि उसे फेरीवाले या तमाम मजदूरों के लिए कुछ न कुछ करना पड़ेगा। उसने एक हॉकर्स लेबर वेलफेयर संस्था की स्थापना की। उसने मांग रखी कि सारे हॉकर्स बेगर्स व मजदूरों को लाइसेंस दिया जाए और उनका पुलिस व नगर पालिका के द्वारा तंग करना बंद किया जाए। यदि उन्हें लाइसेंस दे दिया जाएगा तो कोई कानून उल्लंघित नहीं होगा। लाइसेंस संस्था देगी जो पुलिस व नगर पालिका को मान्य होनी चाहिए। उसकी यह मांग जब नहीं मानी गई तो उसने हॉकर्स बेगर्स की हड़ताल करवा दी।

हालांकि हॉकर्स-बेगर्स के काम न करने से रोजमर्रा की जिंदगी में कोई तकलीफ नहीं थी पर फिर भी कुछ बड़े व्यापारियों, संगठनों व अखबार वालों का इस हड़ताल को सपोर्ट था। कुछ सेठों का धंधा मंदा पड़ रहा था क्योंकि जो माल वे बनाते थे वो हॉकर्स के ही मार्फत बिकता था। इसी

प्रकार कुछ संस्थाएं भिखारियों को पनाह देती थीं और उनके बल पर चलती थीं। हड़ताल से उनको नुकसान होने लगा। अखबारों के विक्रय में बहुत बुरा असर पड़ रहा था क्योंकि अखबारों का ज्यादातर विक्रय तो हॉकर्स की ही मार्फत था। हॉकर्स की माँग थी जब पब्लिक उनसे माल खरीदती है तो औरों को क्या एतराज है। इसी प्रकार जब जनता के कुछ भले मानस भिखारियों को कहीं पर भी भीख देने को तैयार हैं तो औरों को क्या परेशानी है। इस प्रकार अखबारों के सपोर्ट के कारण हड़ताल सफल हो गई और हॉकर्स बेगर्स लेबर वेलफेयर संस्था की मांग मान ली गई। हालांकि साधारण जनता को इस हड़ताल से काफी सहूलियत थी क्योंकि सड़कों पर चलने की जगह हो गई थी, रास्ते में पब्लिक की जगहों पर शांति कायम थी, व लोगों को चलने-फिरने में आराम था पर ऐसी हवा फैला दी गई जिससे ये लगा कि यदि हॉकर्स बेगर्स की मांगें नहीं मानी गई तो बड़ा अन्याय व अनर्थ हो जाएगा।

इस जीत से भोलानाथ ने बड़ा नाम कमाया। अब उनकी गिनती नेताओं में होने लगी। उन्हें कार्पोरेशन के चुनाव में लड़ने के लिए एक पार्टी ने टिकट भी दे दिया। उनका चुनाव चिह्न 'कटोरा' था। वह विजयी भी हो गए।

भोलानाथ को लगा कि अब उन्हें स्मगलिंग के धन्धे से अपने आप को अलग कर लेना चाहिए, क्योंकि ये घातक सिद्ध हो सकता है। अब उन्होंने इज्जत हासिल कर ली थी। एक बार आदमी जब इज्जत हासिल कर लेता है तो इसको खोना नहीं चाहता है। जिस स्मगलर के साथ उनका काम था वह उनकी प्रगति से इसलिए खुश था कि भोलानाथ की पोजीशन से वह फायदा लेगा। दोनों में तकरार हुई और मुख्य स्मगलर गैंग लीडर को डर लगा कि कहीं भोलानाथ उसकी पोल न खोल दे। उसने अपने आदमियों से भोलानाथ की हत्या करवा दी। इस प्रकार भोलानाथ की गुनाहों भरी जिन्दगी खत्म हुई।

आखिरी वर

उसने बार-बार ये सोचा कि अपनी समस्याओं के समाधान के लिए वो किसके पास जाए पर चिंतन शक्ति जवाब दे जाती थी। कोई रास्ता नजर नहीं आता था। वर्षों के बाद दफ्तर में उसकी नौकरी में पहली बार प्रमोशन आया था पर प्रमोशन के लिए उसको एक महानगर छोड़ कर दूसरे महानगर जाना था। यहां तो वो किराये के एक घर में किसी तरह रह रहा था पर दूसरे शहर में मकान कहां और कैसे मिलता। ये मकान तो उसके बाप दादों ने बरसों से किराये पर ले रखा था, इसलिए छोटा और गली में होते हुए भी काम चल रहा था। प्रमोशन पर जाने का मतलब था पूरी तरह से ''माइग्रेशन''। बूढ़े मां बाप तथा स्कूल में पढ़ रहे बच्चों को लेकर वो एक महानगर अगर छोड़ भी देता तो क्या दूसरा महानगर उसे बसा पाएगा। प्रमोशन को छोड़कर जो कुछ वर्तमान था इसी को भविष्य समझ कर गुजारा करना उसे गंवारा करना पड़ा था। फिर भी उसका दिल कचोटता रहता था कि प्रमोशन मना करके उसने अपने कैरियर के दरवाजे पर ताला लगा दिया था। कितनी आशाओं के साथ उसने प्रमोशन की प्रतीक्षा की थी, प्रमोशन के लिए उसे विभाग से लड़ाई भी करनी पड़ी थी पर प्रमोशन मिल कर भी मिला न था। कोई भी उसे उसी जगह प्रमोशन नहीं दिला सकता था।

खैर ये सब तो जीवन में चलता ही रहता है। उम्र की सीढ़ियाँ चढ़ते-चढ़ते मनुष्य हांफने लगता है। वो अधेड़ बन चुका था। उसे मर्ज भी हो गए थे। वो शरीर से भी लड़ने लगा था। मर्ज ऐसा था जो लाइलाज था, डॉक्टर भी सिर्फ सावधानी बरतने की सलाह दे सकते थे, इलाज के लिए कुछ खास न

कर सकते थे। उसे दिल का एक मामूली सा दौरा पड़ा था पर इस दौरे ने उसके जीवन को झकझोर दिया था। भविष्य में अनिश्चतता का अंकुर फूट चुका था।

सब सहानुभूति जताते थे पर कोई मदद करने की दशा में न था। हार कर उसे भगवान के दरवाजे जाना पड़ा। भगवान के अलावा और किससे वो उम्मीद रख सकता था। भगवान से उसे ये प्रार्थना करनी पड़ी कि उसके जीवन की रक्षा करे। भगवान ने उसे न मरने दिया और न उसका मर्ज ही ठीक होने दिया। बहुत से ऐसे लाइलाज मर्ज होते हैं, जिनका उपचार शायद ईश्वर के पास भी नहीं। कोई चमत्कार भी उसे ठीक नहीं कर सकता। वो जी रहा था पर एक डर के साथ कहीं दिल धोखा न दे दे। कहीं दिल उसकी जिंदगी के साथ चलने से इनकार न कर दे। यही सब सोच-सोच कर वो हमेशा चिन्तित भी रहता था। वे परहेजी खाना खाता था, उसकी जिह्वा का स्वाद जा चुका था। भगवान ने उसकी प्रार्थना अनसुनी तो न की थी, वो भगवान से शिकायत भी न कर सकता था कि भगवान ने उसकी सुनी नहीं। भगवान की कृपा को वो नकार नहीं सकता था।

खैर जिंदगी गिरती-पड़ती आगे बढ़ती रही। उसकी लड़की जवान हो गई थी। उसकी शादी की चिन्ता थी। लड़की के लिए उचित वर की तलाश उसने प्रारम्भ कर दी थी। लड़की का रूप रंग सामान्य ही था। सारी लड़कियां जो जन्म लेती हैं और जवान होती हैं, जरूरी नहीं कि खूबसूरत ही हों। पर शादी के अधिकार से वो वंचित नहीं की जा सकतीं। उसे भी अपनी लड़की के लिए कम से कम एक ऐसे वर की तलाश तो थी ही जो दो जून की रोटी का प्रबन्ध कर सके। पर समस्याएं दो थीं एक तो कोई उसकी लड़की को पसन्द करे दूसरा उसके पास पर्याप्त धन हो ताकि वो कुछ धन दे सके, बारात के स्वागत सत्कार का खर्च उठा सके और लड़की के माथे पर बिंदिया कानों में झुमके गले में मंगलसूत्र उंगली में अंगूठी तथा कलाइयों में कंगन का बंदोबस्त कर सके। धन तो वो उधार लेने की सोच सकता था। हालांकि उसके पास गिरवी रखने को कुछ भी नहीं था जो उधार लेने

के लिए जरूरी होता है पर लड़की किसी को तभी पसन्द आ सकती थी जब भगवान देखने वाले के मन पर जादू करते। लिहाजा उसे पुनः भगवान के सामने फिर हाथ जोड़कर प्रार्थना करनी पड़ी– "हे भगवान लड़की की मांग भरवा दे...उसके हाथ पीले करवा दे...कोई ऐसा तो हो जिसे उसकी लड़की का मुखड़ा पसंद आ जाए और वो बिना शर्त शादी के लिए राजी हो जाए।"

भगवान ने उसकी प्रार्थना फिर सुनी लड़की के हाथ पीले हो गए, लड़की की मांग भर गई पर उसे दामाद जो मिला वो पियक्कड़ निकला। उसे पीने से ही फुरसत न मिलती तो पत्नी का क्या ख्याल रखता। पत्नी पर नशे में एकाध हाथ भी जड़ देता। वो ईश्वर को कोस भी न सकता था क्योंकि बहुत फरियाद करने के बाद ईश्वर ने उसकी लड़की के हाथ पीले किए थे। मांग भरवाई थी। उसने ईश्वर से लड़की की शादी की प्रार्थना की थी, वो हो गई थी..ईश्वर से ये तो नहीं प्रार्थना की थी दामाद शराबी न मिले। कभी-कभी सोचता शायद अगर लड़की कुंवारी रहती तो ज्यादा खुश रहती...पर शादी के बिना लड़की का जीवन अधूरा माना जाता है...'जो बाप अपनी लड़की के लिए वर न ढूंढ सके तो बाप कहलाने के काबिल नहीं' ये सोचकर वो पूर्ण रूप से अफसोस भी न कर पाता। भगवान उसकी सुनता जरूर था पर...

वो अब परेशान हो रहा था लड़के की नौकरी के लिए। लड़का एम०ए० तक पढ़ चुका था और तमाम इंटरव्यू दे चुका था पर कहीं नौकरी नहीं लग रही थी। अब उसकी समस्या ये थी कि लड़के का भविष्य क्या होगा? क्या वो बेरोजगार रहकर ही सारा जीवन गुजार देगा, बिना नौकरी के कब तक वो अपना जीवन निर्वाह कर पाएगा, जब तक वो स्वयं नौकरी में है तब तक तो ठीक है पर एक दिन तो रिटायर होगा, इस संसार को छोड़ देगा तब उसका बेटा कहां रहेगा? क्या खाएगा, क्या उसका विवाह बिना नौकरी के हो पाएगा? इस प्रकार अब वह लड़के के भविष्य को लेकर चिन्तित था। लड़का बड़ा हो गया था उसको ठीक-ठाक से जीवन में सेटिल करना एक बाप का फर्ज था। पर वो अपने फर्ज में असफल हो रहा था।

लड़का कोई व्यापार भी न कर सकता था। उसके लिए पूंजी की आवश्यकता थी जो होने का प्रश्न ही नहीं था। संतान के सुख के लिए आदमी कुछ भी करने को तैयार हो सकता है। वो जिन-जिन दोस्तों को जानता था, जिन-जिन बड़े आदमियों को जानता था सब के पास गया पर किसी से मदद न मिल सकी। ताबीज पहनाई, व्रत रखना भी शुरू कर दिया। हारकर वो फिर भगवान के पास आया और प्रार्थना करने लगा– "भगवान, आप ही अब इस समस्या का समाधान निकाल सकते हैं। बच्चे के जीवन का प्रश्न है ... आपने पैदा किया है, आप ही संभालिएगा ..."

भगवान ने उसके लड़के के लिए एक नौकरी का प्रबन्ध कर दिया पर बहुत दूर हजारों किलोमीटर दूर एक दूसरे शहर में...उसे अपने लड़के को दूर भेजना ही पड़ा। उसने भगवान को फिर धन्यवाद किया।

अब तो सोचता था उसके जीवन की नैया पार लगा दी पर अभी जीवन में बहुत कुछ शेष था। अब जब उसने अपनी पारिवारिक जिम्मेदारियां निभा दी थीं और चैन की सांस लेने की सोच रहा था तो उसका शरीर जवाब दे रहा था।

उसकी पत्नी की तबियत अक्सर खराब रहने लगी थी। वो उसके इलाज में ही परेशान रहने लगा था। इलाज के लिए दवा और दुआ दोनों की ही जरूरत थी। दवा के लिएं पैसों की जरूरत थी। जैसे तैसे वो इंतजाम कर रहा था। खुद उसकी अपनी तबियत भी ठीक नहीं रहती थी। आज यहां दर्द तो कल वहां। कभी दमा अलग से तकलीफ देने लगता।

अब वो फिर भगवान के दरवाजे चक्कर मारने लगा था। अक्सर वो मंदिर चला जाता और वहीं रहता। फिर उसे भगवान के पास हाथ पसारना पड़ा पर वो क्या मांगता...जिंदगी, जो एक टूटे पहिए वाली गाड़ी की तरह हो रही थी...अभी उसका एक सपना बचा था बेटे की शादी। जैसे-तैसे वो भी कर दी।

मंदिर में रहते उसने पाया कि वहां एक से एक अमीर एक से एक गरीब आते थे। वो अक्सर सोचता इन वातानुकूलित गाड़ियों में शानदार

कपड़े पहन कर आभूषणों से सज्जित लोग अब और क्या मांगने भगवान के पास मंदिर में आते हैं। उसकी उत्सुकता तब भी बढ़ जाती जब बहुत ही गरीब वर्ग का आदमी भी भगवान के पास आता। क्या भगवान से उम्मीद की जा सकती थी कि रंक को राजा बना देंगे। सबके पास अपनी-अपनी समस्याएं थीं जिनका समाधान ईश्वर के अतिरिक्त किसी और के पास न था।

लड़के की शादी हो गई थी, पर संतान नहीं हो रही थी वो बाबा बनना चाहता था पर किससे प्रार्थना करे। वो फिर भगवान के सामने हाथ जोड़ कर खड़ा हो गया था। भगवान ने उसकी फरियाद पूरी की थी पर बच्चा जनते समय लड़के की पत्नी गुजर गई। वो सिर पटक कर रह गया था।

अब उसे लगने लगा था भगवान से जो मांगा जाए भगवान देते अवश्य हैं पर भगवान क्या दे के क्या ले लें कुछ कहा नहीं जा सकता। अब वह सोचने लगा था भगवान से तो हिरण्यकश्यप मांग के अमर बनना चाहता था भगवान ने उसकी सुन भी ली थी पर भगवान ने उसके अंत का रास्ता फिर भी निकाल लिया था। हिरण्यकश्यप ने समझा था कि वो बहुत चतुर है। उसने भगवान से वर मांग लिया था कि वो न रात मरे न दिन को...न मनुष्य के हाथ मरे न जानवर के हाथ न घर के अंदर मरे न बाहर...इस प्रकार जितनी भी परिस्थितियां वो मरने के लिए सोच सकता था सबसे उसने बचने का वर भगवान से मांग लिया था और भगवान ने उसे वरदान दे भी दिया था। पर भगवान को जब उसे मारना जरूरी लगा तो शाम के समय जब न दिन था न रात थी ड्योढ़ी पर जो न घर के अन्दर थी न बाहर भगवान ने आधे मनुष्य आधे जानवर का रूप लेकर उसे खत्म कर दिया।

इस प्रकार भगवान से पार पाना मुश्किल है। हिरण्यकश्यप का उदाहरण इसलिए वो सोचता था कि उसने कितनी अक्ल लगा कर वर मांगा था पर भगवान किस रूप में क्या कर दें कुछ कहा नहीं जा सकता। हालांकि हिरण्यकश्यप का उदाहरण देना अच्छा नहीं लगता।

इधर उसकी तबियत भी खराब रहने लगी थी। उसे सांस की तकलीफ रहने लगी थी। डॉक्टरों ने तमाम टेस्ट किए पर बीमारी क्या थी पता न

चली। कभी-कभी सांस इतनी तेज चलने लगती थी कि उसका जीना दूभर हो जाता था।

उसने ईश्वर से फिर अच्छा स्वास्थ्य मांगने की सोची पर वो मांगते-मांगते थक चुका था। कितनी बार उसने ईश्वर से जाने क्या-क्या मांगा था ईश्वर ने हर बार उसकी मांग पूरी की थी पर कैसे कष्ट आ जाते थे कुछ कहा नहीं जा सकता था। ईश्वर से वो शिकायत नहीं कर सकता था कि उन्होंने उसकी इच्छाएँ पूरी नहीं सुनी। अंततः उसने ईश्वर से आखिरी वर मांगा– "हे भगवान इच्छाएं अनन्त हैं कहां तक मांगूंगा–आप जो रास्ता तय करिए उसी पर चलूंगा, अगर कष्ट दीजिए तो सहने की शक्ति दे दीजिएगा बस दुःख सहने की शक्ति मिल जाए तो सबसे बड़ा वर यही है।

राख

शहर में डॉ० आचार्या का बड़ा नाम था। लोग उनके द्वारा ही दिल के ऑपरेशन को कराने की कोशिश में रहा करते थे। बीमारी कब, कौन सी, किसे आ जाए उसके बारे में कुछ कहा नहीं जा सकता और दिल की बीमारी की कोई भविष्यवाणी नहीं। पतले, मोटे, हंसमुख या गंभीर कोई ये सोच कर चुप नहीं बैठ सकता कि कब उसका दिल सामान्य न रह जाए।

दूर-दूर से लोग डॉ० आचार्या से ऑपरेशन करवाकर अपनी जान बचाने आया करते थे। डॉ० आचार्या दिल के सर्जन थे। उनका एक प्राइवेट क्लीनिक भी था और शहर के बड़े-बड़े अस्पतालों में दिल के ऑपरेशन के लिए भी जाया करते थे। उनसे मिलना दुश्वार था। दिन भर मरीजों को देखना, उनका ऑपरेशन करना ही उनकी दिनचर्या थी। उनकी लोकप्रियता का आलम ये था कि अगर शहर का कोई आदमी उनके बंगले या क्लीनिक का पता नहीं जाने तो ये उसकी अयोग्यता ही कही जाती। डॉक्टरी के अलावा कुछ भी करने की उन्हें फुर्सत नहीं थी।

उनकी क्लीनिक में शाम को इतनी भीड़ हो जाती थी कि कुर्सियों की संख्या कम पड़ जाती थी और कई लोगों को खड़े ही रहना पड़ता था। उस भीड़ में ऐसा अक्सर हो जाता था कि शहर के तमाम वीआईपीओं को खड़ा रहना पड़ता था, क्योंकि वो निश्चित टाइम पर आते थे पर लोग पहले से ही आकर बैठ जाते थे।

एक दिन ये ही हुआ। इनकम टैक्स विभाग का एक निरीक्षक भी अपने पिता के इलाज के सिलसिले में डॉ. आचार्या की क्लीनिक में आ गया।

उसके साथ उसके बूढ़े पिताजी थे। वो जब अपने एप्वांयटेड टाइम पर डॉ० साहब से मिलने आया तो वहां बैठने की जगह न थी। डॉ० साहब की क्लीनिक में काम कर रहे कर्मचारीगण बड़े रुआब में रहते थे। भले ही डॉ० साहब का न कोई अहम् था न उनकी अपनी रोबदाब की प्रवृत्ति की। इनकम टैक्स के इंस्पेक्टर ने वहाँ के कर्मचारी को कई बार बताया कि वो इनकम टैक्स के इंस्पेक्टर हैं, पर कर्मचारियों के कान पर जूं तक नहीं रेंगी। उन्हें इनकम टैक्स से क्या लेना-देना। उनकी आय तो इस काबिल थी नहीं कि उस पर इनकम टैक्स लग सके या उनके घर पर 'रेड' अर्थात् आयकर का छापा पड़ सके। लिहाजा उन लोगों ने उसे कोई 'लिफ्ट' नहीं दी। इनकम टैक्स इंस्पेक्टर खड़ा-खड़ा आग बबूला हो रहा था। तबियत उसके बाप की खराब थी पर पारा उसका चढ़ता जा रहा था। उसे एक बार तो क्रोध आया कि वहां से चला जाए, पर बाप का इलाज, उनके दिल का आपरेशन, इस मजबूरी ने उसके पैर रोक लिए थे। अपने विभाग की इस तौहीन ने उसे असामान्य बना दिया था। वो गुस्से से बिलख रहा था। अब उसकी निगाहें मार्बल की, ग्रेनाइट की, स्टील की, पीतल की, सोफों की टेपिस्ट्री और अंदर की सजावट पर टिकने लगी थी और उसका मस्तिष्क उनकी कीमत, उनको बनाने पर किए गए खर्चे पर सक्रिय हो उठा था।

इनकम टैक्स इंस्पेक्टर वहां की भीड़ से त्रस्तता का अनुभव करने लगा था। उसका नंबर ही नहीं आ रहा था। उसने आते ही रजिस्टर में अपना नाम लिख दिया था और रजिस्टर में खुद ही अपने नाम के आगे 'फ्राम इनकम टैक्स' लिख भी दिया था, पर वो रजिस्टर तो काउंटर क्लर्क के पास था, अंदर डॉक्टर साहब जो केबिन में अपने मरीजों को नंबर के हिसाब से एक-एक करके देख रहे थे, के पास जाने का रिवाज ही नहीं था। काउंटर क्लर्क ने आने वालों के नंबर के हिसाब से ही पर्चियां तैयार कर उसी क्रम से डॉक्टर साहब के पास भिजवा दी थीं और वैसे ही डॉक्टर साहब उन्हें बुला-बुला कर चेक कर रहे थे।

जब बहुत देर तक उसका नंबर नहीं आया तो इनकम टैक्स इंस्पेक्टर

के वश के बाहर की बात हो रही थी। उसके पिता जी भी साथ थे और वो अपने बेटे को बड़ा ओहदेदार मानते थे। उनके आगे भी बेटे को अपनी बेइज्जती लग रही थी, क्योंकि अभी तक ऐसा कुछ हुआ नहीं था कि इनकम टैक्स वाले का कोई हड़कंप मचता दिखता। जब इनकम टैक्स इंस्पेक्टर को अपनी अवहेलना असहनीय लगी तो वो क्रोधित होकर उस केबिन के दरवाजे पर आ गया जहां डॉक्टर साहब अंदर अपने मरीजों को 'चेक-अप' कर रहे थे और जहां एक दरबान बैठा था। दरबान के पास पहुंच कर उसको अनदेखा कर इनकम टैक्स इंस्पेक्टर एकाएक दरवाजा खोलकर जब अंदर जाने लगा तो दरबान ने उसका हाथ पकड़ लिया। दरबान ने उसके शरीर को रोक कर इंस्पेक्टर को भीतर जाने से रोका। इस पर इंस्पेक्टर के क्रोध का पारावार न रहा। उसने क्रोधवश दरबान को एक गाली देते हुए कहा– 'तुम जानते नहीं मैं कौन हूं।'

दरबान : तुम कोई भी हो लाइन से आओ। जब नंबर पुकारा जाए तभी अंदर जा सकते हो।

इंस्पेक्टर : मैं इनकम टैक्स का हूं एक-एक को ठीक कर दूंगा।

दरबान : जो इलाज के लिए आते हैं पहले खुद को ठीक करा लें।

इंस्पेक्टर : या तो मुझे अंदर जाने दो या डॉक्टर को बोलो बाहर आए, मुझसे मिलने, इतनी देर से बुला रखा है बैठने की जगह भी नहीं है।

इस वार्तालाप में धीरे-धीरे तेजी आ रही थी और बातचीत चिल्लाने का लहजा ले चुकी थी। शोर देखकर सारे इंतजार करने वाले मरीज, उनके साथी और तमाम लोग उनकी तरफ यूं देखने लगे थे जैसे कोई तमाशा हो रहा था। बीच बचाव के लिए कोई नहीं आया, क्योंकि मामला नाजुक था। कुछ इनकम टैक्स से डर गए थे। कुछ ये सोच रहे थे कि हम क्यों हस्तक्षेप करें ये इंस्पेक्टर क्यों 'आउट ऑफ टर्न' जाना चाहता था। हां, दरबान की ओर से क्लीनिक के सारे कर्मचारी बोलने लगे थे। उनकी ओर से जो आवाजें उभर रही थीं वो यूं थीं– 'इनकम टैक्स वाला होगा अपने घर का होगा। यहां तो मरीज लोगों को आना चाहिए, झगड़ा फसाद वालों को नहीं', 'कुछ चाहता होगा...साला...तभी यूं परेशान कर रहा है।'

'इनकम टैक्स की इतनी दादागीरी कि लोग इलाज तक नहीं करा सकते?'

'ऐसे आदमियों का हार्ट फेल हो जाने दो, इलाज करना ही नहीं चाहिए।'

इनके दफ्तर में कोई जाए देखो वहां बुला कर कितने घंटे बैठाते हैं जैसे अपने यहां आने वालों का ये फूल हार से स्वागत करते हों।'

'यहां तो इलाज के लिए आया है। इनके यहां तो लोग पैसा देने जाते हैं, फिर भी ये बेइज्जती करते हैं।'

'अब सरकारी विभाग भी गुंडा-मवाली की तरह व्यवहार करते हैं।'

लोगों का ये कटाक्ष टैक्स इंस्पेक्टर के कानों में पड़कर उसके दिमाग पर हथौड़ों की तरह प्रहार कर रहा था। उसे महसूस हुआ कि इतना बड़ा अपमान शायद जीवन में कभी नहीं हुआ था। उसे डॉक्टर के ऊपर भी क्रोध आया कि 'कैसा स्टॉफ पाल रखा है। खुद अंदर छिपा है और शोर-गुल होने पर भी बाहर नहीं आया। लगता है ये भी इन लोगों से मिला है।'

इंस्पेक्टर ने आवेश में निर्णय ले लिया कि 'अब वो इस डॉक्टर से इलाज नहीं कराएगा। क्या दुनिया में और कोई डॉक्टर नहीं है क्या...किसी और जगह जाकर किसी और अच्छे डॉक्टर से इलाज करा लूंगा।' ये सोचकर वो वहां से चल दिया, पर चलते-चलते उसने घोषणा की– 'मैं जा रहा हूं, ये नहीं समझो कि तुम्हारे डॉक्टर के अलावा इस दुनिया में और कोई हार्ट सर्जन नहीं है। तुम लोगों ने इनकम टैक्स विभाग की बेइज्जती करके शेर की मांद में हाथ डाला है। याद रखना एक दिन इसी क्लीनिक में लॉक आउट हो जाएगा। ये नीलाम हो जाएगा। डॉक्टर का घर-बार सब कुछ बिक जाएगा ...फिर तुम लोगों की सारी हेकड़ी और नौकरी दोनों जाएंगी। मैं खाली 'आउट ऑफ टर्न' की उम्मीद रखता हूं। मैं कोई मुफ्त में इलाज कराने नहीं आया था। अब देखना मजा।

इंस्पेक्टर की इस गर्जना तक डॉक्टर साहब अपने देख रहे मरीज का चेकअप कर चुके थे। उन्होंने शोर-गुल सुना था पर चेक कर रहे मरीज को निपटा कर वो बाहर आना चाहते थे। जैसे ही वो केबिन से बाहर निकले

ये जानने कि बाहर क्या हुआ है तब तक इंस्पेक्टर अपने बूढ़े बाप के साथ वहां से चल दिया था। डॉक्टर साहब को सिर्फ दो पीठें दिखीं—एक इंस्पेक्टर की, एक उसके बाप की।

उन्होंने सोचा कि आवाज देकर उसे बुलाएं या अपने आदमियों की मार्फत उन्हें बुलाएं पर तब उनके स्टाफ के आदमियों ने उन्हें भड़का दिया—'डॉक्टर साहब, वो तो एक गुंडा टाइप का इंस्पेक्टर था। बोल रहा था इनकम टैक्स का हूं आपके केबिन में बगैर इजाजत के बगैर नंबर के जा रहा था। हम लोगों को बड़ा उल्टा सीधा बोला।

डॉक्टर साहब ये न कह पाए कि उसे वापस बुला लो। उन्हें ये वारदात अच्छी न लगी और दिल में एक संशय और भय भी उठा, 'इस झगड़े की क्या जरूरत थी। कहीं कोई मुसीबत पैदा न हो जाए।' पर इतने में काउंटर क्लर्क ने अगले मरीज के नंबर की घोषणा कर दी। डॉक्टर साहब ने वहां की भीड़ देखी और केबिन के अंदर वापस चल दिए उनके पीछे उनका अगला मरीज भी अंदर चला गया।

इंस्पेक्टर तजुर्बेकार तो था ही। उसने कुछ मरीजों के जरिये ये जान लिया कि डॉक्टर साहब कितने रुपये फीस लेते हैं, कितने रुपये ऑपरेशन करने के लेते हैं, कितने की रसीद देते हैं, कितना रोकड़ा होता है। एक म्यूनिसिपलिटी के इंस्पेक्टर को साथ ले, एक दिन वो डॉक्टर साहब के बंगले का अंदर से मुआइना कर आया। जिससे उसे घर के अंदर के सामान, बंगले की फर्निशिंग उसके अंदर लगे साज सज्जा का सामान, दीवारों पर लगी पेंटिंग, उनकी पालिश, ग्रेनाइट के फ्लोर, मार्बल की दीवारें मतलब ये कि रईसी से भरी रहाइस स्टाइल का सारा आइडिया इनकम टैक्स इंस्पेक्टर ने ले लिया।

अब उसने एक मसालेदार सर्वे रिपोर्ट बना कर अपने विभाग के उस अधिकारी को सौंप दी जो छापे करवाता था।

आयकर के छापा विभाग के मुख्य अधिकारी ने पहले तो सोचा कि डॉक्टर को क्यों छेड़ा जाए वो तो इंसानियत की भलाई कर रहा है पर इंस्पेक्टर आ-आ कर विभाग के अधिकारी को भड़काता रहता था।

जब इंस्पेक्टर को ये लगा कि विभागीय अधिकारी छापे के लिए तेजी नहीं दिखा रहा है तो उसने एक दिन कहा—"सर हम लोग ऐसे टैक्स के चोरों के प्रति रियायत बरतने की सोचते हैं पर ये लोग हमारी परवाह जरा भी नहीं करते। एक दिन मैं एक सीनियर अधिकारी के पिता के इलाज के सिलसिले में इस डॉक्टर की क्लीनिक में बराबर एप्वायंटमेंट लेकर गया था तो भी इस डॉक्टर ने बहुत देर बैठाया और मिला भी नहीं। इसके स्टॉफ वर्कर्स ने भी हम लोगों को गाली दी और मुझे डॉक्टर से मिलने तक न दिया। डॉक्टर कान में तेल या रुई डाले अंदर ही बैठा रहा। सर मुझे अपनी बेइज्जती बर्दाश्त हो सकती है पर इनकम टैक्स विभाग की नहीं। अपने बड़े-बड़े अधिकारियों के पेरेंट्स की नहीं। वैसे सर अपनी स्टेटिसटिक्स बहुत अच्छी बन जाएगी अगर इस डॉक्टर के क्लीनिक और बंगले पर रेड पड़ जाए। करोड़ों रुपए, कैश, गहने, ज्वेलरी, डाक्यूमेंट्स, जमीन फ्लैट वगैरह ब्लैक के मिलेंगे। एक बड़ी रकम तो जो विभाग पकड़ेगा वो तो रहेगी ही रहेगी, टैक्स की चोरी भी करोड़ों में आंकी जाएगी। आपके कैरियर में चार चांद लग जाएंगे सर...डॉक्टर तो पैदा होते ही रहते हैं। ये तो वही लोग अपनी मोनोपोली बनाए रखने के लिए किसी दूसरे को नंबर एक पर आने नहीं देते वरना देश में हुनर की कमी थोड़े ही है। वैसे भी सर एक बार 'रेड' के लिए 'मैटर' बन गया है तभी उसको नजर-अंदाज करना ठीक नहीं है। जैसे वो अपनी ड्यूटी से जुड़ा है हम अपनी ड्यूटी से बाउंड हैं। कानून तो सबके लिए बराबर है ही।"

उसकी दलीलें ऐसी थीं और उसने जो ये कहा था कि डॉक्टर के आदमियों ने इनकम टैक्स को गाली दी थी, मुख्य अधिकारी को छापे की योजना बनानी ही पड़ी।

एक दिन डॉ० आचार्या अपने बंगले के डायनिंग हाल में नाश्ते के लिए बैठे ही थे कि कॉलबेज बजी। उन्होंने बुदबुदाया—'कहीं कोई मरीज या मिलने वाला न आया हो। आज तो एकदम टाइम नहीं है। नौ बजे ही आपरेशन है।' उन्होंने टोस्ट मुंह में रखा ही था कि उनके नौकर ने आकर बताया 'डॉक्टर साहब इनकम टैक्स के कुछ लोग आए हैं।'

इतने में एक बड़ी संख्या में लोग घर के भीतर आने लगे। दरबान उनके साथ ही था उसने कहा–"डॉक्टर साहब, हमने इन्हें रोकने की कोशिश भी की पर ये लोग माने नहीं। धड़-धड़ करते चले आए। इन लोगों के साथ कुछ पुलिस के लोग भी हैं। उन्होंने अपने कुत्ते को भी पकड़ कर गाड़ी में बंद कर दिया है क्योंकि वो इन लोगों पर बड़ा भौंक रहा था।"

डॉक्टर साहब को घटना याद आई कि एक दिन कोई इनकम टैक्स विभाग का आदमी उनकी क्लीनिक से गुस्सा होकर गया था। पर उन्होंने इस छापे की कल्पना न की थी। उन्हें तो यही लगता था कि जनता ने उन्हें सर पर बिठला रखा था। वो जनता में सर्वप्रिय थे। उनके विरुद्ध कोई कभी कुछ नहीं करेगा। वो सबके चहेते थे। पर उनका भ्रम टूट चुका था।

उन्हें कुछ संदेह हुआ और उन्होंने अपने क्लीनिक पर फोन लगाना चाहा पर उनका हाथ अपने ही फोन पर न जा सका। छापा डालने वाले समूह से एक हाथ ने उनका हाथ रोक लिया–'आप अब कहीं फोन नहीं कर सकते।' डॉक्टर साहब ने बात को संभालने की कोशिश की–"मैं अपने क्लीनिक फोन करने वाला था कि "...इनकम टैक्स अधिकारी बोल पड़ा–'वहां भी ये 'रेड' शुरू हो गई होगी। जब ऐसी 'रेड' की जाती है तो घर ऑफिस यहां तक कि कभी-कभी आदमी के 'पेरेन्ट्स', 'ससुराल' तक के यहां पर रेड कर दी जाती है।"

डॉ० आचार्या– 'मैं अपने चार्टर्ड एकाउन्टेंट को तो बुला सकता हूं।'

अधिकारी–'आप नाम नंबर बताइए, हम बुला लेंगे।' थोड़ी देर बाद उनका सीए आ गया।

छापे में इनकम टैक्स विभाग ने बहुत सा रोकड़ा, सोने और हीरों के गहने, शेयर सार्टिफिकेट्स, फिक्स्ड डिपाजिट रसीदें, प्लाटों और फ्लैटों के कागजात और तमाम मूल्यवान महंगी चीजें बरामद कीं।

पूरे शहर में अगले दिन यही चर्चा थी। लोगों को डॉ० आचार्या के यहां पड़े छापे की बात करने में बड़ा रास आ रहा था। सबकी अपनी समस्याएं भूली जा चुकी थीं। उन्हें डॉ० आचार्या की वैयक्तिक संपत्ति, बैंक बैलेंस,

मोटर कारें, उनकी आय, उनका खर्च, ब्लैक की आय, व्हाइट की आय, इन सबके बारे में बहस करने का अधिकार सा प्राप्त हो गया था। जितने मुंह उतनी बातें और हर आदमी अपने हिसाब से उस खबर में नमक मिर्च लगा करके ही बोलता था जो भी सुनता था मजा लेता था। बढ़ते-बढ़ते अफवाह तो यहां तक फैल गई कि डॉ० आचार्या के मकान-बंगले तो हालैंड, अमेरिका, हांगकांग और सिंगापुर में भी हैं। किसी ने तो यहां तक कह दिया कि डॉ० आचार्या का एक दूसरी लेडी डॉक्टर से नाजाएज संबंध भी था जिनको डॉ० साहब ने एक बंगला खरीद कर दिया था और उस बंगले की जानकारी आयकर विभाग को थी ही नहीं। इस बंगले की दीवारें ईंटों से नहीं नोटों से बनी थीं। तमाम पत्रकारों रिपोर्टरों, मीडिया के अन्य लोगों, विभिन्न टीवी चैनलों के प्रतिनिधिगण डॉ० आचार्या से मिलने के लिए मरीजों से ज्यादा बेताब हो रहे थे। उन्हें इस खबर का अधिकतम उपयोग करना था। इससे हर मीडिया क्षेत्र को आर्थिक रूप से लाभ होने वाला था क्योंकि मसालेदार खबर का विक्रय कर के व्यापार को बढ़ाना था। डॉक्टर साहब यूं तो दिलों का इलाज करते थे और तमाम लोगों के दिलों का आपरेशन करके उन्हें जीवनदान दे चुके थे पर लोगों का व्यवहार देखकर उनका अपना दिल टूट गया था। उस टूट का कोई इलाज भी न था। कई साथी, अड़ोसी-पड़ोसी, दोस्त-यार, रिश्तेदार तो उनसे कतराने भी लगे थे। उन्हें डर था कि उनके पास बैठने उठने या उन्हें फोन करने से उनका नाम न ब्लैक लिस्ट हो जाए और उनके यहां न छापा पड़ जाए। एक टीवी चैनल उनका इंटरव्यू लेने में सफल हो गया। इस इंटरव्यू को जब दिखाया गया तो सारांश इस प्रकार था–

चैनल से : 'डॉ० साहब आपके पास इतना धन जो बरामद हुआ आपने इस पर टैक्स क्यों नहीं दिया।'

डॉ० आचार्या : 'मैंने जो भी दौलत हासिल की है अपने बलबूते पर और कोई चोरी डाका डालके नहीं। बल्कि मेहनत के बल पर। जब मैं ट्यूशन करके अपनी फीस भरता था, जब मैं भूखे पेट रहकर सड़क की रोशनी के

नीचे बोरे पर बैठ कर पढ़ता था तो कभी कोई इनकम टैक्स वाला पूछने नहीं आया। जब फीस न भर पाने के कारण मेरा नाम अक्सर कट जाता था तो कोई इनकम टैक्स वाला नहीं आया। आज जब मैंने लोगों का इलाज किया लोगों की सेवा कर-करके मैंने कुछ हासिल किया तो मैं सबका दुश्मन बन गया। मैं कुछ रकम एकत्र करके एक हार्ट का स्पेशल अस्पताल बनवाना चाहता था इसीलिए मैंने धन बचाकर रखा था। बाकी और मुझे कुछ नहीं कहना है।' चैनल पर और भी बहुत-सी बातें हुई पर वो उपर्युक्त बातों जैसी ही थीं।

इनकम टैक्स के छापे वाले अधिकारी की तारीफ चारों ओर हो रही थी। उसके विभाग ने उसे विशेष पुरस्कार राशि दी थी। इनकम टैक्स इंस्पेक्टर जिसने इस मामले को अंजाम दिया था छापे वाले अधिकारी के घर पुष्पगुच्छ ले जाकर उसके सम्मान में ये कहा था– 'सर आज चारों तरफ आपकी ही चर्चा है। आप बेकार में ही शुरू-शुरू में संकोच कर रहे थे। कानून हमारे साथ है। समय हमारे साथ है। सर आपने अपने कैरियर में तो चार-चांद लगाए ही हैं, हमारे कैरियर में भी चार-चांद लगाए हैं।' ये कहकर इंस्पेक्टर छापा अधिकारी का चरण स्पर्श करके चला गया था। दोनों बहरहाल बहुत खुश थे।

बहुत दिनों तक जब छापे वाले अधिकारी को इंस्पेक्टर नहीं दिखा तो उसने उसके बारे में पता लगवाया। ज्ञात हुआ कि वो छुट्टी पर है।

एक दिन जब वो लिफ्ट में दिखाई पड़ा तो उसे छापा अधिकारी ने बुलाया। उसकी लंबी अनुपस्थिति के बारे में उससे पूछने पर इंस्पेक्टर ने छापे वाले अधिकारी को बताया–'सर मैं अपने पिताजी के हार्ट के ऑपरेशन के लिए विदेश गया था। आपकी शुभकामनाओं के कारण सब कुछ ठीक-ठाक हो गया।'

छापा अधिकारी को आश्चर्य हुआ–'इसमें बड़ा खर्चा आया होगा।'

इंस्पेक्टर ने कहा–'सर एक सामाजिक संस्था जो वरिष्ठ नागरिकों के लिए बनी है और जो कुछ डॉक्टरों के मासिक चंदों से चलती है उसने सारा खर्चा वृद्धों की सहायता के रूप में उठा लिया।'

छापा अधिकारी के मस्तिष्क में एक संदेह उत्पन्न हुआ—'ऐसा तो नहीं कुछ डॉक्टरों को इस इंस्पेक्टर ने धमकी दी हो कि तुम्हारा भी वही हश्र होगा जो डॉक्टर आचार्या का हुआ और उन डॉक्टरों ने कुछ अमीर मरीजों से इसके पिता के विदेशी इलाज का खर्चा उठवाने का जिम्मा ले लिया हो।'

छापा अधिकारी को संशय अवश्य हुआ पर वो ज्यादा बोले नहीं।

जाते-जाते इंस्पेक्टर बोला—'सर मैं आपको धन्यवाद देने के लिए बहुत दिनों से आपके खाली समय का इंतजार कर रहा था।'

छापा अधिकारी—'क्यों क्या हुआ भाई।'

इंस्पेक्टर—'सर, डॉ० आचार्या के छापावाले केस में आपने मुझे इतनी अच्छी रिपोर्ट दी थी मुझे उत्कृष्ट कानफिडेंशियल रिपोर्टें मिली और मुझे आउट आफ टर्न प्रमोशन देकर आईटीओ भी बना दिया गया। सर मैं आपको मिठाई भी खिलाने आया था।' उसके हाथ से पेड़ा लेकर छापा अधिकारी ने कहा—'ओह कांग्रेचुलेशन।'

प्रमोशन होते ही इंस्पेक्टर का तबादला किसी और शहर में हो गया।

कई वर्ष बीत चुके थे। इंस्पेक्टर भी रिटायर हो गया था। वो उसी शहर में आके बस गया था जहां उसने डॉ० आचार्या के यहाँ छापा पड़वाया था। यहां उसने एक जगह प्लाट खरीदा था जब वो यहां कार्यरत था और आईटीओ बनकर जाने के पहले एक मकान बनवा चुका था।

कुदरत का कुछ ऐसा प्रकोप हुआ कि इंस्पेक्टर के रिटायर होकर बसते ही दिल का दौरा पड़ गया था। उसे चिकित्सा अधिकारियों ने बाईपास सर्जरी का सुझाव दिया। उनके मुताबिक वाल्वों की खराबी दिल में कुछ इस प्रकार की थी उसका सही ऑपरेशन केवल डॉ० आचार्या ही कर सकते थे।

पहले तो इंस्पेक्टर ये सुनकर कतराया और शहर के तमाम डॉक्टरों से उसने सम्पर्क किया पर सबने जवाब दे दिया था कि अगर वो उसका आपरेशन करेंगे तो सफलता के चांसेज फिफ्टी-फिफ्टी परसेंट ही रहेंगे। हां, डॉ० आचार्या की बात अलग है। इंस्पेक्टर को अब अपने जीवन से भय लगने लगा था। उसने और शहरों के बड़े डॉक्टरों से संपर्क करने की

कोशिश की थी पर कोई खास मदद न मिल सकी क्योंकि वो आयकर विभाग से अब रिटायर हो चुका था। इंस्पेक्टर को आर्थिक मदद भी चाहिए थी, क्योंकि वो अपने कमाए रुपयों से मकान बनवा चुका था। बच्चों की पढ़ाई में खर्च कर चुका था। उनके शादी-ब्याह में खर्च कर चुका था और वे भी ज्यादा आर्थिक मदद देने की अवस्था में न थे।

हारकर उसके कदम डॉ० आचार्या के घर की तरफ बढ़े। उसने सोचा था डॉ० आचार्या से वो अपनी गल्तियों की माफी मांग लेगा और उनकी दो चार बातें सुनकर उन्हें अपने ऑपरेशन के लिए मनवा लेगा।

जब डॉ० आचार्या के पुराने मकान पर वो गया तो पता चला उनका वो बंगला आयकर की बकाया राशि के भुगतान के लिए नीलाम हो चुका है। आय छुपाने के अपराध में उन पर पेनाल्टी क्लॉज लग गया था और उनके पास मुकदमा लड़ने के लिए न पैसे थे और न उनकी इच्छा। उनका दिल सबके व्यवहार से टूट चुका था। इसलिए वे किराए के मकान में रहने लगे थे एक अनजान व्यक्ति बन कर। वो इतना कुछ कर लेते थे कि जीवन की गुजर बसर हो जाए।

इंस्पेक्टर ने मेहनत करके उनका घर ढूंढ लिया था। जब इंस्पेक्टर डॉ० आचार्या के घर पहुंचा तो उसने उनके पैर छू लिए पर डॉ० आचार्या पता नहीं पहचान पाए या उन्होंने उसकी तरफ कोई खास ध्यान न दिया। पूछताछ करने पर इंस्पेक्टर ने डॉ० आचार्या को बताया कि वो उनके द्वारा अपने हार्ट के बाई पास इलाज के लिए आया है। ज्यादा पैसे नहीं हैं और ज्यादा समय भी नहीं है। उसने डॉ० आचार्या के पैरों पर अपना सिर रख कर कहा कि वो उसकी पुरानी नाराजगियां और गल्तियाँ माफ कर दें और उसका बाई पास ऑपरेशन वो ही करें। उसकी जिंदगी का सवाल है।'

पर डॉ० आचार्या ने उसे जवाब दिया—'देखो भाई अब मैं कोई ऑपरेशन वापरेशन नहीं करता। पहले मैं ये सब दिल लगा कर लोगों के भले के लिए करता था पर मैं नासमझ था। मेरे सफल ऑपरेशन ही मेरे दुश्मन बन गए। मुझे नेकनामी मिली और वहीं बाद में बदनामी में जनता ने तब्दील कर दी।

में कमाए रुपयों को लेकर थोड़ी चिता पर जलने जाता। मैं अगर हार्ट का स्पेशल अस्पताल अपने पैसों से बनवाता तो जनता को ही लाभ पहुंचता। पर ये न तो जनता को मंजूर था, न जनता की मीडिया को, प्रेस को, जनता द्वारा चुनी सरकार को, सदन को...तो जब मेरे काम के इतने दुश्मन हैं तो मैं ये क्यों करूं। ठीक है कानून मेरे खिलाफ था अब मैं ऑपरेशन नहीं करता। कानून खुश है...सब खुश हैं। मेरी जरूरत तब नहीं समझी गई जब मेरा घर नीलाम हो रहा था। चारों तरफ मेरा मजाक उड़ाया जा रहा था, मेरी भद्दगी की जा रही थी, व मुझे एक गुनहगार के रूप में अखबारों में, टीवी, पत्रिकाओं में, अदालतों में, दफ्तरों में पेश किया जा रहा था। कानून नहीं बदल सकता है पर मैंने अपने आपको बदल लिया है। मैंने कसम खा ली है अब मैं बाई पास का ऑपरेशन नहीं करूंगा अपना पेट भीख मांगकर या पत्थर तोड़कर भर लूंगा—डॉक्टर की जुबान में कटुता भरी थी।

इंस्पेक्टर ने सोचा—'ओह। अहम भी आग की तरह सब कुछ जला कर राख कर देती है...पर अब बहुत देर हो चुकी थी।'

दाम्पत्य सूत्र

रमेश आज फिर दफ्तर से लेट आया था। लेट आने की तमाम वजहों में एक ये भी थी कि उसे बस के लिए बहुत देर तक इंतजार करना पड़ा था। हां थोड़ी देर उसे एक पार्टी में भी जाना पड़ा था। हांफते हुए बहुत तेज चल कर वो जब घर आया और कॉल-बेल बजाई तो पत्नी रमा ने दरवाजा बहुत जल्दी से खोला और कोई तो यही समझता कि रमा ने दरवाजा खोलने में जो शीघ्रता दिखाई थी वो पति रमेश के स्वागत के लिए थी, क्योंकि वो सबेरे से गया अब जाकर लौटा था पर रमेश को यह पता था कि ये शीघ्रता रमा लड़ने के लिए दिखा रही थी क्योंकि उसके आने के बाद पत्नी एक मिनट भी गंवाना नहीं चाहती थी और जल्द से जल्द सारे उलाहने और शिकायतें उसके समक्ष पेश कर देना चाहती थी।

दरवाजा खुलते ही जैसे रमेश अंदर घुसा रमा ने अपनी नाक उसके मुंह के पास किसी बहाने से करके ये सूंघ लिया था कि रमेश पी कर आया था। एक तो पति देर से घर आया ऊपर से पीकर, इससे अधिक नागवार तो कुछ और हो नहीं सकता–एक पत्नी की नजर में। यह सब रमा के बरसने के लिए काफी था।

"कहां देर कर दी.." कटाक्ष मिश्रित स्वरों में रमा से पूछा।

"कुछ दफ्तर का काम था"–रमेश ने संक्षिप्त सा उत्तर दिया।

रमा–"क्या दफ्तर में पीने का भी काम होता है।"

रमेश–"कम्पनी की एक जरूरी बिजनेस पार्टी थी जिसमें कुछ मेहमानों की देखभाल का काम सौंपा गया था। मेजबान होने के कारण मुझे पीना पड़ा।"

रमा–"बहाने मत करो तुम्हें मुफ्त की पीने की मिल जाए तो मौका गंवाना नहीं चाहते।"

रमा की ये बात सुन कर रमेश तिलमिला उठा था। उसने क्रुद्ध स्वरों में कहा–"मुफ्त की क्या मतलब, क्या तुम मुझे भिखारी समझती हो, क्या मैं पीने के लिए मरा जा रहा हूं।"

रमा– "ये मैं एक दिन के अनुभव से नहीं और भी कितनी बार पहले देख चुकी हूं।"

रमेश– "मैं अपनी जेब से पैसा खर्च करके पी सकता हूं तुम क्या समझती हूं.."

यह कहकर रमेश उल्टे पांव फिर वापस चला गया।

रमेश का ग्यारह वर्षीय बालक ईशु ये सब देख रहा था। उससे न रहा गया। उसने मम्मी रमा से कहा–

"मम्मी तुमने पापा के साथ क्यों लड़ाई की? कल मेरा टेस्ट है मैं पापा से कुछ सवालों के उत्तर पूछना चाहता था।'

रमा ने जवाब दिया– "वो बताने की दशा में थे ही कहां वो तो पीए हुए थे।"

ईशु– "फिर भी मम्मी पापा सवेरे से गए हुए थे, अभी किसी तरह घर तो आए थे। अब फिर पता नहीं कब आएंगे?"

रमा ने उसको अंक लगाते हुए कहा– "चलो मैं तुम्हें पढ़ा देती हूं..."

ईशु असंतुष्ट ही रहा और बोला– "मम्मी वे सवाल पापा ही 'सॉल्व' (solve) कर सकते हैं तुम नहीं समझ पाओगी।"

ये सुनते ही रमा को फिर क्रोध आ गया और उसने एक तमाचा ईशु की गाल पर जड़ दिया और कहा–"तो जाओ अपने पापा का इंतजार करो, रात भर।"

ईशु चुप हो गया। वो तकिए में सिर छुपा कर रोने लगा था।

रमा ने गुस्से में पत्ति को बुरा-भला कहा था, बच्चे ईशु को चांटा मारा था, इसलिए उसे ग्लानि का अनुभव होने लगा और उसकी आंखों से भी अश्रु धारा प्रवाहित होने लगी थी।

ईशु रोते-रोते सो गया था। थोड़ी देर के बाद कॉल-बेल बजी और जाहिर था कि रमेश वापस आ गया होगा।

रमा ने दरवाजा खोला था, रमेश अंदर आ गया था। उसके हाथ में एक बोतल थी। वो सीधे किचन में गया। गिलास निकाला और फ्रिज से बर्फ निकाल कर व्हिस्की का पेग बनाने लगा।

एक घूंट लेते ही रमेश ने सामने से घूरती रमा को कहा– "देखा अपने पैसे से भी पी सकता हूं।"

रमा ने सोचा इस बात पर भिड़ने से मामला और खराब हो सकता है अतएव उसने बात बदलते हुए कहा– "कल ईशु का टेस्ट है वो तुम्हारी राह देख रहा था कि तुमसे कुछ सवालों के उत्तर जान कर टेस्ट की तैयारी कर ले।"

रमेश का क्रोध भी ये सुनकर ठंडा पड़ गया था। उसने शीघ्रता से पूछा–"कहां है ईशु?"

फिर रमेश ने खुद ही आवाज दी– "बेटा ईशु...ईशु"

रमा बोल पड़ी– "वो सो गया है– बिना पूरा पढ़े बिना खाना खाये..."

रमेश– "तो ये बात तुम अब क्यों बता रही हो? जैसे ही मैं ऑफिस से आया था, उसी वक्त तुमने क्यों नहीं बताया?"

रमा– "तुम आफिस से नहीं पार्टी से आए थे और तुम उसको पढ़ाने की दशा में थे क्या?"

रमेश– "कटाक्ष तुम्हारी जुबान से ऐसे चिपक गया है जैसे जमीन के नीचे मिट्टी में पेड़ की जड़।"

रमा– "फिर भी तुम कहां सुधर रहे हो और..."

रमेश– "अच्छा तो कटाक्ष बोल कर मुझे सुधारना चाहती हो।"

रमा– "जब मेरी शादी हुई थी तो मेरी भाषा ठीक थी तुम्हारे साथ रहते-रहते मेरी भाषा में कटाक्ष आ गया है।"

रमेश– "मैं सीधी बात करता हूं कभी घुमा फिरा कर कटाक्ष नहीं।

वैसे तुमने ये कैसे समझ लिया कि मैं पढ़ाने के लायक नहीं हूं। मेरा दिमाग पीने से उड़ तो नहीं गया है।"

रमा– "मैं ईशु को जगाती हूं उसकी टेस्ट की तैयारी करा दो और उसे खाना भी खाना है।"

रमेश गंभीर होकर बोला– "अगर वो गहरी नींद सो रहा है तो उसे सोने दो। गहरी नींद दिमाग के लिए सबसे अच्छा भोजन है। अगर मस्तिष्क को समुचित विश्राम मिल जाए तो इसकी कार्यशक्ति स्वयं ही बढ़ जाती है।"

रमा– "तुम्हारा खाना लगा दूं।"

रमेश– "मैं बाद में खाऊंगा, मुझे कुछ ऑफिस का काम करना है, तुम खाना खा कर सो जाओ।"

रमा– "मैं जानती हूं तुम्हें अब मेरी जरूरत नहीं रह गई है।"

रमेश– "दाम्पत्य-सूत्र के अनुसार हम तुम एक हैं, फिर "जरूरत" शब्द का अर्थ ही नहीं रह गया है।

रमा चली गई। उससे खाना न खाया गया। रमेश थोड़ी देर कुछ काम करता रहा, फिर सो गया।

सुबह उठते ही ईशु को रमेश ने कुछ पढ़ाने की कोशिश की थी पर तब तक स्कूल का समय हो गया था और ईशु को जल्दी में स्कूल भेजना पड़ा था।

"पता नहीं स्कूल का टेस्ट कैसा होगा?" रमेश ने ये बुदबुदाया ही था कि रमा बोल पड़ी– "अब पछताए होत क्या जब चिड़िया चुग गई खेत।"

"कटाक्ष?" –रमेश ने कहा

रमा– "कटाक्ष नहीं सत्य।"

रमेश– "अगर कल शाम भी तुम सीधी तरह से बात करती तो आज ये नौबत न आती।"

रमा– "कोई काम करने के पहले तुम सोचते क्यों नहीं कि इसका परिणाम क्या होगा?"

रमेश– "ये बात तुम्हारे ऊपर भी लागू होती है। तुम्हें मुझे चुनौती देकर उकसा देने की क्या जरूरत थी?"

रमा– "मैंने तुम्हें कैसे उकसाया।"

रमेश– "तुम्हें ये कहने की क्या आवश्यकता थी कि मुफ्त की शराब मिलती है तो मैं टूट पड़ता हूं।"

रमा– "यही गलत सिद्ध करने के लिए तुम तुरन्त बाजार गए और बोतल अपने पैसे से खरीद कर ले आए।"

रमेश– "तुम्हें किसी के अहम् को चुनौती नहीं देनी चाहिए।"

रमा– "तुम्हें घर खर्च के लिए पैसे देते समय तो जेब में तंगी दिखाई देती है फिर बोतल के लिए कहां से रकम आ गई?"

रमेश– "जब आदमी के सिरपर पड़ती है तो इज्जत के लिए कुछ भी कर सकता है।"

रमा– "वाह क्या प्रतिष्ठा है पीने की हैसियत दिखाने के लिए दोस्त से उधार लेना पड़ा।"

रमेश– "अब अगर मैं तुम्हारे साथ बातों में उलझा रहा तो दफ्तर में भी 'लेट' हो जाऊंगा।"

बचाते-बचाते भी रमेश को देर हो ही गई। वो चूंकि दफ्तर में देर से पहुंचा था अतएव उसकी पेशी बॉस के आगे हो ही गई। आने में अगर दस मिनट से ज्यादा देरी हो जाए तो 'मस्टर-रोल' का रजिस्टर बॉस के कमरे में रख दिया जाता था और देरी से आने वालों को वहीं जाकर उपस्थिति होने का हस्ताक्षर करना पड़ता था।

जब रमेश बॉस के कमरे में घुसा तो बॉस ने ज्यादा समय नहीं गंवाया। उन्हें मालूम था कि जो लोग उनके कमरे में आते हैं वे 'मस्टर' में हस्ताक्षर के लिए ही आते हैं इसलिए बॉस ने तीव्र स्वरों में डांट के साथ पूछा–"देरी से आने का कारण?" रमेश ने बोल दिया– "सर कल रात जो ऑफिस की ओर से बिजनेस पार्टी थी उसमें देरी हो गई थी। वाइफ नाराज हो गई उस पर मैंने जो ड्रिंक ली वो भी आग में घी बन गया।"

बॉस– "क्या वाइफ को पहले से नहीं बताया था?"

रमेश– "सर कुछ उलझा रहा उन्हें बता न सका।"

बॉस– "तो सवेरे देर क्यों हुई?"

रमेश– "सर वाइफ से कहा-सुनी रात को भी हुई और सवेरे भी हुई।"

बॉस– "गनीमत है छुट्टी लेकर सारा दिन नहीं लड़ते रहे।"

रमेश– "आई एम सॉरी, सर।"

बॉस– "ओ०के० गो अहेड।"

रमेश ने हस्ताक्षर किया और कमरे के बाहर निकल आया। उसे शर्म सी लग रही थी। बॉस उसके व पत्नी के बारे में क्या सोचेगा–यही सोच कर उसका मन उदास था।

उसे उदास देख कर दफ्तर में उसके साथ काम करने वाली महिला गीता ने पूछा– "क्या बात है? रमेश कुछ उदास से लग रहे हो?"

रमेश– "क्या करूं घर एक शान्ति सुकून की जगह होती है पर मेरे यहां कुछ और बात है। जब घर से बाहर रहता हूं तो जल्दी पड़ी रहती है कि कब घर पहुंचूं पर जब घर पहुंचता हूं तो लगता है, कहां आ गया।"

गीता– "फिर भी तुम सौभाग्यशाली हो रमेश कि तुम्हारे घर पर तुम्हारा इंतजार करने वाला कोई है। मुझे देखो मैं अकेली रहती हूं...शादी के एक साल बाद ही तलाक हो गया।"

रमेश– "इंतजार तो मेरा भी होता है पर लड़ने के लिए।"

गीता– "घर में नोंक-झोंक तो लगी ही रहती है।"

रमेश– "पर अब लड़ाई का फल 'ब्लड प्रेशर' के रूप में खिलने लगा है।"

गीता– "ब्लड प्रेशर का फल।"

रमेश– "हां कई जंगली फल कसैले भी होते हैं।"

गीता– "शादी के बाद दो जीवन ढर्रों का एडजस्टमेंट बहुत जरूरी है...जब पति-पत्नी एक-दूसरे को कटाक्ष करने लगते हैं तो वो जहर का काम करने लगता है।"

रमेश– "समझ में नहीं आता क्या करूं? कभी-कभी लगता है रमा से बात ही नहीं करूं पर एक घर में दो प्राणी बिना बात किए कैसे रह सकते हैं।"

गीता– "तुम लोग छुट्टी लेकर कहीं घूम आओ। थोड़े दिन साथ-साथ किसी नई जगह जाओगे तो आपस में एक-दूसरे को और अधिक समझने का मौका मिलेगा।

रमेश– "कोशिश करता हूं।"

रमेश आज दफ्तर से जल्दी ही घर आ गया था और उसने खुशी-खुशी से रमा से कहा–"सोच रहा था मैं कुछ दिनों की छुट्टी लूं और तुम सब लोगों को साथ ले कहीं घूम आऊं।"

रमा– "हां मैं भी मम्मी पापा से बहुत दिनों से नहीं मिली। अच्छा आइडिया है चलो रामपुर घूम आते हैं। ईशु का स्कूल भी टेस्ट के बाद कुछ दिनों के लिए बन्द होने वाला है।"

रमेश का सारा जोश ठंडा हो गया। वो ससुराल नहीं जाना चाहता था।

रमेश बोला– "क्यों न हम कहीं और चलें...मैं भी अपने मम्मी पापा के यहां सीतापुर जाना चाहता था पर वहां नहीं जाना पसन्द करूंगा। मैं किसी नई जगह चलना चाहता हूं।"

रमा को मैके न जाने का प्रस्ताव अच्छा न लगा।

"जब इतना खर्च ही करना है आने जाने में तो मम्मी पापा से ही मिल आते..." –रमा बोली।

रमेश ने तड़ाक से उत्तर दिया– "अभी दो महीने पहले ही तो उन लोगों के यहां से आई हो फिर जाना।"

रमा– "दो महीने काफी होते हैं अब दुबारा तभी जा पाऊंगी जब ईशु का स्कूल बंद हो।"

रमेश– "तो छोड़ो फिर कहीं नहीं जाते।"

रमा– "आखिर तुम्हारा प्रोग्राम है क्या?"

रमेश– "कोई नई जगह जहां हम एक नये सिरे से दुबारा अपने रिश्ते

शुरू करें जिसमें आपस में कोई कटाक्ष न हो, व्यंग्य न हो, सिर्फ एक-दूसरे की भावनाओं का ख्याल करें...कोई ऐसी बात न कहें कि एक-दूसरे को चोट पहुंचे।"

रमा– "मैं तैयार हूं बोलो कहां चलना है?"

रमेश– "चलो हम लोग "माथेरान" घूम कर आते हैं। कुछ दिन वहीं रहेंगे।"

कुछ समय बाद–

रमा– "यहां तो पैसा बहुत तेजी से खर्च हो रहा है। बहुत दिन यहां रहना मुश्किल होगा।"

रमेश– "मैं तो घर की सुख शांति खरीदने आया हूं कितना भी पैसा खर्च हो जाए लेकर ही आऊंगा।"

रमा– "अगर इतना ही खर्च करने का शौक था तो बजाय यहां लाकर घुमाने में पैसा खर्चा करने के मुझे कुछ गहने खरीदवा देते। मुझे हीरे के झुमके (क्पंउवदक म्त.तपदह) पहनने की खास इच्छा है।"

रमेश– "क्या डायमंड इयर रिंग पहनने के बाद तुम वादा करती हो कि कभी नहीं लड़ोगी।"

रमा– "अगर तुम्हारा व्यवहार ठीक रहा तो मैं बिना इयर रिंग के भी वादा करने को तैयार हूं।"

रमेश– "यहां भी मुझे शांति दिखाई नहीं दे रही है। तुम हर बात पर बहस शुरू कर देती हो।"

रमा– "मेरी समझ में नहीं आता कि तुम कुछ चीजों को मुझ पर क्यों नहीं छोड़ देते।"

रमेश– "अपने आप को छोड़कर सब कुछ तुम्हारे हवाले है।"

रमा– "क्यों तुम खुद क्यों नहीं।"

रमेश– "मैं तो शादी होते ही तुममें समा गया। मैं तुम तो एक हैं ही।"

इतने में ईशु आ गया और बोला– "पापा मुझे घोड़े पर चढ़ना है।"

रमा– "अगर गिर गए तो?"

रमेश– "यहीं तुम गलती कर जाती हो। अगर बच्चे का मन है तो क्या एतराज है...सभी तो घोड़े पर चढ़ रहे हैं, कोई नहीं गिर रहा।"

रमा– "अच्छा जाओ बाबा।"

बॉस ने फिर आज रमेश को बुलाया था। रमेश डरा-डरा उनके कमरे में दाखिल हुआ।

बॉस– "तुम एक हफ्ते की छुट्टी लेकर गए थे और पन्द्रह दिन के बाद आ रहे हो। तुमने फिर एडवांस के लिए 'अप्लाई' (apply) किया है। क्या बात है?"

रमेश– "सर फैमिली के साथ एटमॉसफियर (atmosphere) ठीक करने गया था। पैसे भी बहुत खर्च हुए और जल्दी आ भी न सका।"

बॉस– "अच्छा तो आप नौकरी छोड़ कर वातावरण (atmosphere) और पर्यावरण (pollution) ठीक करने गए थे। इतना एडवांस इशू करने का कानून (rule) भी नहीं है। (pay) वेतन से ज्यादा तो तुम एडवांस (advance) ले लेते हो।"

रमेश– "फैमिली लाइफ ठीक करने की कोशिश कर रहा हूं।"

बॉस– "आखिर तुम्हारी (problem) समस्या क्या है?"

रमेश– "सर वाइफ से पटरी नहीं खाती।"

बॉस– "तो छुट्टी में रात-दिन साथ बैठ कर पटरी खाने लगी।"

रमेश– "नहीं सर मामला और खराब हो गया। वहां तो हर समय लड़ाई होती रहती थी। कोई और काम ही नहीं था, वर्किंग डे (day) में तो कम से कम दिन भर आफिस में बिना लड़े गुजर जाता है।"

बॉस– "तुम्हारी शादी को कितने साल हुए हैं।"

रमेश– "सर तेरह साल।"

बॉस– "मेरी शादी को इक्कीस साल हो चुके हैं। आज तक हम

ऐसा कोई फारमूला न ईजाद कर सके जिससे वाइफ़ हज़बैण्ड में पटरी बैठ जाए।''

रमेश– ''सर मुझे तो ये राय गीता ने दी थी।''

बॉस– ''क्या गीता की फेमिली लाइफ अच्छी है।''

रमेश– ''नहीं सर उसका तो शादी के एक साल बाद ही तलाक (divorce) हो चुका है।''

बॉस– ''और आपने उसे फेमिली लाइफ का विशेषज्ञ (expert) समझा।''

रमेश– ''मैं समझा वो चोट खाई है उसे कोई नुस्खा मालूम होगा।''

बॉस–''अच्छा तुम अपनी पत्नी को बुलाओ मुझे उससे बात करनी है।''

रमा– ''सर आपने मुझे बुलवाया।''

बॉस– ''हां मैडम आप और आपके पति की आपसी लड़ाई की वजह से दुष्परिणाम आफिस का काम भुगत रहा है। आपके पति की नौकरी पर भी इसका असर पड़ सकता है।''

रमा– ''तो झगड़े की शुरुआत तो रमेश ही करता है।''

बॉस– ''वो भले शुरू करें पर खात्मा तो आप ही करेंगी।''

रमा– ''ठीक है।''

पर इतने में बॉस की पत्नी रेणु अंदर आ गई थीं। वो गुस्से में थी।

बॉस– ''अरे रेणु तुम।''

रेणु– ''हां मुझे पता लगा कि तुमने अपने एक मातहत की पत्नी को ऑफिस बुलवाया है, तो कारण जानने के लिए मुझे यहां आना पड़ा।''

बॉस– ''सॉरी रेणु तुम्हें इतनी तकलीफ हुई...''

रेणु– ''मेरे तकलीफ की छोड़ो...मुझे पहले ये बताओ कि इस लड़की को क्यों बुलाया?''

वहां का माहौल देख कर रमेश और रमा डर कर वहां से जाने लगे।

उन्हें रोक कर रेणु बोली– "तुम लोग कहीं मत जाओ जी। मैं सभी मामला अभी पता लगाती हूं। ज़रा पता तो चले कि माजरा क्या है?"

बॉस– "रेणु तुम बेकार बात का बतंगड़ बना रही हो। मैंने सिर्फ रमा को ये समझाने के लिए बुलाया था कि वो अपने पति से लड़ाई न करे वरना ऑफिस का काम सफर (suffer) करेगा और उसके पति रमेश की नौकरी भी जा सकती है।"

रेणु– "अच्छा तो तुमने दुनिया की तमाम औरतों, उनके परिवारों को ठीक करने का बीड़ा उठा रखा है। अपना घर परिवार तो संभाल नहीं सके अब दूसरों का ठेका लिया है। मेरे लिए तो एक पल का समय नहीं है कि बात सुन सको यहां दूसरों के लिए इतना ख़्याल।"

बॉस घबरा गए। उन्होंने रेणु को चुप कराने की कोशिश की– "अरे रेणु, संभल कर, प्लीज ये ऑफिस है, यहां ये सब बातें न करो...।"

रेणु ने रमा से कहा– "तुम अपने ढंग से रहो जी ये, तुम्हारा कुछ नहीं बिगाड़ सकते मैं हूं ना...।"

रमेश– "ये क्या मैडम आप खुले आम मेरी पत्नी को भड़का रही हैं कहीं वो झगड़ा करने में और तेज़ न हो जाए।"

रेणु (डांटकर)– "अच्छा अब बॉस तो बॉस उसका मातहत भी मुझसे ज़बान लड़ाने लगा है।"

बॉस– "सॉरी रेणु, मैं उसकी तरफ से माफी मांगता हूं।"

रेणु– "ओ०के० मैं जा रही हूं, आगे से कभी दफ्तर में किसी लेडी को बुलाना हो तो पहले मेरी इजाज़त ले लेनी होगी, समझे।"

बॉस– "यस मैडम।"

फिर बॉस गया और बीवी रेणु को बाहर तक छोड़ आया। रमा को भी डर लगा और वहां से खिसक ली।

रमेश हतप्रभ था बॉस की बीवी रेणु आंधी की तरह बॉस के कमरे में आई थी और बॉस एक छोटे पौधे की तरह बर्ताव (behave) कर रहा था। जो उखड़ने की हालत में था।"

बॉस की आंखें शर्म से नतमस्तक थीं। उसकी पत्नी के आगे उसका नगण्य रूप उसके मातहत रमेश ने देख लिया था।

रमेश ने बॉस को सांत्वना देने की कोशिश की। उसने पानी का गिलास बढ़ा कर बॉस को पिलाया।

रमेश ने बॉस से कहा– "सर मैं समझ गया।"

बॉस– "क्या?"

रमेश– "सर जब बॉस अपनी बीवी से इतना डर कर रहता है तो उसके मातहतों को तो और डर कर रहना चाहिए।"

इतने में रमा की आवाज आई– "थैंक्यू सर। दरअसल जब आपने मुझे फ़ोन किया था तो मैं डर गई थी और मैंने ही आपकी वाइफ़ को फोन कर दिया था कि आपने मुझे ऑफिस में बुलाया है।"

बॉस के मुख से आवाज नहीं निकल रही थी, क्योंकि उनके ऊपर अभी भी बीवी का खौफ छाया था।

रमेश– "पर तुम तो यहां दिखी नहीं। मैं समझा खिसक ली।"

रमा– "मैं यहीं छिपकर सब तमाशा देख रही थी।"

रमेश– "चलो बॉस का ये रूप देखने के बाद मुझे कोई गिला नहीं है।"

वो कौन?

राज्य सरकार के पुलिस महानिदेशक ने आज फिर मीटिंग बुलाई थी, ताकि पता लगाया जाए कि वो कौन है? उन्होंने अपने मातहत काम कर रहे सभी बड़े अफसरों को ताकीद दी कि राज्य सरकार बहुत परेशान है, वो क्यों नहीं पकड़ा जा रहा है?

उसने इतना आतंक मचा रखा था कि सरकार कोई उत्सव या जलसा ही नहीं आयोजित करवा पाती थी। लोग सरकार के नाम पर थूक रहे थे कि इतनी बड़ी सरकार है, इतनी शक्ति है फिर भी सरकार फोर्स रख कर भी कोई उत्सव या जलसा नहीं करा पाती है।

अपने अधीनस्थ अधिकारियों को सम्बोधित करने के बाद पुलिस महानिदेशक को प्रेस वालों से बात करनी थी। हालांकि प्रेस का सामना करने का उनका मूड नहीं था फिर भी उन्होंने प्रेस वालों को अंदर बुला लिया। कुछ वरिष्ठ अधिकारी उनके साथ थे। एक पत्रकार ने पूछा– "सर आखिरकार वो है कौन, कुछ पता लगवाया?"

पुलिस महानिदेशक– "वो कौन है यही पता लगाने के लिए तो सारी की सारी मशीनरी लगी है। पर हिम्मत हारने की बात नहीं है, कभी न कभी तो वो पकड़ा ही जाएगा।"

दूसरा पत्रकार– "क्या इतनी बड़ी फोर्सेज़ एक धमकी देने वाले को भी पकड़ नहीं सकती।"

पुलिस महानिदेशक– "जैसा मैंने पहले आपको बताया खोज जारी है।"

तीसरा पत्रकार– "क्या ये सच है कि जब सरकार कोई उद्घाटन समारोह करना या करवाना चाहती है तो वो धमकी देता है कि डायस या स्टेज को बम से उड़ा दिया जाएगा और इस धमकी के कारण सरकार आयोजन ही रद्द कर देती है।"

पुलिस महानिदेशक– "ये बात सच है पर दरअसल कोई उद्घाटन अब करना ही नहीं चाहता है।"

चौथा रिपोर्टर– "हमने तो ये भी सुना है कि अगर सरकार डायस या स्टेज की पूर्ण सुरक्षा का दावा करे तो वो 'आडियेन्स' के निरपराध लोगों को बम से उड़ा देने की धमकी देता है।"

पुलिस महानिदेशक– "आपने जो सुना है वो गलत नहीं है।"

इस तरह के तमाम प्रश्नों का उत्तर पुलिस महानिरीक्षक ने दिया। पूछने वाले भी तेज़ और तवाब देने वाला भी तेज़। खैर ऐसा कोई कदम था भी नहीं जो पुलिस महानिरीक्षक बताते और प्रेस वाले उसे जनता के समक्ष अखबारों के जरिए पेश करते।

नेतागण परेशान थे कि अब जनता के समक्ष उपस्थित कैसे हुआ जाए। खाली हाथ जनता के सामने जाने में उन्हें शर्म लगती थी। वे लोग हमेशा इस तलाश या फिराक़ में रहा करते थे कि कोई छोटा-मोटा काम हो जाए तो उसके उद्घाटन-समारोह में जाकर जनता के सामने अपना फूल हार से स्वागत करवाएं। अपने चमचों से अपनी प्रशंसा करवाएं और फिर वे भाषण देकर अपनी शेखी बघारें कि ये काम उन्होंने ही करवाया है। कोई आधारशिला या शिलान्यास का उत्सव या समारोह नहीं हो पा रहा था। जैसे ही ये सूचित किया जाता कि अमुक दिन अमुक नेता फलां जगह उद्घाटन या शिलान्यास के लिए आएगा, धमकी भरा पत्र आ जाता, समारोह में डायस यानी स्टेज को बम से उड़ा दिया जाएगा। यदि असफलता मिली तो कुछ निरपराध या निर्दोषों को 'आडियेन्स' से उड़ा दिया जाएगा। पिछले कुछ दिनों में कुछ ऐसी घटनाएं हुई थीं जिसमें आतंकवदी गिरोहों ने अपनी 'स्यूसाइड स्क्वैड की मार्फत 'मानवीय बम' के जरिए कुछ नेताओं को उड़वा

दिया था इसलिए कोई खतरा लेने को तैयार न था। समारोह में फूल माला जाने कितनी चीजें होती हैं। बम कहीं से निकल कर फट सकता है। दूर से कोई बम फेंक सकता है। पुलिस ने भी यही सचेत किया था कि खतरा लेने से क्या फायदा? जब जान लेने वाला जान देने को तैयार है तो दुर्घटना या कारस्तानी टाली नहीं जा सकती।

बात मुख्यमंत्री तक पहुंच गई थी। उनकी सरकार की इज़्ज़त पर बन आई थी। वो हार मानने वाले नहीं थे। आखिर ऐसा क्या कि एक सिरफिरा पूरी सरकार को नचा रहा था। उन्होंने तुरंत मीटिंग बुलाई। आर्मी यानी सेना के वरिष्ठ अफसरों को भी बुलाया गया। पुलिस के बड़े अफसरान तो थे ही।

मीटिंग में ये फैसला किया गया कि एक जलसे का आयोजन ड्रामे के रूप में किया जाए। उसमें सिर्फ बॉम्ब स्क्वैड के लोग ही भाग लेंगे। एक स्टेज बनाया गया। उसके ऊपर बाम्ब स्क्वैड के लोग ही नेताओं के रूप में बैठे। आडियंस में भी बाम्ब स्क्वैड के लोग बैठे। सारी तैयारी की गई कि अगर वो बाम्ब छोड़े तो किस प्रकार हैंडिल किया जाएगा। एंबुलेन्स तक तैयार करके खड़ी करवा ली गई। धमकी के बावजूद वो बम फेंकने नहीं आया।

लोगों ने समझा उसको खबर लग गई कि सारा उद्घाटन समारोह नकली होने वाला था। खैर सरकार का आत्मविश्वास बढ़ा। पुलिस महानिदेशक ने दुबारा प्रेस कांफ्रेंस बुलाई और बताया कि स्थिति पर काबू पाया जा चुका है। अब वो नहीं आएगा।

शीघ्र ही ढेर सारे उद्घाटन समारोह आयोजित हो गए। सबकी तारीखें निश्चित कर दी गई। नेताओं में फिर उल्लास आ गया। उनका सामान्य जनता से सम्बन्ध टूट रहा था। इसी की उन्हें चिन्ता थी। वैसे तो रेडियो और टी०वी० की मार्फत भी वे जनता से सम्पर्क कर सकते थे पर सबकी पहुंच तो वहां तक थी नहीं। फिर उसमें केन्द्र सरकार का दखल था। राज्य सरकार वाले अपने आप को केन्द्र का बॉस समझते थे भले ही वो पद में केन्द्र सरकार से छोटे हों।

पहला उद्घाटन समारोह कई दिन बाद हुआ। कुछ ज्यादा ही आत्मविश्वास होने के कारण पुलिस उसका आक्रमण बचा न सकी। एक मल्टी स्टोरी बिल्डिंग की टेरेस के ऊपर से बम फेंक दिया था और मुख्य नेता की जान जाते-जाते बची।

सब लोग सकते में आ गए थे। क्या वो इतनी हिम्मत कर सकता है। आखिर वो चाहता क्या है? क्यों ऐसा कर रहा है।

उसको पकड़ने के लिए दस लाख रुपये का इनाम घोषित कर दिया गया था। वो फिर भी पकड़ में नहीं आया।

आखिरकार तंग आकर मुख्यमंत्री ने ऐलान करवाया कि वो जो भी हो सामने आकर बात करे। उसकी हर मांग पूरी की जाएगी। उसे कोई सज़ा नहीं दी जाएगी। सारे नेताओं का दबाव मुख्यमंत्री पर आ गया था क्योंकि सबकी नेतागीरी खतरे में पड़ती जा रही थी। उद्घाटन का जलसा या सम. ारोह न हो तो क्या करने वो जनता के समक्ष जाएंगे। अतएव मुख्यमंत्री पर दबाव काम कर गया। वो सुलह के लिए तैयार हो गया।

वो एक दिन फोन पर आया और उसने आत्मसमर्पण के पहले एक शर्त रखी कि दस लाख इनाम उन पुलिसमैनों के परिवारों को दे दिया जाए जो अपराधियों से निपटने में अपनी जान गंवा बैठे थे।

इस शर्त को न मानने का कोई कारण ही न था। मुख्यमंत्री तुरन्त मान गए। इसके बाद उसने कहा कि वो मुख्य न्यायाधीश के कमरे में स्वयं आएगा और बात का खुलासा करेगा। उसने तिथि व समय निश्चित कर दिया था।

मुख्य न्यायाधीश के कमरे के बाहर पुलिस तैनात कर दी गई थी और मुख्यमंत्री स्वयं उसे देखने के लिए मुख्य न्यायाधीश के कमरे में आ गए और वो प्रकट हुआ।

उसने घोषणा की कि वो आ गया है। वो दाखिल हुआ। उसके हाथ में कोई अस्त्र नहीं था।

सभी उसके बारे में जानने को उत्सुक थे। उससे कहा गया कि वो अपना मकसद बताए जो उसने कहना शुरू किया—

‘‘मेरे पास एक मकान था, पुश्तैनी जिसमें हम लोग अच्छी तरह से रहा करते थे। एक बदमाश बिल्डर की नजर उस पर पड़ गई। मेरा धर्म दूसरा था और बिल्डर का धर्म दूसरा। धर्म के नाम पर कुछ दंगे हुए। बिल्डर ने मौका अच्छा देखा। एक दिन वो कुछ लोगों को लेकर मेरे घर आया। उसने मुझे मकान छोड़ कर भाग जाने को कहा। वो बदले में मुझे कुछ रुपये दे रहा था। मैं अपना पुश्तैनी मकान छोड़ कहां जाता। फिर उन्होंने जोर जबरदस्ती शुरू की। मैं पुलिस की मदद के लिए भागा। सबको बोला मेरी बीवी-बेटी की इज्जत लुट रही है, मेरे घर में आग लग रही है, बचा लो। पर कोई बचाने नहीं आया। मैं अपना घर-बार लुटते देखता रहा। कुछ वहशी लोग आए पर उन्हें रोकने वाला कोई न था। मेरा घर जला दिया गया, बीवी, जवान बेटी उसी में जल कर राख हो गए। कुछ भी न बचा। पुलिस आई ही नहीं। किसी के पास समय न था। पुलिस सिर्फ वी०आई०पी० लोगों की रक्षा के ही लिए थी। मुझे साफ-साफ मना कर दिया गया।

जब पुलिस मुझे नहीं मिलती तो औरों को क्यों मिलती है? मैं भी टैक्स देने वाला कानून के मुताबिक अपने व अपने परिवार की रक्षा के लिए उतना ही हकदार था जितना अन्य लोग? क्या वी०आई०पी० मुझसे ज्यादा कर देता है। कई वी०आई०पी० तो इनकम टैक्स तक नहीं देते।

तभी से मुझे उद्घाटन समारोह से चिढ़ हो गई। उद्घाटन समारोह या सरकारी जलसों में क्या होता है, कुछ लोग डायस या स्टेज पर बैठते हैं। उनके अहम् की तुष्टि के लिए सारा प्रशासनिक तंत्र नाचता रहता है। जनता और प्रेस भी उनको शाबासी या शह देकर कोई अकलमंदी का काम नहीं करती है। इतनी पुलिस वी०आई०पी० लोगों के साथ आम आदमी भी मारा जाता है। चंद वोटों के लिए ये लोग सारे तंत्र को परेशान करते हैं। जब भी कोई सरकारी उत्सव घोषित होता सब कामकाज ठप हो जाता है। आम जनता के काम सभी रोक दिए जाते हैं। आम आदमियों के तो रास्ते तक बंद कर दिए जाते हैं।

मुझे चिढ़ ये हुई कि जब मेरे घर में आग लगी तो एक भी खाकी

वर्दी वाला नहीं आया और जब उद्घाटन समारोह होता है, तो पूरी की पूरी बटालियन चली आती है।

इन समारोहों से हमें मिलता क्या है? कितनी रकम इनके आयोजन पर खर्च होती है? इनके आयोजन से लाभ या तो नेता को होता है जो अपने फायदे के लिए वोट बटोरता है या वो तम्बू-कनात-कुर्सी वाला ठेकेदार जिसे नोट मिलता है।

क्यों जनता अपने टैक्स से एकत्रित पैसे से बेमतलब खर्चा हो रहे जलसे में जाकर इन लोगों का जिंदाबाद करती है, नारे लगाती है, वाह-वाह करती है।

अगर यही रकम बजाय उत्सव में आयोजन के गरीबों की मदद, बेरोजगारों को रोजगार के लिए खर्च हो तो कितनों का भला हो सकता है। समय की बचत हो तो लोग अपना काम कर सकें। तम्बू कनात लगाने से यातायात अलग भुगतता है।

इन सबको ध्यान में रख और ये देख कि मेरा तो सब कुछ स्वाहा हो ही चुका है मैंने बीड़ा उठाया था कि उद्घाटन समारोहों को बंद करा दूंगा।"

किसी के पास कोई उत्तर न था। पूरी सभा में मौन छाया था। मुख्य न्यायाधीश और मुख्यमंत्री ने सिर्फ एक-दूसरे की आंखों में झांक कर देखा और फिर चुप्पी साध ली।

चरित्रवान

"गोखले! ए सैड न्यूज़ फॉर यू"– टेलीफोन का रिसीवर कान में लगाते ही डॉ० गोखले को सुनाई दिया।

"क्या हुआ सर?"

"तुम्हारे पेशेन्ट–सुबोध वाडेकर का अभी-अभी हार्ट फेल कर गया..."।

"ये कैसे हो गया 'सर', मैं अभी आया।"–डॉ० गोखले ने तुरन्त रिसीवर रखा और स्लीपिंग सूट के ऊपर नाइट गाउन पहन कर तुरन्त गेराज की तरफ दौड़े।

थोड़ी ही देर में वो अस्पताल पहुंच गए और बेड नं० 9 के पास पहुंच गए। वहां पर अस्पताल के एक सीनियर डॉक्टर राज और नर्स खड़े थे। आसपास में कुछ और मरीज जो चल फिर सकते थे वो भी आ गए थे। सुबोध की लाश चादर से ढक दी गई थी।

"ये सब कैसे हुआ 'सर'?" –डॉ० गोखले ने घबड़ाते हुए पूछा।

डॉ० राय ने नर्स की तरफ देखा। नर्स ने कहना शुरू किया– "बस एकाएक खून की उल्टियां होनी शुरू हुईं और फिर डॉ० के आने के पहले ही मरीज ने दम तोड़ दिया।"

"कल ही तो मैं इसके फेफड़े का ऑपरेशन करने वाला था। आज ही बेचारा मर गया।" डॉ० गोखले ने कहा।

वे लाश के पास गए और चादर हटा कर लाश का मुंह देखने लगे। थोड़ी देर तक वे जड़वत खड़े रहे और शून्य में देखते हुए कुछ सोचते रहे।

"डॉक्टर गोखले, सुबोध के बेड पर ये सामान मिले हैं।" –नर्स ने थोड़ी देर के बाद गोखले को कहा।

डॉ० गोखले, जो सिर नीचा किए कुछ सोच रहे थे, ने ऊपर देखा तो कागजों का एक बंडल, दो फोटो जिसमें से एक खुद सुबोध का था और दूसरा एक लड़की का था तथा एक पैकेट में कुछ अन्य फुटकर वस्तुएं थी जो चिट्ठियां थीं।

"इन कागजों के बंडल में देखा तुमने क्या है?" –डॉ० गोखले ने कहा।

"जी!" –नर्स ने कहना शुरू किया– "ये उसने अपनी आत्मकथा लिखी है। बेचारा बहुत दयनीय स्थिति में मरा। अगर आपके पास टाइम हो तो आप भी पढ़ लें, डॉक्टर साहब बड़ी ही दुखांत एवं मार्मिक है।"

"अच्छा पढ़ता हूं।"–यह कहकर डॉक्टर गोखले उसे पढ़ने लगे।

"गरिमा चन्दावरकर' –किसी साधारण आदमी को ये शब्द या अक्षरों के इस समूह का, उतना ही महत्व है जितना एक आदमी के जीवन का। यह नाम एक लड़की का है। मेरे लिए यह नाम या यह लड़की और अपनी जिन्दगी दोनों एक ही चीजें हैं। यह एक लम्बा इतिहास है, आप सन्तोष करके किसी तरह पढ़ते रहिए, समझ जाएंगे। मेरे लिए सौभाग्य की बात होगी अगर आप यह सब पढ़ कर मेरे प्रति अपने मन में कुछ सहानुभूति रख सकेंगे। कोई आश्चर्य की बात न होगी यदि आप यह सब पढ़ कर मुझे एक आवारा, बदचलन और बदमाश समझ लें। यह कुछ चक्कर ही ऐसा है। एक लड़का एक लड़की को पाने के प्रयास में, अपनी पूरी जिन्दगी दांव पर लगा देता है और मान, सम्मान, जीवन, सब कुछ खो देता है, बिना कुछ भी पाए हुए, बल्कि समाज की दृष्टि में कुछ बुराइयों को भी अपना लेता है। तर्क से तो कुछ भी न्याय संगत नहीं मालूम पड़ता है। दुनिया में तमाम लड़के हैं, तमाम लड़कियां हैं, अगर सब एक दूसरे के लिए आशिक होकर इसी तरह बरबाद होते रहे तो दुनिया उलट-पुलट जाएगी। यह सब तर्क मुझे भी आता था, ज्ञान मुझे भी था, लेकिन, कुछ ऐसा नहीं हुआ कि, जब इस ज्ञान को कार्यान्वित करने की आवश्यकता पड़ी तो ज्ञान जाने कहां हवा हो गया। ऊंह! मैं कहना कुछ और चाहता था और कहता कुछ और चला जा रहा हूँ

कि, जो कुछ मैं हर समय सोचता रहता हूं उसे लिख लूं। और किसी भी दिन किसी समय मेरी सांसें बंद हो सकती हैं। इसलिए मैं बहुत जल्दी में लिख रहा हूं। इस जल्दीबाज़ी तथा दिमागी कमजोरी के कारण मैं जो कुछ लिख रहा हूं वह अस्त-व्यस्त सा होता रहा है, मतलब, उलटता-पुलटता सा जा रहा है। जो बात पहले रहनी चाहिए थी, वह बाद में, कही जाने वाली है और जो कुछ बाद में कहना चाहिए था, वह पहले ही कह दिया जा रहा है। आप बस इतना ही रहम कीजिए कि हम पर ध्यान न देकर इसे पूरा पढ़ते रहिए। हालांकि दूसरों को रुलाना, दूसरों को दुःख देना कोई अच्छी बात नहीं है, पर फिर भी, जाने क्यों मेरी इच्छा है, आप मेरी आत्म-कथा पढ़ कर थोड़ी देर तक उदास रहें, कितना अच्छा होता अगर आपकी आंखों से एक बूंद आंसू भी गिर पड़ते, मैं अपना लिखना सार्थक मान लेता। ध्यान रखिएगा, मुझे सिर्फ सहानुभूति के ही आंसू चाहिए। ये सब इसलिए, क्योंकि मेरे मरने पर मेरे लिए कोई आंसू बहाने वाला नहीं है, मैं इन्तजाम कर रहा हूं कि मेरे मरने के बाद जो दो एक अभागे मेरी आत्मकथा पढ़ें, वे कम से कम मुझसे सहानुभूति में उदास अवश्य हों। मुझे ऐसा लगता है कि इससे मुझे कुछ संतोष, जो कि आज तक जीवन में मुझे कभी नहीं मिला है, मिल सकता है। अब आप से क्या छिपाऊं, यह सब लिखने के पीछे मेरी सबसे तीव्र इच्छा तो यह है कि यह आत्मकथा किसी तरह गरिमा के पास पहुंच जाए। मैंने अपने जीवन में जो कुछ भी काम किया है सब बेमतलब के रहे हैं, अगर यह आत्मकथा किसी तरह गरिमा पढ़ लेती तो अपनी जिंदगी, जिंदगी की घटनाओं तथा यह सब लिखने का कुछ मतलब मेरी समझ में आ जाता। मुझे एकदम आशा नहीं है कि यह सब गरिमा पढ़ेगी।

मेरी आज तक कोई इच्छा नहीं पूरी हुई है, तो भला ये कैसे पूरी होगी और फिर जो इच्छा गरिमा के साथ जुड़ी हो, उसके पूरा होने की तो कल्पना करना ही व्यर्थ है। पर क्या करूं, ये मन, मानता ही नहीं है। बहुत से कारण पैदा हो गए हैं, जिसमें अब लिखने के अलावा कोई और रास्ता नहीं दिख रहा है।

हां, तो बात गरिमा के बारे में कर रहा था। मैं जब इस नाम को सुनता

हूं या पढ़ता हूं, तो मेरे दिल की धड़कनें बढ़ जाती हैं, कुछ खुशी होती है, कुछ उदासी होती है, और सब कुछ मिलाकर कुछ अजीब सी प्रतिक्रिया, अजीब सा अनुभव होता है। मेरा शरीर सामान्य दशा से बहुत दूर भाग जाता है। यद्यपि कि मेरी तीव्र इच्छा रहती है कि गरिमा के दर्शन हो जाएं, उसके मुख के शब्द कानों को सुनाई पड़ जाएं, उसकी लिखावट आंखों को दिख जाए, लेकिन जाने क्यों बहुत डर लगता है। साहस नहीं होता कि उसको देखूं, उसकी लिखावट देखूं या उसकी आवाज सुनूं। यही कारण है कि उसकी फोटो तथा उसकी कुछ चिट्ठियां जो उसने मुझे—किशोरावस्था में लिखी थीं को सदैव अपने पास रखते हुए भी कभी देखने की हिम्मत नहीं पड़ती।

अब गरिमा के बारे में बताना बहुत जरूरी हो गया है। आखिर वह थी कौन? आप मेरी बातें सुनते कहीं बोर न हो जाएं। क्या करूं अपनी भावनाओं को व्यक्त करने के लिए जब भी कलम उठाता हूं, लगता है जो कुछ लिखना है, अथाह है। गरिमा के कारण अपने ऊपर पड़े प्रभाव को ही लिखने में एक लम्बा समय चला जाता है।

जरा देर और सब्र कीजिए। आपको बता दूं कि मेरी आत्मकथा है क्या—वैसे तो मेरी आयु 27 वर्ष है पर मैं केवल दस वर्ष ही अपनी आयु मानता हूं। मैं जब सत्रह वर्ष का था तभी गरिमा से मेरी जान पहचान हुई। इस जान पहचान ने बाद में बड़ा विचित्र रूप धारण कर लिया। दरअसल मैं अपने आपको दस वर्ष का इसलिए मानता हूं कि मुझे गरिमा से अपने परिचय के पूर्व का अपना जीवन एकदम याद नहीं है, अपनी जिंदगी के बारे में मुझे जो कुछ याद है वह गरिमा से परिचय होने के बाद। मुझे कुछ भी नहीं याद कि किस तरह मैं बड़ा हुआ, बचपन में कैसे खेलता-कूदता बड़ा हुआ। मुझे सिर्फ मां की ही याद है क्योंकि वह सम्बन्ध ही कुछ ऐसा है। अब इस विषय में कुछ बढ़ा-चढ़ा कर लिखना विषय से परे हो जाएगा, बस इतना समझ लीजिए कि मैं जब पैदा हुआ, तब इस दुनिया में आया जब मेरी आयु सत्रह वर्ष की थी। अब दुनिया शब्द प्रयुक्त हुआ है तो मेरे लिए इस दुनिया का मतलब भी विचित्र सा है। मुझे दुनिया से मतलब सिर्फ दो

व्यक्तियों से है—मैं स्वयं और गरिमा। मैं हमेशा अपने व गरिमा के बारे में सोचता रहा हूं, लोग चांद पर गए, मंगल ग्रह पर जाने के अभियान चले, जगह-जगह विद्रोह हुए संविधान बदले, एक से एक वैज्ञानिक आविष्कार हुए, जाने क्या-क्या हुआ, पर मुझे इसमें कोई मतलब ही नहीं था। मुझे अपने जीवन में मतलब केवल गरिमा से था। मैं शब्दों में साफ-साफ अपनी भावनाएं नहीं व्यक्त कर पा रहा हूं पर आशा है आप मेरा मतलब समझ रहे होंगे।

गरिमा और मैंने एक साथ बी०एससी० पार्ट वन (प्रथम वर्ष) में एक विश्वविद्यालय में प्रवेश लिया। किस विश्वविद्यालय में प्रवेश लिया यह कोई अधिक मतलब की बात नहीं है। वह एक लड़कियों के छात्रावास में रहती थी और मैं लड़कों के। हम लोग अपने-अपने घरों से दूर एक शहर में पढ़ने आए थे। मैं जिस शहर का रहने वाला था और गरिमा जिस शहर की रहने वाली थी, वे दोनों एकदम पास-पास थे। साथ ही हमारे "फेमिली बैकग्राउंड" हमारे आचार-विचार, रहन-सहन एक ही प्रकार के थे। अतएव बी०एससी० (प्रथम वर्ष) में प्रवेश लेते ही हम गहरे दोस्त बन गए। वह पढ़ने में बहुत अच्छी थी और उस समय मैं भी पढ़ने में बहुत अच्छा माना जाता है। फिर चार वर्ष तक हम साथ रहे। गरिमा और हम अच्छे दोस्त थे। हम युनिवर्सिटी में पढ़ाई के समय भी साथ रहे और युनिवर्सिटी से लौटने के बाद शाम को दो एक घंटे साथ ही साथ कहीं घूमने जाते। हम लोग एक-दूसरे से कई घंटे तक बातचीत करते रहते और खूब हंसते। मैं समझता था वो मुझे अपने जान-पहचान वालों में सबसे अधिक नजदीक समझती थी और मैं उसे अपना अभिन्न मित्र समझता था। मैंने कभी यह जानने की कोशिश उस समय नहीं की कि मैं उस समय उसे प्यार करता था और वो मुझे प्यार करती थी या नहीं क्योंकि जितना समय निकलता संभव था हम एक दूसरे के साथ ही रहते थे। इसलिए कौन किसे नहीं प्यार करता है यह सोचने की कोई आवश्यकता ही नहीं पड़ी। हम कभी-कभार सिनेमा भी जाते। उस समय एक विशेष बात यह थी कि मैं जब भी कुछ गरिमा से कहता था वो उसे बड़े ध्यान से सुनती थी और मेरी बातों को बड़ा महत्व देती थी। वो कभी मेरी कोई बात टालती नहीं थी।

यह सब केवल शुरू के चार वर्ष तक चला अर्थात् जब तक हमने एमएससी पास कर लिया था। हम एक-दूसरे के बहुत गहरे दोस्त थे। हां उस समय गरिमा बहुत ही संकोची, लज्जाशील, विनम्र, गम्भीर तथा एकान्तप्रिय थी। वह मेरे अतिरिक्त किसी के साथ घूमने आदि नहीं जाती थी बल्कि कई-कई बार तो मैं ही बोर होकर उसे किसी महफिल या समूह में ले जाता था। मैं स्वयं कई मित्रों के साथ उसका परिचय कराता था और उसके अन्तर्मुखी व्यवहार को बदलने का प्रयास करता। अपने तमाम मित्रों से मैंने उसकी मुलाकात करवाई और मुझे उस समय इस बात में कोई परेशानी नहीं होती थी कि वो किससे बात करे, किसके साथ घूमे हंसे क्योंकि उस समय मेरे मन में ये विश्वास बैठ गया था कि गरिमा के मन में मेरे लिए जो स्थान है वो सदैव मेरे लिए ही रहेगा और किसी को कभी प्राप्त ही नहीं होगा। गरिमा पढ़ने में उस समय बहुत अच्छी रही और उसने चारों वर्ष परीक्षा में सबसे अधिक अंक प्राप्त किए। मुझे इस बात पर गर्व का अनुभव होता कि मैं ऐसी लड़की का सबसे ज्यादा नजदीकी था जो महानता के पथ पर अग्रसर हो रही थी। मुझे अब भी लगता है कि मुझे उसके साथ-साथ कुछ व्यक्तित्व प्रेम भी हो गया था। वो बहुत ही संकोची थी अतएवं कभी जब वो मेरे साथ अकेले भी होती तो मेरी इच्छा भी होती कि उसका हाथ अपने हाथों पर रख लूं पर इसलिए मन की हिम्मत न पड़ती कि वो जाने क्या सोचे। मैं कल्पनाओं में ही उसे जी भर कर प्यार कर लेता हालांकि मेरे तन-मन को इसकी भारी कीमत चुकानी पड़ती थी। उन चारों वर्ष मुझे उससे कोई शिकायत न रही और हमारे वे दिन बहुत सुख से कटे।

पर एकाएक मुझे मेरे कुछ शत्रुओं ने एक जाल में फंसा दिया। उसके कारण मुझे वो यूनिवर्सिटी छोड़ कर एक दूसरी यूनिवर्सिटी में एक साल तक रिसर्च करनी पड़ी। मैं विश्वविद्यालय छोड़ कर जाना नहीं चाहता था, गरिमा के मारे, उससे वियोग होने के कारण, पर कुछ ऐसी मजबूरी आ गई थी कि मैं न रुक सका और एक साल के लिए मुझे वो यूनिवर्सिटी छोड़कर दूसरी जगह जाना पड़ा वो चक्कर क्या था, इस समय बताने का समय भी नहीं है और उस चक्कर का क्योंकि गरिमा से कोई सम्बन्ध नहीं था अतएव उसे

यहां न लिखने पर कुछ अनुचित भी न होगा। खास कर उस दशा में जब समय एवं लिखने के शक्ति पर पाबन्दी है। उस एक साल में मैं गरिमा को बराबर पत्र लिखता रहता वो मुझे उत्तर भेजती रहती। मुझे कई नौकरियां भी मिल रही थीं पर गरिमा के साथ के मारे मैंने वे सब छोड़ दीं और एक साल बाद जब मैं अपनी पुरानी यूनिवर्सिटी वापस आ गया और उसी विभाग में जहां गरिमा एक वर्ष पूर्व से रिसर्च कर रही थी मैं भी करने लगा।

एक वर्ष के अंतराल के बाद गरिमा से मिलने पर मैंने उसमें कुछ अंतर देखे। वह अब उतनी संकोची, एकांतप्रिय, अन्तर्मुखी नहीं रही थी। वह अब लोगों में 'मिक्स अप' होने लगी थी। कुछ दिनों तक उसने मेरे प्रति उसी तरह का व्यवहार रखा जैसा मेरे साथ पहले रखती थी पर कुछ दिनों ही बाद मैंने देखा कि उसके सम्बन्ध एक अन्य लड़के के साथ भी स्थापित हो गए थे। यह सम्बन्ध किस तरह का था मुझे आज तक नहीं मालूम और मैं इस सम्बन्ध के बारे में कुछ भी नहीं कह सकता। मेरे लिए यह एक रहस्य था। उस लड़के का नाम अशोक कुमार चड्ढा था। उसका व्यक्तित्व मुझसे अच्छा था। यह मेरा एक पुराना मित्र था और गरिमा के साथ मैंने ही उसकी जान पहचान कराई थी। अशोक भी हम लोगों के साथ उसी विभाग में रिसर्च कर रहा था। मुझे गरिमा को अशोक के साथ देखकर शुरू में कुछ भी परेशानी नहीं हुई पर कुछ दिनों के बाद मैंने पाया कि गरिमा यह कोशिश करती थी कि वह अशोक के साथ अकेले में मिले, मैं न रहूं। शुरू में मैंने इस बात पर कोई ध्यान नहीं दिया पर धीरे-धीरे जब मुझे यह लगने लगा कि जो स्थान मुझे मिलना चाहिए वह अशोक ले रहा है तो मेरे अंदर ईर्ष्या का राक्षस जाग उठा। अब मुझे हर समय यही परेशानी रहती कि गरिमा मुझे नहीं चाहती किसी और को चाहती है। कई दिनों तक मैं मानसिक रूप से बहुत अधिक परेशान रहा। इसी दरम्यान हमने सिविल सर्विसेज की परीक्षा का फार्म भरा। मैंने, गरिमा ने, अशोक ने व अन्य कई मित्रों ने एक साथ फार्म भरा था।

मेरा मन पढ़ने में एकदम नहीं लगता था। मैं हरदम गरिमा के बारे में सोचता रहता था जब गरिमा को अशोक के साथ देख लेता तो मैं पागल

हो जाता था। मुझसे एक क्षण नहीं गुज़ारा जाता। कई दिनों तक मैंने ये अशांति स्वयं झेली और गरिमा को नहीं बताया पर एक दिन विचार आया कि कहीं सारी समस्याएं काल्पनिक ही न हों क्या पता गरिमा मुझे चाहती हो, मेरे मन का भ्रम हो। इसलिए मैंने गरिमा को पत्र लिखा और उसमें अपना प्रेम व्यक्त कर दिया। मैंने उससे मिन्नतें की कि वह, मेरे प्रेम का उत्तर दे। पर गरिमा ने प्रेम के बारे में कोई बातचीत नहीं की। उसने कोई उत्तर न दिया कि वो मुझे चाहती थी या किसी और को, अर्थात् अशोक को। अब अक्सर अशोक उसके साथ दिखने लगा और मेरे ऊपर पागलपन बढ़ने लगा। मैं चाहता था गरिमा मेरे प्यार में अपना एक सम्बन्ध न्यौछावर कर दे। मेरा जीवन नष्ट हो रहा था। मुझे नींद आनी बन्द हो गई और मैं ट्रैंकवलाइजर के बल पर अपना समय गुजारने लगा। मैंने गरिमा से कई बार हाथ जोड़ प्रार्थना की, अपने प्रेम की दुहाई दी। शुरू में तो वह चुपचाप सुनती रही पर बाद में मेरे प्रेम से चिढ़ने सी लगी। जब मैं प्यार की बात करता तो वो झल्ला उठती मुझे उलटे सीधे जवाब देती। मैं कहता मेरा शरीर ट्रैंकवलाइजर दवा खा-खाकर छलनी होता जा रहा है पर उसे शायद विश्वास न होता था या जो भी बात हो उसे कोई प्रभाव न पड़ा। जब मैं उससे कहता कि वह अशोक से अपने सम्बन्ध का त्याग कर दे और मेरी ओर ही अपना प्रेम रखे, वो मुझसे कहती कि तुम्हें अगर प्रेम व्यक्त करना है तो कहीं और करो। जैसे-जैसे वह मुझसे दूर भागती मेरा प्रेम उसके प्रति बढ़ता जाता। मेरी उसके प्रति तड़प बढ़ती ही जाती। मैं सदैव उसके प्यार का प्यासा ही रहने लगा। उठते, बैठते, सोते, जागते चौबीसों घंटे मैं उसकी याद किया करता। जब मन एकदम न मानता तो कल्पनाओं में उसे प्यार करके मन की प्यास बुझाता। आप आश्चर्य करेंगे औसतन चार-पांच बार मैं प्रतिदिन कल्पनाओं में उसे प्यार करता था। यह सब मैं इसलिए भी करता था कि शरीर को मानसिक शांति मिले ताकि नींद तो आ जाए। बाद में ये आदत सी बन गई कि जो अब तक मेरे साथ है। मैं भी कल्पनाओं में उससे प्यार करता हूं और उसे अपनी प्रेयसी समझता हूं। वह मेरे मन की गहराइयों में बैठ चुकी है। मेरे मन का पर्दा उसके रूप से रंगा जा चुका है,

उस पर कोई अन्य रंग कोई और आकृति चढ़ ही नहीं सकती। अत्यधिक काल्पनिक प्यार के कारण मेरा तन-मन आज छलनी हो चुका है और मुझे अनेक रोगों ने घेर लिया है। मैं जब उसके व्यवहार से उदास हो जाता हूं जो कि अकसर होता था तो उसकी कल्पनाओं में खो जाता। उसे खूब प्यार करता जब तक कि शरीर बेहोश न हो जाता।

पर वास्तव में मैं जब ज़रा भी उससे व्यक्त करता तो वो रौद्र रूप धारण कर लेती। मुझसे बोलना बंद कर देती औरों के साथ घूम फिर हंस कर मुझे जलाती, तड़पाती, मुझे निकृष्ट कहती। बाद में वो खुल कर कहने लगी कि हां मैं औरों के साथ घूमूंगी, तुम्हें जो करना हो कर लो। मैं तुम्हारे बंधन में नहीं रहना चाहती। मैं कर ही क्या सकता था। जब मैं अपना प्रेम प्रदर्शित करता तो कहती मुझे बेवकूफ न बनाओ। मुझसे राजनीति न खेलो। कभी-कभी जब उसका व्यवहार सहन न कर पाता तो एक दो दिन शहर छोड़ कर भाग जाता पर बाहर जाते ही उसकी याद तीव्र हो जाती और फिर मैं उसके पास वापस आ जाता।

अब वो अशोक के साथ बिना मेरी चिन्ता किए घूमा करती। मैं घड़ी-घड़ी दवाएं लेने लगा। शरीर को झुलसाने लगा। कई-कई रात मैं सोया भी नहीं। मैं उसे जब समझाता कि प्यार में ईर्ष्या होना स्वाभाविक है तो भी उसके ऊपर कोई प्रभाव न पड़ता, वो उसी तरह रही बल्कि हरकतें और बढ़ने लगीं। सिविल सर्विसेज की परीक्षा के दिन भी वह अशोक के स्कूटर पर ही बैठ कर गई और मुझसे कह दिया कि तुम्हारे साथ एक्सीडेन्ट हो जाएगा मैं परीक्षा के दिनों में उसकी ये प्रताड़ना व बेरुखी बर्दाश्त न कर सका। वैसे भी मैं नहीं पढ़ पा रहा था, परीक्षा के दिन भी डिस्टर्ब हो जाने के कारण मेरा चुनाव नहीं हुआ और गरिमा तथा अशोक दोनों इंडियन आडिट और एकाउन्ट्स सर्विस में चुन लिए गए। मैं चाहता तो उसे छोड़ कर कहीं जा सकता था पर मुझे उससे बेहद मोह हो गया था। मैं सब कुछ लुटा कर भी उसका साथ पाने को लालायित था। वह मेरे प्यार को पहचानने से इनकार कर रही थी। साथ के अंत दिनों में तो मुझसे चिढ़ने भी लगी थी। जब मेरे साथ होती तो चुप रहती। मुझसे बात भी न करती थी। मैं भी उसके सामने

अब चुप रहने लगा। मैं रो-रो कर हार गया था। मेरा सब कुछ लुट गया था। मैंने अपना स्वास्थ्य, अपना शरीर, अपनी भूख-प्यास, अपना यौवन, अपनी नींद, सब कुछ उसकी याद, उसका प्यार पाने की लालसा में स्वाहा कर दिया था, पर उसको पता नहीं इसकी खबर थी या नहीं। रातों को तो जब मुझे नींद न आती तो मैं पागल सा हो जाता। मैं अत्यधिक कष्टमय जीवन बिता रहा था, पर उसे इस सबकी कोई चिन्ता नहीं थी। मैं सिर्फ यही बताना चाहता था कि वह एक बार कह दे मुझे प्यार करती थी, मुझे सेक्स नहीं चाहिए था। केवल भावनात्मक लगाव ही चाहिए पर उसने कभी नहीं कहा। मेरे कान तरसते रहे, मन तरसता रहा, मैं स्वयं तरसता रहा।

मैं जब भी उससे कहता इस काम से मुझे बहुत परेशानी होती है वो यही कहती– "तो भुगतो, जब तुम स्वयं अपनी जिंदगी खराब करने पर तुले हो तो दूसरा क्या करे।" और मैं मन मारकर चुप रह जाता। उसके लिए एक आदमी से उसका सम्बन्ध मेरे जीवन से अधिक कीमती था। मैं उसको समझाना चाहता था कि प्यार में न कोई बड़ा है न कोई छोटा। प्यार में कोई अगर किसी की बात मान ले तो कोई बेइज्जती की बात नहीं है पर वो यह सब सुनने व समझने के लए तैयार नहीं नहीं थी। वह यही कहती मुझे बेवकूफ न बनाओ।

वह जब भी मुझसे मिलती घड़ी देखती रहती कि कब आधा घंटा बीते और वो मेरे पास से भागे। चाहे हम कोई जरूरी बात भी कर रहे हों अगर आधा घंटा हो गया तो वो मेरे पास नहीं रुकने वाली नहीं थी। वैसे चाहे वो औरों के साथ दिन-दिन घूमती, गप करती, उसका समय न खराब होता। मेरे पास भी जब रहती तो जैसे ही कोई और मिलता तो उसी के साथ बात करने में तन्मय हो जाती और मैं उसके लिए नगण्य हो जाता। इसी कारण बाद में तो कुछ ऐसा हो गया था कि मैं हर समय डरता रहता था कि कहीं उससे मेरी मुलाकात के दौरान कोई और न आ जाए वरना वह मुझे छोड़ देगी। जब कोई और मिल जाता तो मैं घबड़ा जाता मेरे मुखसे आवाज न निकलती। इन्हीं सब कारणों से बाद में इतनी ईर्ष्या हो गई कि जब भी उसे किसी के साथ हंसते हुए या बात करते देख लेता मुझे बुरा लगता।

वह अब मुझसे चिढ़ने सी लगी। वो सारे वही काम करती जिससे मुझे चिढ़ हो। जब मुझसे मिलती तो चुप रहती, कोई और मिलता तो हंस कर खूब बातें करती। औरों के साथ घूमती। अगर शाम को आधे घंटे का मिलने का समय रहता और किसी कारणवश दोपहर को पन्द्रह मिनट के लिए मिले भी तो शाम को पन्द्रह मिनट से अधिक समय वो मेरे लिए नहीं देती थी। मैं क्या करता, उसका सारा व्यवहार बर्दाश्त करता गया यद्यपि उसकी भारी कीमत चुकानी पड़ रही थी और अब भी चुकाता चला जा रहा हूं। जब कभी मैं उससे प्यार से सम्बन्धित कोई बात छेड़ता तो वह बहस करती जैसे कोई वकील हो और मेरी हर बात की हंसी उड़ाती, उसे काटती और यह सिद्ध करती कि मैं बेवकूफ हूं। जब मैं झल्ला कर कुछ कह देता तो मुझे भगा देती। कई-कई बार तो उसने अपने कमरे से मुझे बहुत बेइज्जती करके बाहर निकाला। एक बार तो काफी भीड़ एकत्र करके मुझे अपमानित किया।

उसकी इतनी बेरुखी देखते हुए भी मेरे मन में उसके प्रति प्यार लेशमात्र भी कम नहीं हुआ बल्कि बढ़ता ही गया। उसके साथ रहने के प्रयास में मुझे अपने कई दोस्त छोड़ने भी पड़े, कई नौकरियां भी छोड़नी पड़ीं, कई रिश्ते छोड़ने पड़े पर उसकी निगाहों में इन सबका कोई मतलब न था। एक बार मेरे मुख से 'प्यार' शब्द निकलता कि वो मुझे कम से कम एक हफ्ते लगातार अपने व्यवहार से परेशान करती ताकि मैं खूब परेशान रहूं, खूब भुगतूं, उसको इसमें जाने क्या मजा मिलता। मैं उससे सिर्फ प्यार चाहता था। चाहे वह दुनिया के साथ जैसा सलूक करे मुझे कोई ईर्ष्या न होती बशर्ते वह मुझसे प्यार करती। पर उसने मुझे जैसा नचाया मुझे नाचना पड़ा।

मेरी इच्छा आई०ए० एंड ए०एस०एस० में जाने की केवल इसलिए थी कि इसी बहाने उसका साथ रहेगा। मैं और वो एक ही होस्टल में रहेंगे, मैं जी भर कर उसके साथ रहूंगा पर मेरी इच्छाओं की कोई कीमत ही नहीं थी। जब वह सात साल मेरे साथ रहकर मुझे प्यार न दे सकी, मेरी भावनाओं की कद्र न कर सकी तो उसके बाद क्यों करती।

जब हमारे उसके साथ कुल लगभग सात साल और तीन महीने बीते

थे तो गरिमा और अशोक को शिमला एक साथ बुलाया गया– आई०ए० एंड ए०एस० ज्वाइन करने के लिए। अब वे दोनों अक्सर मिलते और मुझसे बचना चाहते। मैं अपने आगे अपने प्यार को नष्ट होता देख रहा था और उसी के हाथों जिसे मैं प्यार करता था। वह सदैव मेरे प्यार के खिलौने को तोड़ देती और मैं उसे पुनः जोड़ कर उसी में खो जाता।

उसका अपने प्रति यह व्यवहार देख कर मैं खूब रोता, खूब परेशान होता पर क्या कर सकता था वह मेरी कोई बात मानने को तैयार नहीं थी। मैं हाथ मल-मल कर रह जाता आखिर मेरा उसके दिल पर अधिकार ही क्या था वह मेरी बात क्यों मानती? पर एकतरफा प्यार एक बीमारी थी जो मुझे लग गई थी, इसका इलाज उसका प्यार था जो मिल नहीं सकता था। फलतः वह बीमारी मुझे मौत की तरफ धकेल रही थी। मेरे लिए अब जीवन का उद्देश्य सिर्फ उसका प्यार ही रह गया था। मैंने पढ़ना-लिखना और सब काम करना छोड़ दिया था। हर समय मैं उसके बारे में सोचता रहता था। मैं चाहकर भी कुछ और नहीं कर सकता था। मेरा शरीर बार-बार कल्पनाओं में उसके साथ विहार करता। मैं कल्पनाओं में कई बार उसके साथ हनीमून तक मना चुका था। जब रात गें नींद न आती तो मन पगला उठता फिर कल्पनाओं में चार-चार घंटे उसके साथ मैं रहता और उसी में खोया रहता था।

जब उसके जाने के पन्द्रह दिन ही शेष रहे थे, तो मैंने उसे एक दावत पर बुलाया। बहुत ही अधिक चिरौरी करने पर वो आई। मैंने अपने आपको बहुत ही खुश किस्मत पाया। एक अंगूठी उपहार में देनी चाही पर अंग्रेजी के दो अक्षर एस (जो मेरे नाम के लिए था) और जी (जो उसके नाम के लिए था) जड़े थे। मैं बहुत खोजकर वह अंगूठी ले आया था। पर उसने मेरे बहुत अधिक प्रार्थना करने पर भी उसे लेने से इनकार कर दिया–शायद इसलिए क्योंकि उसमें मेरे नाम का अक्षर एस भी छपा था। फिर मैं गया और एक दूसरी अंगूठी ले आया जिसमें केवल एक अक्षर जी ही छपा था। बहुत मिन्नतें करने पर उसने वह अंगूठी अपने पास रख ली। उसने इसे ले लिया था, यही बहुत था, इस बात का तो प्रश्न ही नहीं था कि वह इसे

पहनेगी। अगर वह इसे पहन लेती तो मुझे अपार खुशी होती पर मेरी खुशी के लिए अगर वह कोई काम करती या ऐसा कोई काम करती जिससे मेरे प्यार का आदर हो तो उसे अपना अपमान लगता, उसका अहम् प्रभावित होता। अतएव वह ऐसा कोई काम नहीं करती थी, ऐसा कोई शब्द मुख से नहीं निकलाती थी जिससे मेरे प्यार की जरा भी स्वीकृति हो सके। बहुत प्रार्थना करने पर उसने अपनी एक फोटो मुझे दी। मैंने जबर्दस्ती एक अपनी फोटो उसके बैग में डाल दी। पता नहीं उसने उसे फाड़ दिया था या अपने पास रखे होगी। मुझसे मिलने का वह तो कभी प्रयास ही नहीं करती थी। मैं ही दौड़-दौड़ कर उसके पास जाता था।

अपने साथ के अंत के दिनों में वह अपने व्यवहार से यह प्रदर्शित करने लगी कि वह अशोक को मुझसे कहीं ज्यादा चाहती थी। हो सकता है कि मेरा यह भ्रम गलत हो पर उसके व्यवहार, उसकी बातचीत से क्या अंदाजा लगाया जा सकता था। वह खुलेआम मुझसे कहती—हां, हां अशोक के साथ शिमला में मौजमस्ती करूंगी, तुम मेरे कौन लगते हो, तुम्हारे साथ नहीं रहूंगी। मेरा मन है—और उसके इस तरह के शब्द मुझे बंध जाते मैं तड़प उठता। कमरे में आकर दरवाजा अंदर से बंद कर खूब रोता, जी करता अपने आप को खत्म कर लूं पर लगता अब वैसे भी कितने दिन जीवित रहना है जितने दिन का साथ गरिमा के साथ मिल सके, रहें भले ही वह मुझे दुत्कारे, मैं उससे प्यार करता हूं। मैं उससे इतना प्यार करता था कि उसकी अपने प्रति उपेक्षा उसके द्वारा अपना किया गया अपमान उसके द्वारा अपने प्यार का तिरस्कार अपनी बातों का इनकार यह सब मेरे प्यार को कम कर ही नहीं सकता था। मेरी तड़पन का वह खुलेआम मजाक उड़ाती। मैं बैठा ताकता रहता। वह साफ-साफ कह देती तुम्हें परेशानी है, तो न मिलो कहीं चले जाओ। जब अशोक के आने का समय होता था तो वह ऐसा करती कि मैं उसके पास न रहूं। अशोक के आगे तो वह मेरी तरफ देखती भी नहीं थी। जब अशोक रहता वह मेरा अपमान करती। मेरी बातों की हंसी उड़ाती, मैं चुपचाप बर्दाश्त करता रहा। जब झल्लाती तो और अधिक परेशान करती, वह कहती थी— मेरे और अशोक के बीच तुम क्यों

आते हो, मैं अपने प्यार के कारण उस पर अपना अधिकार समझता था। वह इस अधिकार को समझने के कारण मुझसे चिढ़ती थी। मैं सोचता था वह भी मेरे ऊपर अधिकार जताए, मुझे भी किसी से मिलने के लिए मना करे। तभी तो वह मुझे प्यार करती पर वह यह सब नहीं करती थी। प्यार में ईर्ष्या होती ही है पर उसे जब मेरा प्यार ही नहीं पसंद था, तो ईर्ष्या तो बाद की बात है वरना वह अपना एक सम्बन्ध छोड़ कर मेरा प्यार स्वीकार कर लेती। सारी बातें शान्त हो जातीं।

एक दिन वह अशोक के साथ मुझे छोड़ कर चली गई। उसके जाने के एक हफ्ते तक तो मैं बेहोश सा रहा। लोगों ने मेरा इलाज कराना प्रारम्भ किया पर मैं इसके विरुद्ध था। वह चली गई थी पर उसकी याद दिनों दिन बढ़ती जाती थीं। भूख और नींद हमेशा के लिए गायब हो गए थे। मैं सोच रहा था कि जाने से पहले वह एक बार मुझसे सहानुभूति प्रदर्शित करेगी पर नहीं। मेरे साथ सहानुभूति प्रदर्शित कर वह अपने आपको कैसे बेवकूफ बनाती, अपना अपमान कैसे कर सकती थी।

मैं हर समय उसकी याद में खोया रहता। मैंने सारे काम बंद कर दिए। मुझे रिसर्च रो यूनिबर्सिटी से भी निकाल दिया गया। मैंने पांच हजार रुपयों पर एक मामूली सी नौकरी कर ली। शादी करने की तो कोई बात ही नहीं थी। अब भी मैं कल्पनाओं में उसके साथ प्यार किया करता था। एक बार नहीं एक दिन में कई बार। रात में ट्रैंकवलाइजर खाता था। मेरा यौवन खो चुका था मैं किसी अन्य लड़की के साथ शादी की बात सोच भी नहीं सकता था। उसके जाने के कुछ दिनों बाद उसे देखने की बहुत तीव्र इच्छा हुई। शिमला गया खोजते-खोजते कुफरी पहुँचा। बहुत हिम्मत करके मैं उसके पास जाने की सोच रहा था। डर रहा था कहीं वह अपमानित न कर दे पर उसके प्यार में अपना अपमान बर्दाश्त करना मेरे लिए नगण्य था। जब मैं कुफरी पहुंचा तो वह किसी के साथ स्केटिंग कर रही थी। मुझे उस आदमी की केवल पीठ ही दिखी शायद अशोक था। मैं वापस आ गया, मुझे डर था, अशोक के आगे वह अवश्य मेरा अपमान करेगी, अशोक के आगे वह मुझसे मिलने से इनकार भी कर सकती थी। मैं वापस चला आया। उसके

बाद उसके पास जाने की कभी हिम्मत नहीं पड़ी। मैं सोचता अब तक तो वह मुझे एकदम भूल चुकी होगी, जब मेरे साथ रहते उसने मुझे नहीं पहचाना तो अब तो मैं उसके लिए अपरिचित सा हो गया होऊंगा। उससे मेरा वियोग हुए तीन वर्ष के लगभग बीत चुके हैं। उसके जाने के बाद मैं दोस्तों आदि से नहीं मिला। सब जानते थे गरिमा के साथ मेरा बहुत पुराना सम्बन्ध है। वे सब मुझसे उसके बारे में पूछते मैं इससे बुरी तरह घबड़ा जाता था। उसका नाम सुनकर मुझे भयानक बीमारी हो जाती थी। उसके जिक्र के डर के कारण मैं अकेले ही रहने लगा। मैं, मेरी कल्पनाएं, गरिमा की यादें, ट्रैंकवलाइजर यही सब मेरी कम्पनी थी।

तीन सालों तक मैंने एकदम पागलों सा जीवन बिताया है। विचित्र आदतों के कारण तरह-तरह के रोग शरीर को घेर चुके हैं। एक दिन बस स्टाप पर बेहोश हो गया था। उधर से डॉ० गोखले मेरे एक पुराने दोस्त के दोस्त जो मुझे पहचानते थे, जा रहे थे। उन्होंने मुझे अस्पताल में भरती करा दिया। मैं नहीं चाहता कि मेरा इलाज हो पर वे जबरर्दस्ती मेरा इलाज करने पर तुले हैं। मैं मौत का इंतजार कर रहा हूं मेरी सभी समस्याओं का उत्तर मौत ही है। मुझे जीवन में सिर्फ गरिमा ही चाहिए थी, मैं उसे पा लेता तो मुझे और सब कुछ मिल जाता, उसका प्यार मेरी जिंदगी को जिंदगी बना देता। गरिमा नहीं मिली उसका प्यार मुझे नहीं मिला अब मुझे कुछ नहीं चाहिए। मुझे डॉक्टरों ने ट्रैंकवलाइजर खाने को मना किया है। मेरा हृदय एकदम कमजोर हो गया। कुछ दिन तक मेरे ट्रैंकवलाइजर मुझसे छीन लिए गए। डॉक्टरों को मेरे अंदर के ग़म, मेरे मन का रोग क्या मालूम। वे मेरे मन का आपरेशन तो कर नहीं सकते ताकि वो मेरा दिमाग जिसमें गरिमा की याद चारों ओर जड़ें जमा कर बैठ चुकी है, को बदल सकते। मेरे रोग का कोई इलाज नहीं है। रातों को नींद न आने के कारण और गरिमा को अपनी आत्मकथा पढ़ाने की लालसा से मैंने आत्मकथा लिखने की बात सोची पर ठीक से लिख न सका। उसकी याद बहुत अधिक आने लगी है। मैंने उनकी याद की वीणा के तारों को स्वयं छेड़ कर अपने दिल व मन में कम्पन पैदा कर दी है। मेरी कलम अब डगमगाने लगी है। लिखने को

बहुत कुछ था पर लिख नहीं सकता। पिछले तीन सालों से मैं हमेशा गरिमा के बारे में सोचता रहा हूं पर अब जब उसके बारे में लिखने की बात आई है तो कुछ समझ में नहीं आता क्या लिखूं दिमाग फेल हो गया है। दिमाग में यह भी बैठ गया है कि गरिमा तो यह आत्मकथा पढ़ने से रही इसलिए लिखने का जोश ठंडा हो गया है। बस किसी तरह खत्म करके नींद की दवा खा कर सो जाना चाहता हूं। उसके बारे में जब बहुत अधिक सोच लेता हूं तो सिर दर्द करने लगता है। फिर नींद की गोलियां खा कर बेहोश हो जाता हूं।

मुझे गरिमा से कोई शिकायत नहीं है। सबकी अपनी-अपनी इच्छाएं हैं वह मुझे नहीं चाहती थी। जिस तरह मैं उसके अलावा किसी और को नहीं चाह सकता, मुझे कोई अफसोस नहीं है कि मेरा जीवन नष्ट हो गया। मैं अपने जीवन की सबसे बड़ी सबसे अधिक सौभाग्य की बात यही मानता हूं कि गरिमा सात सालों तक मेरे साथ रही। मन में कभी यह ख्याल आता कहीं गरिमा दोषी है। गरिमा का प्यार मुझे नहीं मिला। यह मेरे भाग्य का दोष है। प्यार जबरन तो पैदा नहीं किया जा सकता।

किसी के मन के ऊपर तो अधिकार किया नहीं जा सकता, इसलिए गरिमा को दोष देना गलत है। अगर मैं उसका दोस्त बन कर रहना चाहता तो वह मुझे खुश रखती। मैं उसका प्रेमी बन कर रहना चाहता था वह इसे नहीं स्वीकार कर सकी। मेरा अपराध सिर्फ इतना था कि मैंने उससे प्रेम किया। मैंने स्वयं प्रेम किया स्वयं उस प्रेम की कीमत अदा की कोई और इसका जिम्मेदार नहीं है सिवाय मेरे। गरिमा, अगर तुम मेरी ये आत्मकथा पढ़ना तो यह न समझना कि मैं तुम्हें दोषी ठहरा रहा हूं। तुम अपनी जगह एकदम ठीक हो। मैं मरते दम तक तुम्हारा नाम रटता रहूंगा। मुझे कोई परवाह नहीं मुझे कोई आवारा बदचलन दुश्चरित्र वाला कहे।

अगर दूसरे जन्म की बात सच है और मुझे दूसरा जन्म मिले तो भी मैं चाहता हूं कि तुम्हारा साथ मुझे मिले। चाहे मुझे तुम्हारा पालतू कुत्ता ही क्यों न बनाया जाए। तुम मुझे प्यार न करो पर एक बार मन में यह जरूर सोच लेना कि मैं तुम्हें प्यार करता था मुझे इसी से कुछ संतोष मिलेगा। मैंने

अपने बारे में जो कुछ लिखा है वह सच है, तुम्हारे बारे में जो कुछ लिखा है वह सच है, तुम्हारे बारे में जो कुछ लिखा है वह तुम्हारे व्यवहारों से किया गया 'गेस' है, वह सही भी हो सकता है और गलत भी। चूंकि तुमने मुझसे कभी प्यार की बात नहीं की, मेरी सदैव उपेक्षा ही की इसलिए मैं अपने प्रति तुम्हारे हर व्यवहार, हर क्रिया को अपने प्रति तुम्हारी नफरत के दृष्टिकोण में ही देखता रहा। तुम्हारे क्रियाकलापों का वर्णन इसी दृष्टिकोण से कर दिया। तुमने कभी भी तो नहीं कहा कि तुम मुझे अपने सबसे अधिक नजदीकी समझती थी। मैं कैसे मान लूं कि तुम मुझसे नफरत नहीं करती थीं। अगर मेरे लिखने में कुछ गलत हो गया हो तो मेरे दिमाग की कमजोरी समझ कर मुझे क्षमा करना। मैं नहीं चाहता कि तुम मुझसे नाराज रहो चाहे मुझे कुछ भी कीमत चुकानी पड़े। तुम ये सब मन से निकाल दो कि मैं तुम्हें बेवकूफ बनाता रहा, तुम्हारे साथ राजनीति खेलता रहा, केवल यही मन में रखो कि मैं तुम्हें सच्चे दिल से प्यार करता रहा। मुझे, तुम्हारी याद बेहद सताने लगी है। मेरी कलम भी अब बंद होने लगी है। यही समझ लो जो कुछ लिखा है आंसुओं से लिखा है। मुझे तुम्हारी हर चीज से प्यार है। तुम्हारे शहर, तुम्हारे नाम के हर अक्षर। तुम्हारे कमरे का नम्बर 9 था इसीलिए मैंने अस्पताल में अपना बेड भी 9 नं० का चुना है।

—"गरिमा मेरी जिंदगी मेरी जिंदगी की अमूल्य निधि।"

– "कहिए डॉ० गोखले, आपने वो आत्मकथा पढ़ी?" नर्स ने थोड़ी देर बाद डॉ० से पूछा।

– "हां पढ़ ली, बेचारा प्यार में अपना सब कुछ गंवा बैठा और दुनिया से अनजान आशिक, विचित्र आदमी था।" डॉ० ने कहा।

– "मुझे तो उससे बहुत हमदर्दी हो गई है।" —नर्स बोली

– "चलो कम से कम एक लड़की को तो उससे हमदर्दी हुई।"

डॉ० साहब आप क्या समझते हैं, मैं गरिमा की जगह होती तो सुबोध को अवश्य प्यार करती, इतना अधिक लगाव मैंने कहीं नहीं देखा, इतना अपमान सह कर भी बेचारा उसे चाहता रहा।"

"मैं स्वयं बहुत उदास हो गया हूं, कुछ बोलने का जी नहीं कर रहा है।"

"हो सकता है, गरिमा उसे चाहती रही हो, पर कुछ लोग इतने 'संकोची' होते हैं कि प्यार को प्रदर्शित नहीं कर सकते।"

"गरिमा के व्यवहार से तो नहीं लगता कि वह सुबोध को चाहती रही होगी नहीं तो कम से कम उसकी तबाही अपनी आंखों से न देखती। फिर अगर दो व्यक्ति एक दूसरे को चाहते हैं तो उन्हें उसे स्वीकार कर लेना चाहिए, ये डरना कि मेरा अपमान होगा, दूसरा मुझे चरित्रहीन समझ लेगा या अहम् के कारण न स्वीकार करे यह तो बेवकूफी है, अगर दो व्यक्ति प्यार करते हैं तो उन्हें प्रेम स्वीकार करके एक-दूसरे को संतुष्ट करना चाहिए। प्यार करना कोई चरित्रहीनता थोड़ी है। मैं तो सुबोध को चरित्रवान मानता हूं कि कम से कम उसने एक को चाहा और जी भर कर उसे चाहता रहा। उसकी जगह कोई और होता तो किसी और लड़की की तरफ आंख उठा कर देख सकता था। अगर, उसके प्यार में केवल सेक्स होता तो भी वह गरिमा के अपमान को बर्दाश्त न करता और कहीं और अपने शरीर की प्यास बुझा लेता। गरिमा के लिए उसकी वफा ही उसके चरित्र की महानता है, जबकि गरिमा उसे नहीं चाहती थी।"

नर्स : मैं चाहती हूं यह आत्मकथा गरिमा के पास पहुंच जाए। कम से कम, बेचारे सुबोध की अंतिम इच्छा तो पूरी हो जाए।

डॉक्टर : "सुबोध की जो इच्छा गरिमा के साथ जुड़ी हो उसका पूरा होना मुश्किल है। अगर यह आत्मकथा गरिमा के पास पहुंचे तो क्या पता वह इसे भी फाड़ दे तब तो सुबोध की आत्मा को और कष्ट होगा। फिर जब गरिमा ने सुबोध के जीते जी उसकी भावनाओं की कद्र नहीं की तो उसके मरने के बाद क्यों करेगी।"

नर्स : "फिर भी डॉ० कोशिश करने में क्या हर्ज है? मैं गरिमा से विनती करूंगी। लेकिन कहीं मेरी विनती या प्रार्थना से वह और न बिदक जाए।"

डॉक्टर : "मैं आज ही दिल्ली अपने कुछ दोस्तों को पत्र लिखूंगा कि गरिमा के बारे में पता लगवाएं उसका पता लगते ही यह आत्मकथा उसके पास पहुंचाने का प्रयत्न करूंगा।"

प्रथाएं और प्रतिबंध

गोपेन्द्र सीढ़ी से चुपचाप उतरा था और दबे पांव बरामदा पार करके फाटक के बाहर हो जाना चाहता था। उसने ऊपर से ताक लिया था कहीं बुढ़िया मकान मालकिन या उसके घर का कोई और सदस्य उतरकर घर से बाहर जाते समय मिल न जाए। बरामदे और बाहर छोटी सी खुली जगह में जब उसे मकान मालिक के घर का कोई सदस्य नहीं दिखाई पड़ा तो उसने फाटक से चुपचाप बाहर जाते समय चैन की सांस ली। पर यह क्या, बुढ़िया स्वयं फाटक के बाहर थोड़ी दूर खड़ी थी। उसे फाटक से बाहर निकलते देख बुढ़िया ने यों अभिनय किया जैसे वह सब्जीवाले की प्रतीक्षा में खड़ी हो जिसका ठेला उस समय आया करता था।

"ओफ ! पिछले एक हफ्ते से बच कर निकल जा रहा था आज यह कम्बख्त बुढ़िया मिल ही गई..." –गोपेन्द्र ने सोचा।

"आफिस जा रहे हो गोपेन्द्र?" –यह कहती हुई बुढ़िया उसके पास आ गई।

"हां मांजी नमस्ते" –चेहरे पर झल्लाहट को छिपाते हुए गोपेन्द्र ने होठों पर बरबस एक हल्की मुस्कान ला कर कहा।

"क्या हुआ, कोई मकान देखा, तुम लोगों ने? रोमेश अब लॉ पास हो गया है, वह वकालत शुरू करना चाहता है, अब हमें और जगह चाहिए, तुम लोग कोई और मकान क्यों नहीं जल्दी तलाश कर लेते" –बुढ़िया ने कहा।

"मां जी हम लोग तो मकान ढूंढने की भरसक कोशिश कर रहे हैं,

सभी जान-पहचान वालों से भी कह दिया है। हम आपकी दिक्कत समझते हैं।''– यह कह कर गोपेन्द्र चलने को हुआ, उसे डर था कहीं आज बस न छूट जाए जैसा कि पिछले उन दिनों अकसर हो जाता था जब आफिस जाते समय बुढ़िया उसे रास्ते में मिल जाती थी।

''क्या दिक्कत समझते हो, पिछले दो महीनों से तो कह रही हूं..''

''मां जी, मैं पूरी कोशिश कर रहा हूं। अच्छा अब चलूं, आफिस को देर हो जाएगी'' –गोपेन्द्र यह कहता हुआ आगे बढ़ गया। अब वह अपनी झल्लाहट नहीं रोक सका था।

अपने इस तरह बेरुखी से जवाब देकर चले जाने से बुढ़िया के चेहरे पर उत्पन्न क्रोध की रेखाएं उसे दृष्टिगोचर गो गई थीं, लेकिन इस हरकत के लिए उसने अपने आप को मजबूर पाया था।

गोपेन्द्र जल्दी-जल्दी डग भरता हुआ बस स्टाप की ओर बढ़ रहा था। बुढ़िया के साथ हुए संक्षिप्त वार्तालाप ने उसके मन में असीम अशान्ति भर दी थी। जितनी तेज़ी से वह चल रहा था उससे कहीं अधिक तेज़ी से उसका मन सोचने में व्यस्त था।

''पिताजी ने भी सारे काम किए, तमाम लोगों को नौकरियां दिलवाईं, तमाम लड़कियों की शादियां करवाई, तमाम लोगों को मक़ान दिलवाया अपने लिए नहीं कि एक मकान छोटा सा ही बनवा लेते, न बनवाते तो एक छोटा सा मकान कहीं एलॉट ही करवा लिया होता। आजकल एलॉटमेन्ट का मकान एक तरह से अपना ही मकान होता है। पिता जी का स्वभाव अजीब था। हमेशा वर्तमान में रहने वाले, भविष्य की चिन्ता ही नहीं की, कोई काम कभी योजनाबद्ध तरीके से किया ही नहीं, लेकिन बेचारे क्या करते, बाबा के सबसे बड़े लड़के थे, शुरू-शुरू में जब नौकरी करनी शुरू की तो पहले अपने छोटे भाईयों को पढ़ाया-लिखाया, बहनों की शादी की फिर अपनी तीन लड़कियों की शादी की। पिता जी ने अपनी जिंदगी में जितना कमाया सारा का सारा खर्च किया बल्कि कुछ उधार तक लेना पड़ गया, तब जाकर तीन लड़कियों की शादी कर पाए और तीन अभी भी बची हैं। ये दहेज

कितनी खराब चीज है...पिता जी को इसी प्रथा ने कंगाल बनाया है वरना आज हमारे पास भी कम से कम एक टूटा-फूटा मकान रहने के लिए तो होता। हिन्दुओं के रीति-रिवाज सभी खर्चीले हैं। लड़कियों की शादी की ही क्यों, चाचा जी के जब पहला लड़का हुआ था तो उसकी बरही में पिता जी ने दस हजार रुपये खर्च कर सारे घर भर व रिश्तेदारों को खाना खिलाया था, बाबा जी की मृत्यु होने पर उनकी अंत्येष्टि किया एवं तेरहवीं आदि में कुल पचास हजार रुपये लग गए थे। समाज के हर व्यक्ति के आर्थिक शरीर को कैंसर के कीड़ों की तरह चूस-चूस कर मार डालने वाली वाली ये प्रथाएं समाज में क्यों प्रचलित हुईं, क्यों मौजूद रहीं और क्यों अब भी चल रही हैं, ये प्रथाएं न होतीं तो लोग कितनी सुख-शांति से रहते जिनके पास धन होता वो खर्च करते पर जो नहीं सहन कर सकते वे तो कम से कम कुछ सुख पा जाते, बिक तो न जाते, थोड़ा बहुत दोष तो परिवार नियोजन नहीं करने का भी है..।"

गोपेन्द्र के मन में चल रहे विचारों का तांता तब टूटा जब बस आ गई और बस में घुसने के लिए भीड़ के साथ की गई धक्का-मुक्की में उसका दिमाग उलझ कर तनावग्रस्त हो गया था। विचारों में बहते-बहते उसे पता ही न चला था कि कब वह बस स्टाप पर पहुंचा था और बस के लिए कितनी देर प्रतीक्षा करनी पड़ी।

बस में बड़ी भीड़ थी। बड़ी मुश्किल से खड़े होने भर की जगह मिल गई थी। किसी यात्री का कोई अंग किसी यात्री के किसी अंग से टकरा जाता और आपस में झल्ला जाते थे। सब सोच रहे थे कि दूसरा भी क्यों इसी बस में चढ़ आया है। मनचले युवक मजाक के छींटें यदा कदा उड़ा ही देते थे।

गोपेन्द्र ने अनुभव किया मानसिक तनाव बढ़ता जा रहा है—कितनी संघर्ष भरी जिंदगी है, हर जगह तनाव—घर में, बाहर, बस में...आफिस में, कभी बाजार में...ओफ...।"—उसने सोचा।

इसी बीच अगले स्टाप पर एक सीट खाली हुई और तीन चार लोग

उस सीट पर बैठने के लिए लपके, गोपेन्द्र भी उनमें से एक था, लेकिन वह सीट न पा सका। उसे इस बात पर जरा भी परेशानी न हुई।–जब बड़ी-बड़ी चीजों का खो जाना उसने बर्दाश्त कर लिया तो जरा सी सीट का न मिलना कौन सा नुकसान था। क्या फर्क पड़ता है और फिर ये तो रोज होता ही रहता है–उसने सोचा।

इसी बीच बस का कन्डक्टर आया और थोड़ी देर तक उससे इस बात पर गरमागरमी हुई कि गोपेन्द्र के पास सात रुपये फुटकर नहीं थे।

किसी तरह बस कंडक्टर ने उसे टिकट के पीछे बाकी पैसों के लिए लिख कर दे दिया।

बस टिकट में इस तरह प्रतिदिन के अनुभव होने वाले तनाव का वह अब अभ्यस्त हो चुका था। उसका मस्तिष्क फिर पूर्ववत सोचने में तल्लीन हो गया था–

"पिता जी ने अपनी साधारण सी नौकरी में मेरी तीन बड़ी बहनों की शादी तो कर दी है पर शेष तीन तो अब मुझे ही करनी है। अगर दहेज प्रथा, जाति प्रथा ये सब चलती रही तो कैसे कर पाऊंगा, मेरी नौकरी भी तो बहुत साधारण है और फिर छोटे भाई को पढ़ाना भी है। पिता जी जब दो साल पहले रिटायर हुए तो जो कुछ थोड़ा बहुत फंड वगैरह मिला था वो सब तीसरी बहन की शादी में लग गया जो कुछ उधार हो गया था वह अब जाकर पूरा हो पाया है। और अब तो कनक भी इक्कीस वर्ष की हो चुकी है।

उसे एम०ए० किए एक वर्ष हो रहा है। वो तो देखने में भी बहुत अच्छी नहीं है, जहां भी एकाध बार शादी के लिए गया हूं पैसे पर बात आकर रुक जाती है। जो थोड़ा बहुत पैसा कभी बच जाता है वो कभी मां या पिता जी के इलाज में या किसी अन्य फुटकर आकस्मिक खर्च में चला जाता है। एक तो हर महीने औसतन पांच सौ रुपये मेरी अच्छी नौकरी पाने के प्रयास में आवेदन पत्रादि की फीस या साक्षात्कार के लिए जाने पर हुए किराये आदि के खर्चे में चले जाते हैं। अच्छी नौकरी के लिए की जाने वाली कोशिशें भी

बंद नहीं की जा सकतीं। कब तक इसी साधारण नौकरी में गुजारा करना पड़ेगा और यह नौकरी भी तो अस्थायी है, आफिस का वातावरण अलग खराब है, आफिसर चाहता है कि मैं सुबह आठ ही बजे चला आऊं और शाम को आठ बजे वापस जाऊं। इतना समय आफिस के लिए दूं तो जो दो एक प्रतियोगी परीक्षाओं में बैठ रहा हूं उसके लिए कब पढ़ूं। और कब से मां और पिता जी की इच्छा हो रही है कि अब मेरी शादी हो जाए। पिता जी मेरी शादी का खर्च जोड़ रहे थे, उनका विचार मेरी शादी में भी धूमधाम से करने का है सोच रहे हैं, पहले बड़े लड़के की शादी है, सारे रिश्तेदारों व मित्रों आदि की दावत होनी चाहिए, लड़कियों व बुआ आदि की विदाई होनी चाहिए भला इतना पैसा फूंकने के लिए कहां से आएगा, ये विदाई की रस्में भी विचित्र हैं। हर महीने जब कभी किसी ऐसे रिश्तेदार के यहां ऐसा रिश्ता पड़ता है कि हम लड़की वाले हैं कभी तीज, कभी कजरी, कभी खिचड़ी के रूप में कुछ न कुछ भेजना, धोती साड़ी कपड़े आदि के साथ लड़कियों आदि को विदा करना और शादी-ब्याह के निमंत्रण पर भी धोती साड़ी रुपया कपड़ा आदि भेंट भेजना। हर वर्ष शादियों के न्योतों पर हजार डेढ़ हजार रुपये इसी में खर्च हो जाते हैं। मेरा वश चले तो मैं इन सब को बंद कर दूं। शादी ब्याह में जाने के लिए छुट्टी भी बड़ी मुश्किल से मिलती है। ये सब रस्में पहले थीं जब लोग एक ही गांव या आसपास रहा करते थे। फालतू समय रहता था खैर...ये क्या सोचले लगा, मैं अपनी शादी के बारे में सोच रहा था, अपनी शादी करना इस समय अनुचित कदम होगा। पत्नी आएगी उसके अलग खर्चे रहेंगे फिर उसे भला क्यों बर्दाश्त होगा कि मैं अपनी आय का अधिकतम भाग परिवार के सदस्यों के लिए लगाऊं। फिर अब तो जगह की भी समस्या है। वैसे बुढ़िया का मकान बदलना है, दो कमरे का मकान ही मिल जाए बहुत है। तीन कमरों से कम में तो निर्वाह होना बहुत मुश्किल मालूम पड़ता है। ये बुढ़िया भी कितनी लालची है। एक बड़ा लड़का है, जिसे कोई संतान नहीं है, एक छोटा रोमेश है। इसके घर में कुल चार प्राणी हैं और चार पांच कमरे इसके पास हैं पर इसे रहने के लिए जाने कितने कमरे चाहिए। यह कहना कि रोमेश को वकालत करनी है उसे

और कमरों की आवश्यकता है, सरासर बहाना है हम लोग पिछले छः सालों से इसी मकान में रहते आ रहे हैं और हर डेढ़ दो वर्ष के बाद बुढ़िया इसी तरह कोई न कोई बहाना खड़ा करके हमें बहुत परेशान करती है और हम मजबूर होकर मकान का किराया बढ़ाते जाते हैं। जब हम लोग इस मकान में आए थे तो केवल आठ हजार रुपया किराया देते थे अब सोलह हजार रुपये देते हैं पर बुढ़िया की मंशा है कि अगर हम लोग इसे छोड़ दें तो बीस हजार से कम में न उठेगा। इसलिए हमें भी बीस हजार रुपये देना चाहिए और हमारे लिए बीस हजार रुपये देना असंभव है।

गोपेन्द्र के मन ने सोचना तब बंद किया जब वह आफिस पहुंच कर सेक्शन आफिसर की मेज पर उपस्थित-पंजिका में अपने हस्ताक्षर करने गया था। वहां देर हो जाने के कारण उपस्थित-पंजिका उच्च अधिकारी के पास चली गई थी। उसे घबराहट अनुभव होने लगी। वह विचारों में इतना अधिक खोया रहा था कि कब वह बस से उतरा और पैदल चल कर आफिस पहुंचा मालूम ही नहीं चला। ध्यान आया कि वह आठ रुपये तो कंडक्टर के ही पास छोड़ आया था, क्योंकि बस से उतरते समय उसे विचारों में लीन होने के कारण ये ध्यान ही नहीं आया कि टिकट के पीछे लिखे पैसे उसे वापस लेने हैं। उसे बहुत अफसोस हुआ पर एक और मुसीबत सिर पर खड़ी थी। देर हो जाने के कारण उपस्थित पंजिका में उसके नाम के आगे अनुपस्थिति का निशान पड़ गया था। और अब उसे बड़े अधिकारी के समक्ष उपस्थित होना था। वह इस बात के लिए अपने आप को तैयार करने में फिलहाल ये भूल गया कि उसका आठ रुपये का नुकसान हो गया था।

× × ×

आखिर गोपेन्द्र को बुढ़िया का मकान छोड़ना ही पड़ा।

बुढ़िया जितना किराया उससे चाहती थी उतना तो गोपेन्द्र देने की सोच भी नहीं सकता था फिर देना तो दूर रहा। बुढ़िया अक्सर शोर-गुल मचाती और गोपेन्द्र व उसका परिवार अपने आप को अपमानित महसूस करते। किसी तरह एक बहुत मामूली से मुहल्ले में एक साधारण दो तीन कमरों का मकान गोपेन्द्र को रियायतन एक मित्र की मेहरबानी से मिल सका।

गोपेन्द्र को अपनी आर्थिक दशा दिनों दिन गिरती मालूम पड़ रही थी। आय स्थिर थी पर खर्च बढ़ते जा रहे थे। कनक की शादी अलग एक चिन्ता का विषय थी। दो चार जगह हर महीने में जाना पड़ता पर बात कुछ नहीं बनती थी। पिता जी के पास जब भी वह बैठता उन्हें कनक की शादी के लिए परेशान पाता। उनके मुख से गोपेन्द्र को हमेशा यही सुनाई पड़ता—

"कनक अट्ठाइस वर्ष की हो गई है। मैं रिटायर हो गया हूं। मेरी तबियत भी अक़सर खराब रहती है, कुछ समझ में नहीं आता। उसकी शादी के लिए क्या करूं? अभी तो उससे छोटी दो लड़कियां और हैं क्या होगा? भगवान ही मालिक है..."

कभी-कभी गोपेन्द्र ये सब सुनकर झल्ला जाता। केवल यह कहकर कि— "कोशिश तो कर रहा हूं, पिताजी , कनक की शादी जहां भी हम करेंगे अच्छी ही करेंगे जल्दबाजी में कहीं फंस जाना उचित न होगा..." कनक की शादी के विषय में उससे अधिक वह पिता जी से बात करने में अपने आपको असमर्थ पाता था।"

"हां बेटा तुम्हारा ही तो बस सहारा है.." गोपेन्द्र के पिता जी फिर यही कहते और बात यहीं पर समाप्त हो जाया करती थी।

गोपेन्द्र खाली समय में अक्सर सोचता आखिर शादियों के लिए इतने प्रतिबन्ध समाज में क्यों प्रचलित हैं—एक ही धर्म, एक ही जाति, एक ही पारिवारिक हैसियत, एक ही स्तर का खानदान..आदि-आदि...इतने प्रतिबन्धों में कोई लड़का मिले भी तो कैसे मिले...यदि मिल भी जाए तो उसके बाद लड़की हुस्न की परी हो...दहेज के लिए अच्छी खासी रकम हो...ओफ! आखिर मैं क्या करूं, क्या करूं कि कनक की शादी हो जाए!..." यही सब सोचते-सोचते गोपेन्द्र को एक अजीब सी घुटन महसूस होती।

वह बातचीत में पाता कि लड़कियों की शादी के लिए उसके नाते रिश्तेदारों में या बाहर कई लोग परेशान हैं, सभी इन्हीं प्रतिबन्धों के शिकार हैं, पर कोई इन प्रतिबन्धों को तोड़ने की बात न सोचता। इसी तरह कुछ दिन बीते थे कि एक दिन गोपेन्द्र ने अखबार में स्थानीय कार्यालय में

लिपिकों के पद के लिए भर्ती के लिए विज्ञापन देखा। विज्ञापन में लिखा था कि लड़कियों को वरीयता दी जाएगी। गोपेन्द्र के मस्तिष्क में कनक को उस पद पर नियुक्त कराने का विचार कौंधा।

गोपेन्द्र ने तुरन्त कनक से बात की—

"कनक तुम नौकरी करना पसन्द करोगी?"

"क्यों नहीं भइया? मैं तो स्वयं आपसे पूछना चाहती थी कि क्या मुझे कोई नौकरी मिल सकती है। मैं दिन भर घर में पड़े-पड़े बोर होती हूं और इसी तरह अगर घर में बन्द रही तो इतना पढ़ने-लिखने का मतलब क्या रहेगा।"—कनक ने खुशी से कहा।

"तो ठीक है, मैं तुम्हारा आवेदन-पत्र तैयार करा देता हूं। मुझे पूर्ण आशा है तुम्हें नौकरी मिल जाएगी। लेकिन अभी इस बात का जिक्र किसी से न करना। पिता जी पुराने विचारों वाले आदमी हैं वो तुम्हारे नौकरी करने का विरोध करेंगे। पर मैं कोशिश करूंगा कि वो तैयार हो जाएं। फिलहाल इस समय आवेदन-पत्र दे दिया जाए बाद में देखा जाएगा।"—गोपेन्द्र ने कहा।

कुछ समय के बाद साक्षात्कार हुआ और कनक को नियुक्ति-पत्र मिल गया लेकिन इस गियुबित के बारे में केवल गोपेन्द्र और कनक ही जानते थे। अभी तक गोपेन्द्र के पिता जी को इस बारे में कोई जानकारी नहीं थी। गोपेन्द्र रोज सोचता कि किसी तरह कनक की नौकरी की बात पिता जी से शुरू करे पर उसकी हिम्मत नहीं पड़ती थी। वह इस बात से डरता था कि कहीं पिता जी यह न सोच लें कि चूंकि वह स्वयं घर का खर्च नहीं चला पा रहा है इसलिए बहन को नौकरी करने के लिए प्रेरित कर रहा है।

लेकिन अब गोपेन्द्र को बात शुरू ही करनी थी, क्योंकि कुछ दिनों के भीतर कनक को ऑफिस ज्वाइन कर लेना था।

रात का खाना खाने के बाद गोपेन्द्र पिता जी के पास गया। माता जी और पिता जी की चारपाइयां आसपास थीं और वे लोग लेटे हुए थे। पहले तो सामान्य बातचीत हुई। फिर गोपेन्द्र ने कहा—

"...ऑफिस में कनक की नियुक्ति लिपिक पद पर हो गई है उसे कुल मिला कर शुरू में लगभग पन्द्रह हजार रुपये मिलेंगे। तीन दिनों के भीतर

उसे ज्वाइन कर लेना है आपकी क्या राय है?' –गोपेन्द्र एक सांस में यह सब कह गया।

–''क्या कहा, कनक नौकरी करेगी? क्या हमारे घर की दशा इतनी खराब हो गई है, हम इतने गए गुजरे हो गए हैं कि बहू बेटियों से नौकरी कराएंगे। अभी चार रिश्तेदार सुनेंगे तो क्या कहेंगे, बुढ़ापे में लड़की की कमाई खा कर मैं अपनी नाक कटाऊं, नरक का भागी बनूं, ना बाबा ना, हम एक ही टाइम खाना खाएंगे पर घर की इज्जत बरकरार रखेंगे।'' –पिता जी उठ बैठते हुए बोले। गोपेन्द्र की बात उन्हें एकदम पसन्द नहीं आई थी।

– ''नहीं, हम कनक की कमाई से अपने खाने-पहनने की बात थोड़े ही कर रहे हैं। कनक की कमाई हम जमा कर देंगे उसकी शादी में काम आएगा, कनक की शादी हम इसीलिए तो नहीं कर पा रहे हैं कि हम दहेज की लम्बी रकम देने में असमर्थ हैं। फिर कनक जब कमाने लगेगी तो मुझे आशा है कि उसकी शादी तय करने में भी हमें आसानी होगी। बहुत से लोग कमाऊ लड़की पसन्द करते हैं। जहां तक रिश्तेदारों के कहने की बात है हमें अपनी सुविधा देखनी है न कि लोगों के कहने का ख्याल रखना है।

–गोपेन्द्र ने कहा। पिता जी की बात सुनकर उसे झल्लाहट हो आई थी पर वह शान्तिपूर्वक़ बात करता रहा।

''हमें अपनी लड़की की शादी ऐसी जगह नहीं करनी है जहां बहू-बेटियों की इज्जत का ख्याल न रखा जाता हो बल्कि उनसे नौकरी कराकर घर का खर्च चलाने की बेहयाई की जाती हो।'' –गोपेन्द्र के पिता जी ने कहा।

पिता जी की यह बात सुनकर गोपेन्द्र को कोई जवाब न देते बना। वर ढूंढने में लगे प्रतिबन्धों से वह ऐसे ही परेशान था, अब एक प्रतिबंध और लगा दिया गया था।

पिता जी के सोचने के ढंग पर उसे बहुत झल्लाहट सवार हुई पर उनके विचारों के विरुद्ध आवाज उठाने की उसकी हिम्मत नहीं पड़ रही थी। वह जानता था कि पिता जी संवदेनशील प्रकृति के हैं और उनकी बात काटने या उनका जवाब देने का वो अलग अर्थ लगाकर स्वयं भी परेशान होंगे और

घर भर को परेशान करेंगे। गोपेन्द्र के सारे तर्कों को पिता जी ने मान्यता नहीं दी थी लेकिन फिर भी उसने कहा– "लेकिन कनक का मन नौकरी करने के लिए लालायित है उसने स्वयं अखबार देखकर आवेदन-पत्र दिया था...और आजकल नौकरी भी तो बड़ी मुश्किल से मिलती है...तमाम लड़कियों ने आवेदन-पत्र दिए थे कुछ एक की ही नियुक्ति हो सकी, मेरे विचार से ऐसे मौके बार-बार नहीं आते..."

"दरअसल कनक के मन में नौकरी करने का विचार तुम्हें घर के खर्च के लिए परेशान देखकर आया होगा। वो अभी बच्ची है, हम समझदार हैं। हमें उसके लिए एक अच्छा वर ढूंढकर उसकी शादी तुरन्त कर देनी चाहिए। तुम पर कितना अधिक आर्थिक बोझ है मैं समझता हूं लेकिन क्या किया जाए खर्च ही इतना लम्बा है...मैं स्वयं दो एक मित्रों से कहूंगा कि मेरे लिए कोई छोटी-मोटी नौकरी तलाश करें। आखिर रिटायर होने के बाद दिन भर खाली घर में ही तो पड़ा हूं कहीं कोई नौकरी करूंगा तो समय भी कट जाएगा और कुछ पैसे भी मिल जाएंगे..."– पिता जी बोलते रहे थे लेकिन उन्हें बीच में ही रुक जाना पड़ा।

कनक गोपेन्द्र और पिता जी की बातें दरवाजे की आड़ में छिपी चुपचाप सुन रही थी। जब उसने पाया कि पिता जी उसकी नौकरी के लिए तैयार नहीं हो रहे हैं तो वह अपने आप को न रोक सकी और कमरे में चली आई। कमरे में घुसते ही उसने कहना शुरू कर दिया।

"पिता जी यदि मैं नौकरी करूं तो इसमें बेइज्ज़ती की क्या बात है? नौकरी करना कोई गुनाह या असामाजिक काम तो है नहीं, फिर इसमें डरने की क्या बात है। जिन रिश्तेदारों ने जरूरत पर हमारी मदद नहीं की उनके हम पर हंसने की परवाह करना बेवकूफी होगी। फिर आपने मुझे एम०बी०ए० तक पढ़ाया है। अगर मैं सिर्फ चूल्हे चक्की में ही अपने आप को उलझाए रखूंगी तो मेरी पढ़ाई-लिखाई का मतलब ही क्या होगा। औरतें जीवन के हर क्षेत्र में प्रवेश ले रही हैं और सफलता प्राप्त कर रही हैं, एक से एक जिम्मेदारी का पद सम्हाल रही हैं, अंतरिक्ष तक में औरतें जा चुकी हैं और

आप मुझे नौकरी करने के लिए घर से चार कदम दूर तक आफिस में नहीं भेज सकते। घर की चहार दीवारी में बंद रह कर उसे बहुत घुटन होती है। दिन भर खाली-खाली में बहुत बोर होती हूं। नौकरी करने से कुछ नहीं तो कम से कम व्यस्तता तो रहेगी। लड़कियों के लिए नौकरी करना आप लोगों को अजीब इसलिए लगता है क्योंकि अभी इसका अधिक प्रचलन नहीं है। पहले तो लोग लड़कियों को पढ़ाते भी नहीं थे, धीरे-धीरे लड़कियों की पढ़ाई का प्रचलन हुआ। पुनः धीरे-धीरे लड़कियों की नौकरी का भी प्रचलन हो जाएगा। तब इसमें कोई आश्चर्य की बात नहीं रहेगी। फिर आज लड़के और लड़की की कमाई में अन्तर क्यों मानते हैं...दोनों ही आपकी संतान हैं लड़कों को आप अपनी सेवा का मौका देना चाहते हैं और लड़कियों को अपने पिता की सेवा करने के सुख से वंचित रखना चाहते हैं। पिता जी समय के साथ आप अपने पुराने विचारों को भी बदल डालिए, प्रैक्टिकल लाइफ में आइए। और फिर सबसे मूल बात जिसके कारण मैं नौकरी करना चाहती हूं वो ये है कि मैं अपने पैरों पर खड़ी होना चाहती हूं। मैं दहेज प्रथा के सख्त खिलाफ हूं और मैंने प्रण किया है कि मैं किसी ऐसी जगह शादी ही नहीं करूंगी जहां दहेज की मांग होगी चाहे मुझे आजीवन कुंआरी ही रहना पड़े। दहेज प्रथा ने तमाम खुशहाल परिवारों को कंगाल बना दिया है। यह तब तक नहीं दूर होगा जब तक कि हम लड़कियां इस तरह का सख्त कदम नहीं उठातीं। अपनी शादी के बारे में आपसे बातचीत करने की हिम्मत मुझे नहीं मालूम पड़ रही थी पर आज आवेश में मुख से निकल गई। आप मुझे इसके लिए क्षमा कीजिएगा। पिता जी यह मेरा व्यक्तिगत मामला है। मैं आपसे विनती करती हूं कि आप मेरे व्यक्तिगत मामलों में निर्णय लेने की मुझे आजादी दे दें। हो सकता है कि मेरे इस निर्णय से आपको अपनी प्रतिष्ठा पर आंच आती मालूम पड़े पर पिता जी जरा सोचिए उन गरीब परिवारों के बारे में जो दहेज प्रथा के वशीभूत होकर जीवन भर कर्ज़ चुकाते रहते हैं, रहने के लिए मकान नहीं बनवा पाते, पेट भर खाना नहीं खा पाते। सिर्फ इस चिन्ता के कारण कि लड़की की शादी करनी है। किसी भी अच्छी चीज को हासिल करने के लिए या किसी भी कुरीति को

समूल नष्ट करने के लिए बहुत कुछ त्याग करना पड़ता है, बहुत कुछ सुनना पड़ता है। मैं आपसे समाज की भलाई के लिए इस त्याग व सहन शक्ति की प्रार्थना करती हूं।''

—लड़की के तर्क ने गोपेन्द्र के पिता जी को निरुत्तर कर दिया था। गोपेन्द्र व पिता जी दोनों उसकी लम्बी बातें बड़े ध्यानपूर्वक सुनते रहे थे। गोपेन्द्र को अपनी छोटी बहन के साहसिक एवं प्रगतिशील विचारों पर खुशी एवं गर्व का अनुभव हो रहा था। लड़की के निर्णय के आगे पिता जी को झुकना पड़ा। गोपेन्द्र को ऐसा लगा जैसे उसके सिर का भार कुछ हल्का हुआ हो।

गोपेन्द्र ने बहुत कोशिश की कि वो कनक की आय का कोई भी भाग घर के खर्च में न ले लेकिन एकाएक माता-पिता की बीमारी के कारण उसे कनक की आय को घर खर्च में लेने के लिए बाध्य होना पड़ा। उसने कोशिश की कि कनक की आय का काफी कुछ भाग बचा सके और किसी न किसी रूप में कनक की शादी में उसे खर्च कर सके। वह अधिक धन न बचा सका। इसी बीच उसने कई लड़के देखे, कुछ ने तो कनक को भी देखा पर कोई न कोई बात ऐसी अटक जाती कि शादी तय न हो पाती थी। अधिकतर लड़के वाले दहेज के लिए अच्छी रकम चाहते थे पर मुंह से साफ बात भी नहीं करते थे। जब उन्हें मालूम चलता कि गोपेन्द्र के यहां से अधिक दहेज नहीं मिल सकता है तो कोई न कोई खोट जैसे लड़की नहीं पसन्द है, करके शादी नामंजूर कर देते। वो जगह जहां लोग दहेज नहीं चाहते थे वो लड़की रूप की परी चाहते थे जो कि कनक थी नहीं। इस प्रकार कुछ ऐसा संयोग हो गया था कि कनक की शादी के लिए गोपेन्द्र एवं उसके पिता जी बहुत परेशान हो चुके थे। उन्हीं दिनों जब कि गोपेन्द्र के माता-पिता की तबियत खराब चल रही थी और वो उनका एलोपैथिक इलाज कराते-कराते परेशानी का अनुभव कर रहा था क्योंकि अंग्रेजी दवा से कोई विशेष लाभ नहीं हो रहा था, उसे पड़ोस की एक बुढ़िया ने बताया कि बगल के मुहल्ले में एक होमियोपैथ डॉक्टर है जो सस्ती और अच्छी

दवाई देता है। बुढ़िया डॉक्टर का नाम न बता सकी पर उसने ये बताया कि डॉक्टर अभी युवा ही है। बगल के मुहल्ले में उसे काफी लोग जानते हैं।

गोपेन्द्र को विश्वास तो नहीं हो रहा था कि एक युवा होमियोपैथ का डॉक्टर माता-पिता को लम्बी बीमारी से मुक्ति दिला सकता है जबकि बड़े-बड़े एलोपैथिक डॉक्टरों का इलाज फेल हो गया हो पर उसने कोशिश कर लेने में कोई हानि नहीं समझी।

जब वो उस डॉक्टर से मिलने गया तो पाया कि वो तो हाई स्कूल और इन्टरमीडिएट में उसका सहपाठी था और उस समय उसका बड़ा अच्छा मित्र था। डॉक्टर का नाम राम प्रताप सिंह था। राम प्रताप सिंह ने बताया कि उसने होमियोपैथिक की डॉक्टरी की परीक्षा अच्छे अंकों से पास की और फिर स्थानीय होमियोपैथिक कालेज में पढ़ाने की नौकरी भी मिल गई। प्राइवेट प्रैक्टिस भी बाकी समय में वो करता है।

डॉक्टर राम प्रताप सिंह ने गोपेन्द्र के माता-पिता का इलाज करना शुरू किया और ईश्वर की दया से उन दोनों को काफी फायदा हुआ। वे लोग काफी हद तक स्वस्थ हो गए। डॉक्टर सिंह और गोपेन्द्र की मैत्री प्रगाढ़ होती गई। दोनों एक-दूसरे के घर भी अकसर जाने लगे। वो एक-दूसरे से दुःख व्यक्त करते कि बीच में क्यों उन दोनों ने एक-दूसरे से मिलने की कोशिश नहीं की और दोस्ती के दरवाजे को अनायास ही क्यों बन्द रखा। खैर वे खुश थे कि अब वे पुनः मिल गए थे और दोस्ती बहुत अच्छी तरह चल रही थी। डॉक्टर एवं गोपेन्द्र दोनों का स्वभाव बहुत अच्छा था। अतएव दोनों एक-दूसरे के घर में खूब हिलमिल गए।

एक दिन जब दोनों मित्र साथ-साथ बैठ गप मार रहे थे तो एकाएक डॉक्टर सिंह ने कहा–"गोपेन्द्र मेरी हिम्मत तो नहीं पड़ रही है कि प्रस्ताव रखूं लेकिन तुम बहुत अच्छे दोस्त हो, आशा है बुरा नहीं मानोगे इसलिए कह रहा हूं –क्या तुम्हारे घरवाले कनक की शादी मेरे साथ करना पसन्द करेंगे बशर्ते कनक तैयार हो उससे भी पूछ लेना।"

डॉक्टर सिंह ये शब्द एक सांस में कह गए थे। वो ये शब्द कहने के लिए इनके उच्चारण के पूर्व अपने आपको बहुत बोझिल अनुभव कर रहे थे। इस बात को कहने के बाद उन्हें कुछ हल्केपन का अनुभव हुआ।

गोपेन्द्र को एकाएक इस बात का कोई उत्तर नहीं देते सूझ पड़ा।

वह सोच रहा था कि पिता जी इसलिए नहीं तैयार होंगे क्योंकि डॉक्टर सिंह व हमारी जाति भिन्न है वो ठाकुर है, हम ब्राह्मण हैं। लेकिन तभी डॉक्टर सिंह पुनः बोल पड़े– "तुम जाति के बारे में सोच रहे होंगे, हम समझते हैं कि तुम्हें एवं कनक को तो इस पर कोई आपत्ति नहीं होगी, बाबू जी को तुम्हें मनाना पड़ेगा।"

"क्या तुम्हारी माता जी तैयार हो जाएंगी?" –गोपेन्द्र ने पूछा।

"माता जी को तो मनाना है, पिता जी बेचारे तो कई वर्ष पूर्व इस दुनिया से चल बसे हैं। माता जी तुम्हारे परिवार एवं कनक को अच्छी तरह जानती हैं। कनक के गुणों से वह बहुत प्रभावित हैं। उन्हें मनाना केवल इस बात पर है कि जाति प्रथा के अंधविश्वास में न पड़ा जाए। मैं उन्हें समझाऊंगा कि क्या अच्छी लड़की से शादी के लिए इस बात के कारण नकारा जा सकता है कि वह गैर जाति की है। मुझे उम्मीद है कि माता जी तैयार हो जाएंगी। वैसे अगर तुम्हारे घर वाले न भी तैयार हों तो मुझे साफ-साफ बता देना और इस बात को एकदम भूल जाना ताकि हमारी तुम्हारी दोस्ती में इसके कारण कोई बाधा न पड़े।"–डॉक्टर सिंह ने कहा।

"पिता जी के भी मन से सिर्फ जाति वाला अंधविश्वास ही निकालना है।" गोपेन्द्र ने कहा और वो चला गया।

घर आने के बाद गोपेन्द्र ने सबसे पहले कनक से ही उसकी शादी डॉ० राम प्रताप सिंह के साथ होने के बारे में पूछा।

"मैं जाति प्रथा, दहेज प्रथा और परदा प्रथा आदि जितनी भी सामाजिक कुरीतियां हैं इन सबके सख्त खिलाफ हूं। इस विषय में मैं केवल इतना ही और कहूंगी कि आप मुझसे बड़े हैं और मुझे पूर्ण उम्मीद है कि आप जो कुछ भी मेरे लिए करेंगे, मेरे भले के लिए ही करेंगे।" –कनक ने अपनी शादी के विषय में गोपेन्द्र को केवल इतना ही कहा जो कि पर्याप्त था।

लेकिन अब गोपेन्द्र के आगे समस्या थी कि वह पिता जी को इस बात के लिए कैसे तैयार करे। उसकी हिम्मत तो उनसे अन्तर्जातीय विवाह के बारे में बात छेड़ने की ही नहीं हो रही थी। जाति का बंधन तोड़ना उसे असाध्य प्रतीत हो रहा था। वैसे तो उसके माता एवं पिता दोनों की पुरानी विचार-परम्परा वाले थे पर उसे विश्वास था कि अगर पिता जी तैयार हो गए तो मां को तैयार करना मुश्किल काम नहीं होगा।

लेकिन किसी न किसी तरह बात तो करनी ही थी। आखिरकार रात का खाना खाने के पश्चात् वह पिता जी की शैय्या के पास गया। पहले तो सामान्य बातचीत की। उसके बाद उसने किसी तरह साहस करके कह ही दिया–

"डॉक्टर राम प्रताप भी बड़ा अच्छा लड़का है कॉलेज का वेतन एवं प्राइवेट प्रैक्टिस मिला कर लगभग सत्तर अस्सी हजार रुपये माहवार आय कर लेता है। परिवार भी अच्छा है एक भाई दो बहनें तथा मां। उसके घरवाले कनक के स्वभाव तथा आचार-विचार से बहुत प्रभावित हैं। कनक की शादी डॉक्टर के साथ बड़ी आसानी से तय हो सकती है...।"

"पागल हो गए हो क्या? वो गैर जाति का है, कितना भी अच्छा हो पर भला कनक के साथ उसकी शादी कैसे हो सकती है?...तुम्हारे दिमाग में एक-एक खुराफ़ात सूझती है..." गोपेन्द्र को बिना पूरी बात समाप्त किए उसे बीच में ही टोकते हुए पिता जी ने कहा।

"लेकिन क्या केवल "जाति" जैसे खोखले शब्द के नाम पर एक अच्छे लड़के को इनकार कर देना उचित होगा, कनक की खुशियों का गला घोंटना उचित होगा?"

"ओफ्फोह ! तुम लोग युनिवर्सिटी जाकर ज्यादा पढ़ कर बुद्धिमान बन गए हो और अपने आगे किसी को कुछ समझते ही नहीं। गैर जाति के घर लड़की भेज कर बिरादरी में काला मुंह दिखाऊं, बिरादरी में हुक्का पानी भी बंद हो जाए...मैंने अपनी कई बहनों की शादी की। तीनों लड़कियों की भी शादी की पर कभी इस तरह की फिजूल बात नहीं सोची। चाहे जितनी भी

परेशानी उठानी पड़े। तुम बहन को कहीं किसी भी जाति में ब्याह करके बला टालना चाहते हो...''।

इसी तरह के आक्षेप से गोपेन्द्र आशंकित था, वही हुआ जिसका उसे डर था। पिता जी को गलतफहमी हो गई थी कि वह अपनी बहन की शादी के लिए वर ढूंढते-ढूंढते परेशान हो गया है, अधिक पैसा नहीं खर्च करना चाहता इसलिए बहन को बला समझ कर टालना चाहता था। उसका सिर नीचे झुक गया था और वह स्वयं को कोई जवाब देने की स्थिति में नहीं पा रहा था। उसे समझ नहीं आ रहा था कि पिता जी को किस तरह से समझाया जाए।

लेकिन उसी पल कनक दरवाजे से कमरे के अंदर प्रविष्ट हुई और उसने कहना शुरू किया—

''माफ कीजिएगा पिता जी, मैं आपसे अपनी शादी आदि के बारे में बातचीत करने से बहुत डरती थी पर आज मुझे इस विषय में मजबूर होकर बात करनी पड़ रही है, वो इसलिए क्योंकि आपने गोपेन्द्र भइया पर एक झूठा आरोप लगाया है कि वो मुझे एक बला समझते हैं और दूसरे दहेज प्रथा जैसी सामाजिक कुरीतियों को दूर करने के लिए हम लड़कियों को अब बहुत साहस से काम लेना होगा। आप ये न समझें कि मैं आपकी इज्ज़त नहीं करती, मैं सिर्फ अपने विचार व्यक्त कर रही हूं और वो भी एक व्यक्तिगत मामले में। जाति प्रथा, हमारे समाज के मनुष्यों द्वारा बुना गया एक जटिल जाल है जिसमें लोग फंस कर बिना मतलब परेशान हैं। हो सकता है एक जमाने में इस कुप्रथा का कोई महत्व रहा हो, जब कर्म वर्ण-व्यवसाय पर आधारित हो रहा हो पर आज एकदम बदले हुए और बदलते समय में इसका कोई मतलब नहीं है बल्कि यह एक परेशानी की जड़ है। फिर आप जाति के नाम पर बिना मतलब स्वाहा हो रहे हैं। बताइए जाति ने आपको क्या दिया है—वो मकान मालकिन जिसने कई बार अपमानित करके हमें केवल इसलिए निकाल दिया कि हम उसके अनुसार किराया बढ़ाने में असमर्थ थे, हमारी ही जाति की थी।

आपकी बिरादरी के ही लोग थे जिन्होंने आपका गांव का मकान और गांव खेत वगैरह हड़प लिए और जब आपने उनसे अपने हिस्से की मांग की तो वो मुकदमा लड़ने और मारकाट करने पर उतारू हो गए, कितनी बार पढ़ते समय फीस न दे सकने के कारण हमारे नाम स्कूल से कट गए, पर किसी जाति वाले ने या हमारे रिश्तेदार ने हमारी मदद न की। जब आप सख्त बीमार थे और घर में पैसे का बहुत अभाव था तो भइया कई स्थानीय रिश्तेदारों के यहां गए थे पर किसी ने कोई सहायता नहीं की। जब लखनऊ ले जाकर आप के इलाज की बात चली तो लखनऊ के रिश्तेदार कन्नी काट गए कि कहीं आप उनके यहां न रुक जाएं और इस तरह के न जाने कितने उदाहरण हम लोगों ने अपनी आंखों से देखे हैं और स्वयं अनुभव किए हैं। मुसीबत के दिनों में उन लोगों ने भी हमारा साथ न दिया, जिन्हें हमने उनकी मुसीबत में मदद की थी। अधिकतर रिश्तों की जड़ होती है स्वार्थ। अपनी जाति के लोगों की लोग मदद भी तब करते हैं जब उनका स्वार्थ होता है। भइया जब नौकरी के लिए परेशान थे तब किसी जाति वाले ने मदद नहीं की। अपनी जाति के उन लड़कों की मदद सभी ने की जिनसे उन्हें कोई लाभ लेना था। और फिर आप सोचिए कम से कम पचास जगह अपनी ही जाति में भइया मेरी शादी के सिलसिले में जा चुके हैं और लगभग पन्द्रह बीस परिवार मुझे देखने आ भी चुके हैं पर मेरी शादी कहीं नहीं तय हुई केवल इसलिए कि हम दहेज नहीं दे सकते या मैं बहुत खूबसूरत नहीं हूं। आप सोचिए जब हमारी जाति के बुजुर्ग लोगों को हमारी जाति के लड़कों को अपनी जाति की लड़कियों की कोई चिन्ता नहीं है तो हमें जाति जैसे खोखले शब्द के नाम पर अपने आप को स्वाहा करने की क्या जरूरत है। जब अपनी जाति की दृष्टि में मैं अयोग्य हूं और एक गैर जाति का अच्छा लड़का मुझमें योग्यता देख रहा है तो क्या ये उचित होगा कि मैं अयोग्य बन कर बैठी रहूं और उस व्यक्ति का निमंत्रण न स्वीकार करूं जो मुझे योग्य समझ रहा है। मुझे डॉक्टर सिंह में ऐसी कोई विशेष रुचि नहीं है, न मैं उनके प्रेम में पागल हूं कि मैं आपको बहका रही हूं।

मैं उन्हें सिर्फ एक वर की दृष्टि से देख रही हूं। मैं सिर्फ यह कहना चाहती हूं कि आप किसी लड़के को इस बात के लिए न इनकार करें कि वो गैर जाति का है।"

लड़की की बातों में तर्क था। पिता जी सोचने पर मजबूर हो गए। गोपेन्द्र ने उन्हें जब थोड़ा और समझाया तो वे डॉक्टर राम प्रताप सिंह के साथ कनक की शादी के लिए तैयार हो गए।

अब तो काफी समय व्यतीत हो चुका है। गोपेन्द्र के पिताजी ने कनक के बाद गोपेन्द्र की तथा अपनी शेष दोंनों लड़कियों की भी शादी दूसरी जातियों में की। कनक की शादी के बाद वो दूसरों को यह बताने में थोड़ा हिचकते थे कि कनक की शादी गैर जाति में की है पर अब जब उन्होंने देखा कि उनकी तीनों छोटी लड़कियां बहुत अधिक सुख में हैं और उनकी बहू गोपेन्द्र की पत्नी, नौकरी करते हुए भी उनकी तथा उनकी पत्नी की बहुत अधिक सेवा करती है जो कि शायद अपनी जाति की बहुत कम ही करती हैं, अब तो वे ये बात सबको गर्व से बताते हैं कि उन्होंने अपने लड़के और लडकियों की शादी गैर जाति में की है।

सुना गया है कि अपने सबसे छोटे लड़के सत्यंन्द्र के लिए वह गैर जाति तो क्या गैर धर्म में शादी करने की सोच रहे हैं और एक सिख घराने में शादी की बातचीत चल रही है।

कौन पशु! कौन मानव!

सुरेश वर्मा पी० डब्ल्यू० डी० विभाग में इंजीनियर थे। उनके पास एक सरकारी बंगला था। छोटा परिवार—एक पत्नी व एक बच्चा—उस पूरे बंगले में रहता था। घर के सामने एक बहुत बड़ा बरामदा था। चारों तरफ लॉन था। गमले बरामदे के चारों ओर रखे गए थे। हर गमले में सदा हरे पौधे रहा करते थे। गमले बाहर से कई रंगों में रंगे हुए थे, जिससे वे बहुत आकर्षक लगते थे।

सुरेश साहब अक्सर दौरे पर रहते थे। पत्नी से उनकी हमेशा इसी बात पर अनबन रहती थी कि वो सरकारी काम पर अक्सर बाहर रहते थे और परिवार पर उतना ध्यान नहीं लगाते थे जितना उन्हें लगाना चाहिए था। पत्नी चिन्ता व्यक्त करती थी कि यदि बच्चे का भविष्य अच्छा करना है, तो उन्हें परिवार के लिए अधिक समय लगाना चाहिए।

हालांकि सुरेश को नौकरी शुरू किए हुए बहुत दिन नहीं हुए थे पर उनके पास घर में बहुत सामान हो गया था। उनकी पत्नी को आभूषणों का शौक था। यह बात धीरे-धीरे सबको मालूम होती जा रही थी। जब कभी किसी पार्टी में सुरेश अपनी पत्नी को साथ ले जाते थे उनकी पत्नी हमेशा नई साड़ी या नया सेट निकालती थीं। घर में टेपरिकार्डर, वीडियो-कैमरा वगैरह सारे आधुनिक सामान उपस्थित थे। उनकी पत्नी मिसेज वर्मा कार खरीदने के बारे में उनसे अक्सर जिद्द करती पर सुरेश साहब यही कहते—"डार्लिंग अभी कार खरीद लेंगे तो विजिलेंस वालों की आंखें फड़फड़ा उठेंगी। लेने के देने पड़ जाएंगे। अपने कुछ साथी भी हमारी तरक्की देखकर जलते हैं स्कूटर में क्या बुराई है। फिर जब ऐसे कहीं जाना होता है, जीप तो है

ही। थोड़े दिन प्रतीक्षा करो, जब मैं यह समझाने की पोजीशन में हो जाऊंगा कि कार सेविंग और लोन मिलाकर खरीदी है, हम खरीद लेंगे।''

मिसेज़ वर्मा इससे आगे कुछ न बोल पातीं। वर्मा साहब के बारे में यह बात फैली थी कि उनका इतना पैसा व सम्पत्ति गाढ़ी कमाई की नहीं थी और उनकी कुछ कमजोरियां थीं पर वर्मा साहब के अंदर अहम् भी बहुत था। यदि कोई ठेकेदार उनके साथ आदर से बात नहीं करता था तो वो उसका काम नहीं करते थे चाहे वह उसके लिए कितना कुछ ही कर दें। अहम् के अतिरिक्त उनका सिद्धांत यह भी था कि कभी ठेकेदारों को यह अहसास नहीं होना चाहिए कि वे सारा काम करा सकते हैं। अपने पी० डब्ल्यू० डी० वालों का सिर हमेशा ऊपर ही रहना चाहिए। वर्मा साहब को यह भी नहीं सहन था कि कोई ठेकेदार उनके किसी स्टाफ से भी इज्ज़त से बात न करे। शायद यही कारण था कि उन्हें स्टाफ से पूरा सहयोग मिलता था।

वर्मा साहब की एक कमजोरी यह थी कि वह अपनी प्रशंसा में बहुत जल्दी ही प्रसन्न हो जाते थे और जैसे कोई भी उनकी प्रशंसा करके, चाहे झूठी ही क्यों न हो, उनका दिल जीत सकता था।

एक दिन रघ्घू नाम का एक आदमी उनके पास आया और बहुत मिन्नतें कीं कि उसे कहीं नौकरी दिला दें। रघ्घू उन्हें बातचीत में बहुत तेज दिखाई दिया। एक ठेकेदार ने कुछ दिन पूर्व तीन चार बार रघ्घू के हाथ कुछ विशिष्ट प्रकार के गुलाब के फूल के पौधे वर्मा साहब के यहां भेजे थे। रघ्घू ने तीन चार बार के आगमन में ही वर्मा साहब का लॉन इतना सुंदर सजा दिया था कि वर्मा जी उससे खुश हो गए थे।

रघ्घू द्वारा नौकरी की सहायता मांगने पर वर्मा साहब ने वर्क चार्ज के कामों में उसे लगा दिया। कभी-कभी वह वर्मा साहब के घर आकर लॉन पर विशेष ध्यान दे दिया करता था। वह उनके बच्चों को खूब खिलाता था तथा मेम साहब यानी मिसेज वर्मा को भी बहुत प्रभावित करता था।

मिसेज वर्मा को लगा कि यह आदमी बड़ा काम का है। जब कभी

सिनेमा के टिकट की जरूरत हो, रघ्घू टिकट का इंतजाम कर देता, चाहे सारे सिनेमा घरों में हाउस फुल हो। मेहमानों की खातिरदारी, बच्चों को घुमाना, उनको वक्त पर खिलाना-पिलाना, रेल या जहाज के टिकटों का इंतजाम करना, इस सब में रघ्घू माहिर था।

मिसेज वर्मा ने वर्मा साहब को प्रेरित किया कि पुराना जो घर में एक ढीला किस्म का नौकर था और बहुत सीधा आदमी था, उसको हटाकर रघ्घू को घर में रख लिया जाए और उसको दफ्तर में रघ्घू की जगह लगा दिया जाए।

रघ्घू की उपयोगिता देखते हुए तथा पत्नी की संस्तुति पाकर, वर्मा साहब ने रघ्घू को घर पर रख लिया। रघ्घू वर्मा परिवार के इतना नजदीक आ गया था कि मेम साहब को यह तक बता देता था कि फलां साड़ी तथा फलां आभूषण के साथ मैच कर रही है या नहीं। जब से रघ्घू ने मिसेज वर्मा की अंगूठी जो वो नहाते समय बाथरूम में भूल कर छोड़ आई थी, स्वतः ही ढूंढ कर दी थी जब से तो वह वर्मा परिवार का विशेष विश्वासपात्र बन गया था।

वर्मा साहब ने घर की चाहरदीवारी पक्की नहीं थी। वह तारों से बनाई गई थी तथा लटकती लताओं वाली पेड़ों में आच्छादित थी। हालांकि तारों की जाली नौकरों के हाथ रोज ठीक की जाती फिर भी झाड़ी के गैप में से एक कुत्ता किसी न किसी तरह तारों की चहारदीवारी लांघ कर बरामदे तक आ जाता और लेट जाता। हालांकि नौकर लोग कुत्ते को भगाने का पूरा प्रयत्न करते, पर कुत्ता था कि मौका लगते ही आ जाता और आकर लेट जाता था। पहले कुत्ता एक किनारे पड़ा रहता था पर धीरे-धीरे जब उसने देखा कि उसे पूर्ण रूप से नहीं भगाया जा रहा तो एक बरामदे में और अंदर तक आने लगा और एकदम दरवाजे के पास लेटने लगा। कुत्ता भगाए जाने का इतना अभ्यस्त हो गया था कि जैसे ही बंगले का फाटक खुलता था, घर का दरवाजा खुलता था तुरन्त उठता था। चहारदीवारी से चुपचाप बाहर चला जाता। वह यह भी जानता था कि कौन से नौकर के भगाने

में कितना तेज भागना है। वर्मा साहब को जानवर पालने से नफ़रत थी। अपनी यह विशिष्टता वह स्वयं इसलिए कहते कि इससे वह अपनी अपार अर्जित धनराशि छुपा सके। इसके लिए वह हमेशा यही कहते– "भई, कुत्ता बिल्ली वह पाले जिसके पास गलत धन हो, जो गलत ढंग से पैसा कमाता हो। अगर मेरे पास अतिरिक्त धन हो तो मैं एक गरीब लड़के के जीवन उद्धार के लिए लगाऊं न कि कुत्ते को दूध मांस खिलाने-पिलाने में।"

यह कहने से उनका तात्पर्य यह था कि चूंकि वो कुत्ता बिल्ली नहीं पालते इसलिए न उनके पास गलत धन था और न तो वो गलत ढंग से पैसा कमाते थे।

जो कुत्ता वर्मा साहब के बंगले पर आता था वह अपने आप को उनके परिवार का अंग मानता था, भले ही वर्मा साहब का परिवार उसे दुतकारता हो। वर्मा साहब कुत्ते को देखकर बहुत खिसियाते थे। जब वह दिन में लंच के लिए घर आते तो कुत्ता बरामदे में उनकी अगवानी करने के लिए लेटा रहता था। शुरू में वर्मा साहब को देखकर वह उठता नहीं था और वर्मा साहब को उसे भगाने के लिए कंकड़-पत्थरों की सहायता लेनी पड़ती। बाद गें कुत्ता समझदार हो गया था। फाटक के खुलने की आवाज होते ही कुत्ता सचेत हो जाता और वर्मा साहब के आते ही यूं उठ कर जाता जैसे किसी ससुर के आने पर नई नवेली दुल्हन पर्दा करने के लिए पुराने जमाने में हट जाती थी। कुत्ते को देखते ही वर्मा साहब का मूड ऑफ हो जाता था।

कुत्ता मरियल किस्म का होने के साथ-साथ बदशक्ल भी था। इससे वर्मा साहब को और चिढ़ थी। उन्हें ऐसा लगता था कि उनके स्वच्छ एवं चमक-दमक से भरे बंगले में इस कुत्ते की उपस्थिति गंदगी का परिचायक थी।

बच्चे व नौकर ने यदि कभी दया या मज़ाक वश एक रोटी का एक टुकड़ा भी कुत्ते को देने की कोशिश भी की तो वर्मा साहब का पारा चढ़ जाता। वो यही कहते–

"बेवकूफों, इसे रोटी आदि देकर परचाओ मत, वरना ये हमेशा यहीं रहेगा और घर के अंदर भी आना-जाना शुरू कर देगा।

वर्मा साहब की सख्त मनाही होने के कारण कुत्ते को उनके घर से कभी रोटी का एक टुकड़ा भी नहीं मिलता।

वर्मा साहब दौरे पर बाहर गए हुए थे। कभी-कभी वो सपरिवार जीप में बैठकर दौरे पर जाया करते थे पर इस बार चूंकि बच्चे की तबियत थोड़ा खराब थी इसलिए वर्मा साहब अकेले ही गए और मिसेज़ वर्मा बच्चे के साथ घर पर ही थीं।

एक दिन चूंकि वर्मा साहब नहीं थे अतएव मिसेज़ वर्मा ने साढ़े सात बजे शाम को ही डिनर ले लिया था और बच्चे को दवा आदि देकर सुलाने का प्रबंध करने लगी थीं। उन्होंने रघ्घू से कहा कि वो महरी के जाने के बाद सारे दरवाजे बंद कर ले। चूंकि घर बहुत बड़ा था इसलिए कम से कम पांच दरवाज़े बाहर जाने के लिए थे और मिसेज़ वर्मा के लिए स्वयं सारे दरवाजों को बंद करना मुश्किल था, विशेषतः जब कि बच्चा अस्वस्थ था। रघ्घू द्वारा रात को सारे दरवाजे बंद करवाना कोई नई बात नहीं थी। ऐसा पहले भी होता था।

दरवाजों को बंद करने के बाद रघ्घू आया और मेम साहब से प्रार्थना करने लगा कि वो रात का सिनेमा का शो देखने जाना चाहता है। रघ्घू के कमरे का दरवाजा अलग था और उसके आने-जाने से घर के अंदर कोई असर नहीं पड़ता था। इसलिए मेम साहब ने कहा ठीक है। रघ्घू ने यह भी कहा कि चूंकि साहब नहीं है वह जाना नहीं चाहता था पर चूंकि आज सिनेमा का आखिरी शो है, इसलिए मेमसाहब इजाजत देंगी तो वह देख आएगा। मिसेज़ वर्मा ने हां कर दी थी। एकाएक बादल आ गए और वर्षा होने लगी।

यद्यपि रात के ग्यारह बज रहे थे फिर भी मिसेज़ वर्मा बच्चे के सुलाने के साथ-साथ ही गहरी नींद में सो गई थीं। एकाएक उन्हें लगा कि उनके सिरहाने तकिए के नीचे कुछ अजीब सा हो रहा है। पहले उन्हें नींद में कुछ समझ में नहीं आया पर बाद में उन्हें लगा कि कोई तकिए के नीचे रखी चाबियों का गुच्छा निकालना चाह रहा है। मिसेज़ वर्मा घबड़ाकर उठ बैठी।

उन्होंने शोर मचाना चाहा पर एकाएक किसी ने उनके मुख को कपड़ा ठूंस कर दबा दिया। कमरे में जीरो पावर का बल्ब जल रहा था। मिसेज़ वर्मा ने देखा कि दो व्यक्ति काला मास्क पहने हुए आए थे। उनके हाथों में दस्ताने थे और चाभियों का गुच्छा उनके कब्जे में था। एक के हाथ में पिस्तौल और दूसरे के हाथ में चाकू था लेकिन इसके पहले कि चोर चाभी अलमारी में लगा पाते, वह मरियल कुत्ता जो मिसेज वर्मा के बंगले में अक्सर आ जाता, कुछ सूंघता-सूंघता अंदर आ गया और अपरिचितों को देखते ही तेजी से भूंकने लगा। मिसेज़ वर्मा स्वयं भी उस कुत्ते की जोरदार भूंकने की आवाज से सहम गईं। कुत्ता भूंकते-भूंकते उछला और इसके पहले कि अपरिचित चोर उस पर प्रहार करते, उसने छलांग लगा कर पिस्तौल वाले आदमी के हाथ पर पंजा मारा, जिससे पिस्तौल दूर जा गिरी। अपरिचित चोरों को क्रोध आ गया। कुत्ता इसलिए पहले बाजी मार ले गया था चूंकि वो एकाएक आ गया था और अपरिचित उसके हमले के लिए तैयार न थे। चोर इससे भी घबड़ा गए थे कि भूंकने की आवाज से शोर हो रहा था और अड़ोस-पड़ोस के लोग जाग जाने वाले थे। चाकूवाला आदमी कुत्ते पर चाकू से वार करने का प्रयास कर रहा था पर कुत्ता अपनी फुर्ती दिखा रहा था। वो उछल-उछल कर कभी-कभी मुंह नोचने का प्रयास करता, कभी पीछे जाकर उनकी कमीज पकड़ लेता कभी टांग में दांत गड़ा देता। यह सब शोर सुनकर बच्चा भी जाग गया था और वह रोने लगा था। पूरा वातावरण इतना भयानक हो गया था कि मिसेज़ वर्मा सहम गई थीं। उनका मस्तिष्क शुरू में सुन्न हो गया था पर कुत्ते की बहादुरी देख उन्हें भी जोश आ गया और उन्होंने अपरिचित चोर के हाथ से चाभी छीनने का प्रयास किया। अब तक उन्होंने मुंह से कपड़ा निकाल कर चोर-चोर कहना भी शुरू कर दिया था। इस बीच खिड़की की तरफ से एक चाकू लहराता हुआ आया और अगर वह चाकू उछलते हुए कुत्ते के पुट्ठों पर न लगता तो मिसेज वर्मा के सीने में घुस जाता। कुत्ता जो भूंकने और लड़ने के कारण पहले से ही हाँफ रहा था, चाकू लगते ही चिंघड़ कर गिर गया और धीरे-धीरे उसका भूंकना बंद हो गया, क्योंकि वो अचेत हो गया था। बारिश और बादलों की गड़गड़ाहट

के कारण मिसेज वर्मा की पुकार कोई न सुन सका। कुत्ते के घाायल होकर गिरते ही एक चोर ने मिसेज़ वर्मा का मुंह पकड़कर उसमें कपड़ा ठूंस दिया और चाकू से कुछ प्रहार उनके शरीर पर कर दिए। मिसेज़ वर्मा अचेत हो गई थीं। बच्चा रोता रहा। चोर अलमारी खोलकर एक बैग़ में उनके सारे गहने और कैश लेकर चंपत हो गए थे।

थोड़ी देर में बारिश के साथ-साथ सब कुछ शान्त हो चुका था। मिसेज़ वर्मा के कराहने की आवाज आ रही थी। उन्हें कुछ-कुछ होश आ रहा था। बच्चा रो रो के सो गया था। उनकी नजर घड़ी पर पड़ी तो रात का पौने एक बज रहा था।

बाहर रघ्घू एक बंद दरवाजे को खटखटा कर आवाज दे रहा था– "मेम साहब, दरवाजा खोलिए आपको क्या हुआ, दरवाजा खोलिए।"

थोड़ी देर चुप रहने के बाद मेम साहब ने थोड़ा और ज़ोर लगाकर तेज़ आवाज में कांखते हुए कहा– "डॉक्टर मेरे लिए भी बुलाना और कुत्ते के लिए जानवरों वाला भी...जल्दी फोन करो।"

रघ्घू ने कई दरवाजों पर दस्तक दीं फिर घबड़ाया हुआ एक दरवाजे को 'धाड़' की आवाज कर खोलता हुआ अंदर आकर बोला– "हाय राम रे, ये क्या हुआ...कौन है, कैसे क्यों किया।"

रघ्घू दुख जाहिर करने लगा था। शीघ्र ही डॉक्टर आए, पुलिस आई और सुबह होते-होते खबर पा कर मिस्टर वर्मा भी भागे-भागे वापस आए। ऐसे भयानक हादसे की उन्होंने कल्पना भी न की थी।

कुत्ता डॉक्टर के द्वारा बड़ी मुश्किल से बचाया जा सका था। मिसेज़ वर्मा चोट के घाव से ज्यादा अभी तक खौफ़ से पीड़ित थीं। पर किसी के कुछ समझ में नहीं आ रहा था कि ये सब किसने किया, क्यों किया, कौन लोग थे, क्या चाहते थे।

शुरू में पुलिस ने रघ्घू से संदेह वश काफी पूछताछ की पर उसने बताया कि वो तो सिनेमा के नाइट-शो में गया था। उसने सिनेमा का फाड़ा हुआ टिकट भी दिखाया। मिसेज़ वर्मा ने भी पुलिस को यही बताया कि रघ्घू तो

घर का पुराना आदमी था और उसी ने पुलिस को वारदात के बाद बुलाया था। उसके गलत होने का सवाल ही नहीं उठता था।

इस दुर्घटना के एक हफ्ते बाद ही वर्मा साहब लंच के लिए डाइनिंग टेबल पर बैठे ही थे कि एकाएक एक टेलीफोन आया। पुलिस इंस्पेक्टर गंगा प्रसाद ने मिसेज़ वर्मा के साथ मिस्टर वर्मा को टेलीफोन पर बताया कि चोर पकड़ लिया गया है और चोर कौन है ये देखने वो लोग थाने पे आ जाएं।

मिस्टर और मिसेज़ वर्मा शीघ्र ही थाने पहुंचे। वहां उन्होंने रघ्घू के हाथ में हथकड़ी देखी तो अवाक् हो पुलिस इंस्पेक्टर से पूछा—"ये चोर निकला, रघ्घू?" पुलिस इंस्पेक्टर ने कड़वे शब्दों में कहा—'मि० वर्मा अगर आप सांप भी पालते तो वो इतनी तेजी से न डसता जितनी तेजी से आपके इस नौकर रघ्घू ने डसने का काम किया है।"

मिसेज़ वर्मा ने तो डर के मारे अपना मुंह मि० वर्मा के कंधे में छुपाने का प्रयास किया था। वर्मा जी के चेहरे पर आश्चर्य था, क्रोध था, खीज थी, प्रश्न थे।

उनकी ओर सम्बोधन करके इंस्पेक्टर कहता गया—"आपके कहने से हमने इसे बाहरी रूप से छोड़ दिया था पर हमने इसके ऊपर खुफिया तरीके से सादे भेष में पुलिस के सिपाही लगा रखे थे। हमें इस पर इसलिए ही शक था कि मिसेज़ वर्मा के बयान के मुताबिक वारदात की रात में घर के अंदर के दरवाजे इसी ने बंद किए थे। अब आप इसका कारनामा इसके ही मुख से सुनिए—"

पुलिस इंस्पेक्टर ने रघ्घू के कॉलर पर पीछे से एक झापड़ रसीद करते हुए कहा था—"बोल बे—अपने साहब को सच-सच बता।"

रघ्घू रोक रोक कर माफी मांगने लगा था। वो वर्मा जी का पैर पकड़ कर कहने लगा—"साहब गलती हो गई माफी चाहता हूं, माफ कर दें।"

मि० वर्मा का तो खून खौल रहा था। उन्होंने उसके गाल पर एक तमाचा मारकर कहा— "यू चीट..पहले सब कुछ साफ-साफ उगल..." ।...रघ्घू

घिघियाते हुए बोला– "बताता हूं...सॉब...बताता हूं...आप लोगों की ऐशो आराम की जिंदगी देखकर मुझे अंदर ही अंदर बड़ी जलन होती थी। मुझे भी ऐसे ही ऐशो आराम पाने की तमन्ना थी। चूंकि मैं पढ़ा-लिखा नहीं था। इसलिए ऐशो आराम करने के लिए पैसा गलत ढंग से ही कमाना था। मुझे बहुत जल्दी भी थी। मैं हमेशा मौके की तलाश में रहता था। आप लोगों का विश्वासपात्र होने के कारण मुझे सब कुछ मालूम था–मेम साहब के पास कितना गहना है, कहां है, कैसे रखा है..घर में कीमती चीजें कहां किस तरह रखी हैं।

उस रात जब मेम साहब ने किवाड़ बंद करने को कहा था तो मैंने ड्राइंग रूम का दरवाजा बंद नहीं किया था ऐसे ही पट कर दिया था। मेम साहब ने समझा था कि घर अंदर से सब तरफ से बंद है पर मैंने अपने साथियों के आने के लिए रास्ता साफ रखा था और उन्हें सारा रास्ता और घर का सारा भूगोल समझा दिया था। साहब के दौरे पर रहने के कारण हमारा काम बहुत आसान हो गया था। मैंने मेम साहब से सिनेमा शो का बहाना किया था। मैं तो हॉल में इंटरवल के बाद से ही उठ आया था। हमारे काम में यह मरियल कुत्ता एकाएक इतनी बाधा डाल देगा हमें उम्मीद न थी और हम इसके लिए तैयार न थे। मैं बेडरूम के बगल में मॉस्क लगाए खिड़की के पास छिपा बैठा था ताकि अपने साथियों को मदद दे सकूं। जब कुत्ते ने बहुत बाधा डाली और मेरे साथी उस पर कब्जा नहीं कर पाए तो मैंने ही खिड़की से उस पर चाकू फेंका था। हमारे साथी प्रेम साहब और कुत्ते दोनों पर कब्जा पाने में मुश्किल पा रहे थे। मैंने सोचा मेरे चाकू फेंकने से कम से कम एक तो रास्ते से हट ही जाएगा। संयोगवश कुत्ता घायल होकर गिर पड़ा और मेम साहब भी एक दो वार में निढाल हो गई। वे लोग माल लेकर भाग गए, मेरा हिस्सा पूरी लूट का आधा था। जब मैं बंटवारे के लिए उनसे मिला तो पुलिस ने मुझे पकड़ लिया। मेरे साथी फिर भाग निकले पर वे कहां छिपे होंगे वो पता मैंने इंस्पेक्टर साहब को दे दिया है वे भी उन्हें पकड़ कर आ ही रहे होंगे।"

मिसेज़ वर्मा के घाव अभी अच्छे नहीं हुए थे। रघ्घू के विश्वासघात से उनके दिल को बहुत ठेस लगी।

मि० वर्मा अवाक् थे। उनके मन में बार-बार ये आता यदि ये चाकू कुत्ते की जगह मिसेज़ वर्मा या बच्चे को लग जाता तो और यह सोचकर उनके रोंगटे खड़े हो जाते।

रघ्घू को मि० वर्मा ने परिवार का सदस्य समझकर पाला था। कुत्ते को उनके परिवार ने कितना दुत्कारा था। उनके मन में बार-बार यही ख्याल आता रघ्घू मानव था या पशु और कुत्ता पशु था या मानव।

मि० वर्मा ने बड़े-बड़े डॉक्टरों को बुलाकर कुत्ते का इलाज कराया। कुत्ते की एक टांग काटनी पड़ी। लंगड़ा कुत्ता वर्मा साहब के घर के अंदर उसी कमरे में रहता है जहां रघ्घू रहता था। वर्मा साहब उसे हर समय अपने पास रखने लगे थे और उसे अपने परिवार का सदस्य मानने लगे थे।

लेखन का खून

सुचेता मोबाइल फोन पर अपने भाई किशोर से बात कर रही थी– "भइया तुम जल्दी आ जाओ, इनको जाने क्या हो गया है। वैसे मैंने डॉक्टरों को दिखाया वो लोग सब नार्मल बताते हैं। मुझे कुछ समझ नहीं आ रहा है। जाने मेरी किस्मत में क्या लिखा है? भइया प्लीज़ तुम जल्दी आ जाओ। दो दिन से कॉल मिला रही थी, आज बड़ी मुश्किल से लगा है, तुम्हारा फोन ऑफ आ रहा था और देखो इन्हें नहीं बताना कि मैंने बुलाया है। तुम आकर ऐसा आभास देना कि जैसे स्वयं आए हो, नहीं तो ये नाराज़ हो जाएंगे।"

उधर से किशोर की आवाज आई– "सुचेता, घबड़ाओ नहीं, मैं तुरन्त आ रहा हूं पर बताओ तो आखिर हुआ क्या है, तुम इतना घबड़ाई हुई क्यों हो, स्मिता और प्रगति कैसे हैं? हलो...सुचेता...हलो हलो" - पर तब तक कॉल डिस्कनेक्ट हो गई थी।

"लगता है कनेक्टिबिटी की प्राब्लम है," सुचेता ने इतना कहकर कॉल खत्म कर दी थी। सुचेता ने मोबाइल फोन को पर्स में रख दिया था। उसने अंगलियों से माथे पर आई पसीने की बूंदों को पोंछा। उसके चेहरे पर अत्यधिक परेशानी झलक रही थी।

थोड़ी देर बाद कॉल बेल बजी थी और मदन घर आया था। उसको देखते ही सुचेता बोल उठी–"बहुत देर लगा दी, मैं कब से तुम्हारी प्रतीक्षा कर रही थी। चोपड़ा साहब आए थे, बहुत देर तक तुम्हारी प्रतीक्षा करते रहे फिर चले गए।"

मदन ने उत्तर दिया– "तुमने उन्हें बताया नहीं कि मैंने फिल्मों के लिए

लिखना बंद कर दिया है।" ये कहते हुए वो जूते उतारने लगा था।

सुचेता ने उसे समझाने का प्रयास करते हुए कहा– "उन्होंने ऐसा सुना था, इसीलिए आए थे। लेकिन मुझे समझ में नहीं आता तुम्हें क्या हो गया है, क्यों नहीं लिखोगे। अच्छा खासा नाम है। नहीं लिखोगे तो आगे क्या होगा। सम्पादक बनने के जो ऑफर आए थे तुमने उन्हें भी छोड़ दिया।"

मदन ने थोड़ी अरुचि दिखाते हुए उत्तर दिया– "मैं सोचता था फिल्म बनने से मेरे द्वारा रचित चरित्र सजीव हो उठेंगे और मेरे लेखनी की आवाज़ हर आदमी तक पहुँच जाएगी पर फिल्म वाले मेरें रचित चरित्र की आत्मा मारकर उसमें दूसरी आत्मा झोंक देते हैं।

सुचेता ने मदन को ज्यादा छेड़ना या झकझोरना ठीक न समझा। उसने आत्मीयता दिखाते हुए मदन से कहा– "अच्छा तुम पहले खाना खा लो, फिर आराम करो। तुम्हें मक्के की रोटी और सरसों का साग पसन्द है ना, मैंने वही बनाया है, खाना लगाती हूं।"

–ये कहकर सुचेता रसोईघर में चली गई।

मदन पुरानी यादों में खो गया था।

× × ×

एम०ए० पास करने के बाद वो नौकरियों के लिए विभिन्न प्रतियोगिताओं में बैठा पर दुर्भाग्यवश कहीं सफल नहीं हो सका। इस दरम्यान वो अपने जेब खर्च के लिए ट्यूशन करके पैसे कमाता रहा। आखिरकार उसे छोटीमोटी नौकरी शीघ्र ही कर लेनी पड़ी, क्योंकि वो अच्छी नौकरी की प्रतीक्षा और नहीं कर सकता था।

परिवार की आर्थिक हालत से मजबूर होकर तथा पिता जी के रिटायरमेन्ट के कारण जिम्मेदारी का बोझ आर्थिक रूप से उसके ऊपर आ पड़ा था। पिता जी ने उसकी शादी भी कर दी थी। उसके लाख मना करने के बावजूद वो नहीं माने थे। पिता जी का तर्क ये था कि अपने रिटायरमेन्ट के पहले वो अपनी जिम्मेदारी पूरी कर देना चाहते थे।

मदन को एक सरकारी दफ्तर में तृतीय श्रेणी की नौकरी मिल गई थी।

पिता के रिटायरमेन्ट के बाद उसे एक छोटा सा मकान किराये पर लेना पड़ा क्योंकि बड़े मकान का किराया देने की उसकी स्थिति ही नहीं बनती थी। उसके ऊपर एक बड़े परिवार का बोझ था।

जिंदगी की वास्तविकता का आभास मदन को अब हो रहा था। किशोरावस्था में उसके मन में कितने सपने थे। सब सपने टूट चुके थे। जिंदगी का एक-एक पल अब वो करीब से देख रहा था, पहचान रहा था, समझ रहा था।

साहित्य का शौक उसे बचपन से ही था। अब उसे चारों ओर जो दुनिया दिखाई देती उसको प्रतिबिम्बित करने के लिए साहित्य ही माध्यम बन गया। ऑफिस से आने के बाद वो लिखने की सोचता। उठते बैठते रास्ते चलते हर समय उसके दिमाग में आसपास की दुनिया की छवि उभरती। उस छवि को वो पकड़ कर कागज़ पर उतारना चाहता। समाज की रूढ़ियों का खोखलापन, बेईमानी की ईमानदारी पर विजय, झूठ और चापलूसी का सहारा लेकर सफलता पाने वाले इस तरह की घटनाओं को देख कर उसके मन में आक्रोश आता था, जब तक वो ये सब लेखनी से कागज पर स्याही के अक्षरों से प्रतिबिम्बित न कर लेता, उसकी बेचैनी दूर न होती। दुनिया का प्रेक्षण वो बहुत ही सूक्ष्मता से करता। जीवन का हर एक क्षण उसे एक नए और कड़े अनुभव का एहसास कराता था।

लेकिन जब मन की बेचैंनी हटाने के लिए वो बैठता तो पत्नी को ऐसा लगता कि वो उपेक्षित हो रही है। उसे अपना अपमान-सा लगता। वो अकसर पति को सुनाती—"सुबह से शाम तक सारा घर सारी गृहस्थी संभालते-संभालते मेरा जी ऊब गया है। तुम रात को बजाय मेरा मन बहलाने के कागज कलम लेकर बैठ जाते हो। प्रगति के जन्म की प्रसूति के लिए जब मैं मायके गई थी तब क्या इतनी बार कागज़ कलम लेके बैठे कि मुझे पत्र लिखो...छोड़ो ये सब...क्यों समय का बरबाद करते हो। यौवन के ये दिन फिर थोड़ी नसीब होंगे।"

यद्यपि कि मदन अपनी पत्नी को बहुत चाहता था पर लेखन के मामले

में अपनी पत्नी से समझौता करने में वह अपने आपको असमर्थ महसूस करता था।

कभी-कभी वो झल्ला कर भी लिखना बंद कर देता था लेकिन ऐसे में उसके मन में तूफान का सामना करना पड़ता था। ये बात सुचेता नहीं समझ पाती थी। अक्सर मदन ये बहाना करके कि बॉस ने काम से बुलाया है, पब्लिक लाइब्रेरी चला जाता और वहीं लिखता। मतलब नौबत यहां तक आ गई थी कि उसे साहित्य रचना के लिए पत्नी से यूं लुका-छिपी करनी पड़ती जैसे वो कोई अपराध कर रहा हो। दुःख की बात ये थी कि उसकी सारी रचनाएं बिना प्रकाशित हुए 'खेद है' के साथ वापस चली आती थी। इसमें उसका कुछ पैसा व्यर्थ ही टिकटों, लिफाफों और कागज़ आदि में बरबाद हो जाता था। यद्यपि कि परिवार वालों के आगे अस्वीकृत रचनाओं को पाकर अपमान से बचने के लिए, वो पता कार्यालय का ही देता था पर कभी-कभी कुछ अस्वीकृत रचनाएं घर पर ही वापस आ जातीं। इन्हीं सब कारणों से उसे अक्सर हार सी भी महसूस होती पर फिर भी वो बिना लिखे नहीं मानता था। दरअसल बात ये थी कि उसे बिना लिखे चैन नहीं पड़ता था और लिखने के बाद वो इसलिए भेज देता था कि शायद कोई पढ़ ले और फिर वापस न करे बल्कि छाप दे। एक जगह से अस्वकृत होने पर वो दूसरी जगह भी प्रयास करता था।

आखिरकार एक दिन उसके पास पांच सौ रुपये का चेक आया। एक पत्रिका ने उसकी एक कहानी छापने के लिए स्वीकार कर ली थी और उसका पारिश्रमिक भेजा था। मदन इससे अत्यधिक प्रसन्न हुआ। उसे प्रसन्नता इस बात की थी कि उसकी रवना छपने योग्य थी और अब पाठकों तक पहुंचेगी।

ये पांच सौ रुपये उसके लिए बड़े अमूल्य थे। इनकी कीमत उसे यूं बहुत लग रही थी कि ये उसकी सर्जनात्मक विशेषता की पहली पुरस्कार राशि थी। वह इसे किसी ऐसे काम में व्यय करना चाहता था जिसकी जिंदगी भर एक यादगार रहे। इस बारे में उसने बहुत सोचा।

आखिरकार उसने निश्चय किया कि वो इस राशि से सुचेता के लिए

खूबसूरत नाइटी खरीदेगा और उसे भेंट करेगा। और ये बताया कि नाइटी एक कहानी के पारिश्रमिक से खरीदी गई है, तो सुचेता की खुशी का ठिकाना न रहा। शीघ्र ही एक और रचना के छापने की स्वीकृति आई और इस बार के पारिश्रमिक से मदन अपने बेटे प्रगति के लिए कपड़े लाया।

अब सुचेता के सोचने का ढंग बदल गया था। ये देखकर कि मदन के लिखने से आय में बढ़ोत्तरी हो सकती है, वो अब स्वयं मदन को और लिखने के लिए प्रेरित करने लगी। सुचेता अब स्वयं मदन की कलम में स्याही भरती और रात में लिखते समय चाय बना कर देती। जब मदन रात में लिखने को बैठता तो वो उसे डिस्टर्ब नहीं करती। बल्कि उसे साथ देने के लिए वो स्वयं स्वैटर बुनने लगती। यदि ऊनी कपड़ों का काम न रहा तो वो सिलाई-कढ़ाई करने लगती।

मदन को इस बात की बड़ी खुशी थी कि सुचेता उसके लिखने से प्रसन्न थी। भले ही सुचेता का दृष्टिकोण धनोपार्जन था और मदन का आत्म-संतुष्टि।

कुछ समय बाद मदन एक लोकप्रिय एवं प्रसिद्ध लेखक हो गया था। उसकी रचनाएं नए युग के आम आदमी के जीवन से सम्बन्धित रहा करती थीं। कोई भी पाठक जब रचना पढ़ना शुरू करता तो बिना पूरे पढ़े वो नहीं रह सकता था। मदन के उपन्यासों, कहानियों, लेखों तथा नाटकों का कई भाषाओं में अनुवाद होने लगा। उसने इस बीच ए०जी० आफिस की नौकरी पहले ही छोड़ दी थी। कुछ कहानियों पर मशहूर फिल्में भी बनीं। अब वो मुंबई में समुद्र किनारे एक टॉवर में एक फ्लैट में रहता था। मोटर कार नौकर चाकर सब कुछ उसके पास हो गए थे। सिर्फ एक लेखनी से उसने सब कुछ अर्जित किया था। बड़ी-बड़ी साहित्यिक सभाओं में उसे सभापतित्व के लिए आमंत्रित किया जाता था। लोग ऑटोग्राफ के लिए भी आया करते थे।

उधर कुछ दिनों से मदन को वर्तमान जीवन से ऊब सी होने लगी थी। वह एक प्रकार की घुटन का अनुभव करता था। पहले परेशानियों से जूझते

समय भी उसे अंदर से एक प्रकार के आनन्द का अनुभव हुआ करता था।

अब जबकि उसके पास ऐशो आराम के साधन थे, फिर भी उसे आंतरिक आनन्द की कमी महसूस होने लगी थी। अभी तक उसे मंजिल दिखाई दे रही थी और उसी तरफ वो भागता जा रहा था। अब उसे लग रहा था कि आगे भागने का रास्ता ही नहीं है। जीवन में शुष्कता, नीरसता और शून्यता का आभास होने लगा था।

लिखने का उसे नशा था, लेकिन जब भी कलम लेकर बैठता समझ न पाता क्या लिखे। कलम उठी नहीं कि चलने लगती थी। मस्तिष्क में 'प्लॉटों' और विचारों की लहरें टकराती थीं। अब लगता है कि मस्तिष्क सपाट मैदान था। कोई प्लॉट ही नहीं मिलता था। पिछले कुछ सालों से वो अमीरों की दुनिया में जी रहा था। अमीरों से सम्बन्धित तमाम विषय जैसे–बिगड़े अय्याश रईस का जीवन, अमीर से गरीब और गरीब से अमीर बनना, अमीरजादों और अमीरजादियों का इश्क, गरीब अमीर में टकराव, अमीरों की और अमीर बनने की हवस, अमीर अपराधियों का जीवन, एकतरफा प्यार, युवाओं के बीच प्यार युवा एवं प्रौढ़ के बीच में प्यार आदि आदि। पर जाने कितने उपन्यास और कितनी कहानियां वो लिख चुका था। इनसे सम्बन्धित किसी भी प्लॉट पर अब वो लिखने में ऐसा महसूस करता था जैसे किसी भरे पेट वाले आदमी के सामने भोजन रखे जाने पर वो महसूस करता है। वो पहाड़ों की वादियों में, कन्याकुमारी, पुरी व कोवलम के समुद्र तटों पर जाने कितने दिन डेरा बसाये रहा पर उसकी लेखनी न चल पाई। उसे यूं प्रतीत होता था जैसे उसकी लेखनी की ख़ुराक की खत्म हो गई हो और उन सबके कारण उसे हर समय बेचैनी महसूस होती थी, दम घुटता सा लगता था।

एक दिन मदन ने विचार किया कि एकाएक उसकी लेखनी की शक्ति विलीन क्यों होती जा रही है? उसने नोटिस किया कि अब वो साधारण समाज से दूर हो गया है। उसकी दुनिया जो पहले समाज के हर वर्ग से जुड़ी थी, हर वर्ग से सम्बन्धित थी, अब सिमट कर केवल चंद अमीरों और साहित्यिक व्यक्तियों के बीच ही सीमित हो गई थी। उसको किसी नए

प्रेक्षण और उसे लेखनी से चित्रित करने के लिए कुछ अनुभव होना बंद सा हो गया था। अमीरों की जिंदगी का एक घिसा-पिटा ढर्रा था, जिसे वो जाने कितनी बार लिख चुका था और उसे पुनः लिखने में नयापन नहीं लगता था। उन्हीं तरह की बातों को फिर लिखने में उसे ऊबकाई आती थी। यह समझ जाने के बाद उसे आगे का रास्ता साफ दिखने लगा था।

× × ×

रात काफी बीत चुकी थी। अभी तक मदन घर नहीं लौटा था। सुचेता का भाई किशोर आ गया था। वे आपस में बातें कर रहे थे–किशोर– "सुचेता तुम साफ-साफ मुझे बताओ कि मदन को वास्तव में हुआ क्या है?"

सुचेता– "अब आने ही वाला होगा, तुम दो तीन दिन उस पर नजर रखोगे तो स्वयं ही समझ जाओगे। मैंने उसे बताया नहीं कि तुम आने वाले हो नहीं तो वो अवश्य जल्दी आ गया होता।"

किशोर– "मगर क्या रोज इसी तरह रात में देर से लौटते हैं।

सुचेता– "पहले तो हम दोनों साथ ही जाते थे। थोड़े ही दिन पहले हम लोग जम्मू, लद्दाख, डलहौजी, कुल्लू, मनाली, शिमला, पुरी, वाल्टेयर, कोवलम, कन्याकुमारी और ऊटी होकर लौटे हैं। उन जगहों पर भी कुछ बेचैन व परेशान से लगे थे। मैंने पूछा भी क्या बात है, पर कुछ साफ-साफ बताया नहीं। पिछले कुछ दिनों से लिखना भी बहुत कम कर दिया है। अभी पिछले महीनों से कभी-कभी लिखने की धुन सवार हुई तो रात दिन लिखते रहते हैं। और जब कहीं गए तो एकाएक काफी देर के लिए गायब हो ज़ाते हैं। मैं पूछती हूं कि आप कहां जा रहे हैं तो साफ-साफ बताते नहीं और जब स्वयं को साथ ले जाने की बात करती हूं तो टाल जाते हैं।"

किशोर– "मगर जिनका व्यवसाय लेखन है उनके लिए ये आश्चर्य की बात नहीं लगती।"

सुचेता– "नहीं लेखन में जाने कितने वर्षों से हैं पर ऐसे तो नहीं रहते थे। ये बदलाव तो अभी ही दिख रहा है। अब मैं तुमसे और क्या कहूं। प्रगति और स्मिता का एडमिशन मसूरी में अंग्रेजी स्कूल में करवा दिया है,

बोलते हैं जल्द ही मुंबई का कार व फ्लैट वगैरह बेचकर यू०पी० के किसी कस्बे में जाकर बस जाएंगे।''

किशोर– ''तुम कुछ भी गेस कर पा नहीं रही कि बात क्या है?''

सुचेता– ''कुछ समझ में नहीं आता। अभी मैंने तुम्हें और कुछ तो बताया नहीं। अजीब-अजीब सा काम कर बैठते हैं। मुझसे बहुत कुछ छिपा था, पर मैंने बड़ी मुश्किल से पता लगवाया है। मालाबार हिल पर एक बहुमंजिली इमारत (टावर) बन रही थी। रोज वहीं जाकर चार-पांच घंटे तक बैठे रहते थे और अजीब से समय घर से जाया करते थे। कभी सुबह कभी शाम, कभी रात। दुनिया सर्कस देखने जाती है शो के समय, आप साहब गैर शो के समय जाते हैं और उन्हीं लोगों के साथ बैठे रहते हैं, एक दिन कुलियों के बीच सारे दिन स्टेशन पर बैठे रहे। कुछ दिन पहले आइसक्रीम बेचने वालों के साथ सारा दिन धूप में टहलते रहे। एक दिन तो हद कर दी। मैं अपनी जुबान से कैसे कहूं। कोठे पर गए थे। एक तवायफ को पांच हजार रुपया दे आए थे। नये लेखकों और कवियों की रचनाओं को छापने के लिए कोपरेटिव सोसायटी बनाई है और खुद पचास हजार रुपये का चंदा दिया है। एक फिल्म की शूटिंग की यूनिट के साथ बाहर गए थे। सारी यूनिट चली आई और आप साहब एक गांव में तीन दिन तक एक किसान के झोपड़े में पड़े रहे। एक दिन बैठे-बैठे अपनी गरदन हिला रहे थे, मुझे हंसी आई और दुःख भी हुआ। मेरे पूछने पर बताया कि उस दिन वो एक कुम्हार से मिले थे और कुम्हार अपना चाक चलाना शुरू करते समय ऐसे ही गरदन हिलाता था।

ये बातें हो ही रही थीं कि एकदम मदन हंसते हुए कमरे में दाखिल हुआ।

''कहो किशोर कब आए, आने की तुमने सूचना ही नहीं दी। तुमसे मिल कर तबियत खुश हो गई।'' ये कहने के बाद मदन सुचेता की ओर मुख करके हंसते हुए बोला, ''तुमने जो भी मेरे बारे में शिकायतें किशोर से की हैं वो सब मैंने सुन ली हैं...मैं परदे के पीछे खड़ा था।''

किशोर अवाक् रह गया था। सुचेता की नजरें नीची हो गई थीं।

वातावरण गंभीर होने के पहले ही मदन ने हंसते हुए कहा– "अरे पगली, तुम्हें कैसे समझाऊं। पता नहीं तुम लोग एक लेखक के दिल व दिमाग की हालत समझ सकते हो या नहीं। बहुत दिनों से यहां एक ही वातावरण में रहते-रहते जीवन में नीरसता आ गई थी। मुझे लिखने के लिए 'मैटर' ही नहीं मिल रहा था। इससे मैं आंतरिक रूप से बहुत दुःखी था। अगर मैं कुछ लिखूं नहीं तो लगता है जीवन में कुछ है ही नहीं। बिना लिखे जीवन उद्देश्यहीन सा लगता है। लिखने के लिए नये-नये 'प्लॉट' या 'थीम' की तलाश में मैं इधर-उधर घूमता रहता हूं। पिछले कुछ दिनों में मुझे बड़े शानदार प्लॉट मिले हैं। मेरी लेखनी में अब वो शक्ति आ गई है जो अर्जुन के गांडीव में थी। जिस तरह अर्जुन की गांडीव के शक्ति के स्रोत थे भगवान कृष्ण उसी तरह मेरी लेखनी की शक्ति का स्रोत दुनिया के विभिन्न वर्गों की विभिन्न घटनाओं का प्रेक्षण है। जो आनन्द एक उद्योगपति को अपना "प्रोडक्ट" बनाने में या एक संगीतकार को धुनें बनाने में आता है वही आनन्द और संतुष्टि मुझे चरित्र पैदा करने में आता है। जिस तरह उद्योगपति बिना उद्योग के नहीं रह सकता, संगीतकार संगीत के बिना नहीं रह सकता उसी प्रकार में भी बिना लेखन के नहीं रह सकता हूं। चरित्र पैदा करने के लिए जीवन भर 'रॉ मेटेरियल' यहीं पर तो नहीं मिलेगा। मुझे दुनिया भर में घूमते रहना है और अपना प्रोडक्शन चालू रखना है।"

"लेकिन आपने ये सब साफ-साफ क्यों पहले नहीं बताया?" सुचेता ने उसकी बात को बहुत गौर से सुनने के बाद कहा।

"अरे भई, एक लेखक की दृष्टि से मेरा व्यवहार सामान्य ही था पर तुम समझ नहीं पाई। मुझे नहीं मालूम था तुम इतनी साधारण सी बात का इतना बतंगड़ बना दोगी। तुम तो बहुत जल्दी अधीर हो जाती हो।" –मदन के इस कथन से किशोर के चेहरे पर जो तनाव था, वो हल्का हो गया था। वह भी मुस्करा कर हंसने लगा था।

वातावरण के हल्का होते ही मदन ने पुनः कहना शुरू किया– "वैसे भी

आज मैं तुम्हें एक बहुत जरूरी बात बताने वाला था। यहां का फ्लैट और कार वगैरह मैंने बेच दिया है। मैं देहरादून में एक मकान और फार्म हाउस खरीदने का फैसला कर चुका हूं दोनों बच्चों के नाम मैंने दस-दस लाख रुपये जमा कर दिए हैं। उसके ब्याज से उनकी पढ़ाई हो जानी चाहिए। मैं अब पूरी तरह लेखन में जुड़ जाऊंगा।''

''लेकिन कार क्यों बेच दी।'' —सुचेता ये कह कर किंकर्तव्यविमूढ़ सी हो गई थी। कारण कार भी है। कार से सर्र से निकल जाओ, दुनिया का प्रेक्षण ही नहीं हो पाता। पहले जब मैं पैदल, लोकल गाडियों, बसों, इक्के तांगे रिक्शे ऑटो में जाता था तो कितना प्रेक्षण और अध्ययन होता था, कितने अनुभव होते थे कितना 'मैटर' मिलता था। जब तक कोई विशेष परेशानी न हो तब तक मैं यात्रा भी हवाई जहाज या रेलवे के उच्च क्लास में न कर बल्कि सेकन्ड क्लास में करूंगा। रेल के सेकन्ड क्लास के डिब्बे में जब मैं चलता हूं तो मुझे एक यात्रा में कम से कम एक उपन्यास या कहानी का 'मैटर' तो मिल ही जाता है। सुचेता ये सब सुन कर अवाक् रह गई थी।

मदन का वक्तव्य यथावत् जारी था—''सुचेता मुझे माफ करना, ये सब निश्चय अकेले ही करने के लिए मैं बाध्य था। अगर मैं ऐसा न करता तो मैं एक चलती-फिरती लाश की तरह रह जाता। अगर तुम गाड़ी, फ्लैट, महानगर के वैभवों एवं आकर्षणों के बिना नहीं रह सकती तो मुझे कोई एतराज नहीं है पर हमारे तुम्हारे बीच शायद भौतिक दूरी बढ़ी जाए, क्योंकि हम तुम मन से तो एक हैं ही।''

मदन ये सब कहते-कहते अत्यन्त भावुक हो गया था।

सुचेता एक मिनट तक मौन रह कर कुछ सोचती रही फिर सजल नेत्रों के साथ बोली —''मेरे धन्य भाग कि आप स्वस्थ और सकुशल हैं। मैं तो बुरी तरह से घबड़ा गई थी। मेरी खुशी उसी में है जिसमें आपकी है। मैं आपकी अर्धांगिनी हूं जैसे आप रखेंगे जैसे आप रहेंगे, स्वेच्छा से, मैं वैसे ही रहूंगी।''

मदन ने ये सुनते ही सुचेता को आलिंगनबद्ध कर लिया और बोला – "मैं तुम्हें पाकर धन्य हूं सुचेता। तुमने मेरे मन का बोझ का हल्का कर दिया।"

प्रगति और स्मिता खेलते हुए वापस घर आए थे, उन्होंने कहा–"मम्मी पापा अरे मामाजी की मौजूदगी का तो ख्याल करो।'

मदन ने हंसते हुए कहा– "मेरे लेखन का खून होने से बच गया।"

सब के चेहरों पर खुशी के लक्षण उभर आए थे।

वे तीन निशान

डॉ० सुधीर का फ्लैट सभी तरह के फर्नीचरों से युक्त था। उन्होंने मां को बताया, "यह सब अस्पताल की ही तरफ से मिला है।"।

"सब कुछ अच्छा है, बस एक बहू की कमी खटक रही है।" मां मुस्कुराते हुए बोली।

"वो भी अस्पताल से ही लेने की कोशिश करूंगा, " डॉ० सुधीर ने हंसते हुए कहा।

फोन की घंटी बज उठी। मां जी ने फोन उठा कर कहा, "हलो।"

"डॉ० सुधीर का घर है?" उधर से आवाज आई।

"जी हां, डॉ० सुधीर अभी नहा रहे हैं, आप कौन?" मां जी बोली। मा जी को एकाएक यह आवाज जानी पहचानी सी लगी पर किसकी है समझ न सकीं।

"जब तुम बाथरूम में थे तो किसी कराचीवाला का फोन आया था। बोले, तुम्हारे पेशेंट हैं, बाद में फोन करेंगे। मुझे उनकी आवाज..." मां ये कह ही रही थी कि डॉ० सुधीर बोल पड़े, "क्या मि० कराचीवाला का... मां वही तो अस्पताल के मुख्य ट्रस्टी हैं। एक तरह से वे ही अस्पताल के मालिक हैं। उन्होंने ही तो मुझे वहाँ पर रखवाया है। मेरे लिए सभी सुख सुविधाओं का प्रबंध उन्होंने ही कराया है। बड़े जेंटल आदमी हैं।"

"लेकिन उन्होंने तो अपने आपको तुम्हारा एक पेशेंट बताया था। " मां बोली।

"हां मां, यही तो उनकी महानता है। वह कभी नहीं जाहिर होने देते

कि अस्पताल के मालिक वही हैं। आजकल मैं उनका इलाज कर रहा हूँ। कुछ दिन बाद मैं उनका ऑपरेशन करने वाला हूँ। इतने सीधे आदमी हैं कि कभी कभी स्वयं ही मेरे घर अपने आप को दिखाने चले आते हैं।'' मां को यह सब सुनकर कुछ अजीब सा लगा।

''कभी मिलूंगी, '' मां के यह बोलने पर डॉ० सुधीर बोले, ''हां मां, उनसे तुम्हें जरूर मिलाऊंगा।''

× × ×

''अनु! आज मैं तुमको अपनी मां से मिलाना चाहता हूं।'' बैंड स्टैंड पर टहलते हुए डॉ० सुधीर ने अनु से कहा, दोनों हाथ में हाथ डाले टहल रहे थे।

''मैं तो बहुत दिनों से उत्सुक थी। पर मेरा परिचय क्या दोगे?'' अनु बोली।

''उनकी होने वाली बहू।''

''फैसला पक्का कर लिया है?''

फिर डॉ० सुधीर, अनु को लेकर अपने घर आए। घर पर जब मां ने सुधीर के साथ एक युवती को देखा तो प्रश्न सूचक दृष्टि फेंकी। डॉ० सुधीर बोले, ''कहो मां, कैसी लगी?''

अनु ने मां के चरण स्पर्श किए।

''बहुत सुंदर'' मां सुधीर से बोली, ''इतने दिन मुझसे छिपाया क्यों?'' और मां ने अनु को गले लगा लिया।

''तुम्हारे बेटे की पसंद हमेशा लाजवाब होती है मां। मैंने तुम्हें इसलिए देर से बताया कि सरप्राइज देना चाहता था।''

''मां अनु से मेरी मुलाकात लंदन में हुई थी। अनु भी अब उसी अस्पताल में डॉक्टर हैं जहाँ मैं हूँ और मिस्टर कराचीवाला की इकलौती संतान हैं। देखा, यह भी मुझे इस तरह अस्पताल की ओर से ही मिली हैं।'' थोड़ी देर बाद चाय पीते समय डॉ० सुधीर ने मां को बताया।

''तुमने कभी अनु के डैडी को अपने परिवार के बारे में बताया?'' मां ने पूछा।

''नहीं मां, वे बोले मुझे खानदान वानदान से नहीं बल्कि लड़के से मतलब है।''

''बेटी, डैडी से जल्दी मिलाना,'' मां अनु से बोली थी।

× × ×

कुछ दिन बाद–

''साहब कराचीवाला साहब आए हैं, नौकर आकर बोला।

''मां, तुम भी आओ और कराचीवाला साहब के लिए फ्रूटजूस भि. जवाओ।''

यह कह कर डॉ० सुधीर ड्राइंग रूम की ओर भागे।

''नमस्ते अंकल! आपने मुझे बुला लिया होता। स्वयं क्यों कष्ट किया।'' डॉ० सुधीर हाथ जोड़ते हुए कराचीवाला से बोले।

नहीं भाई, सोचा थोड़ा घूम आऊं और तुम्हारी मां से भी मिल लूं। तुमने तो मेरे लिए इतना आराम बता रखा है कि मैं बोर हो गया हूँ। बस किसी तरह परसों ऑपरेशन हो जाए, जिंदा रहूं या न रहूं।'' कराचीवाला बोल ही रहे थे कि कमरे में मां जी ने प्रवेश किया।

''मेरी मां जी।'' डॉ० सुधीर ने परिचय कराते हुए कहा।

''नमस्ते, आपसे मिलने की बहुत इच्छा थी।'' कराचीवाला आदरपूर्वक उठते हुए बोले।

''मां ने हाथ जोड़कर नमस्ते का उत्तर दिया। पर कराचीवाला की आवाज सुनते ही उनके कान खड़े हो गए। उन्हें ऐसा लगा जैसे उनके पांव के नीचे की जमीन खिराक गई है।

''आप कैसी हैं?'' कराचीवाला बोल रहे थे पर मां के मुख से कुछ आवाज ही नहीं निकल रही थी।

''हां, '' उन्होंने सिर्फ इतना ही किसी तरह कहा, ''आप कैसे हैं?''

डॉ० सुधीर को मां का यह विचित्र व्यवहार समझ में नहीं आ रहा था। वह अपने आपको नर्वस अनुभव कर रहे थे।

''जी, सब कुछ भगवान के हाथ में है, परसों मेरे ब्रेन का ऑपरेशन है

डॉ० सुधीर ही डॉक्टरों की उस टोली के मुखिया हैं जो मेरा ऑपरेशन करेंगे। अनु के लिए मैं आपके बेटे सुधीर को मांगना चाहता हूं, अगर आपको कोई आपत्ति नहीं हो तो।''

यह कहकर मि० कराचीवाला ने चार मीनार का पैकेट निकाला और एक सिगरेट सुलगाई। सिगरेट सुलगाते समय मां ने देखा कि मि० कराचीवाला के एक हाथ की एक उंगली गायब है, मां चौक गईं।

'अरे यह तो वही है, उसके भी तो तीन निशान थे—यही आवाज, यही चार मीनार का सिगरेट और एक हाथ की एक उंगली गायब।'

मि० कराचीवाला पर मां की निगाहें टिक गई थीं। वे बोले, ''बहुत सालों से मेरी चार मीनार पीने की आदत है। चूंकि स्ट्रांग है इसलिए और कोई ब्रांड मुझे पसंद नहीं है।''

''और आपके एक हाथ की उंगली?'' मां के मुंह से खटाक से निकल पड़ा।

मि० कराचीवाला इस प्रश्न के लिए तैयार न थे। एकाएक अटपटाते हुए बोले, ''हां बचपन की मूर्खता। खेलते खेलते, एक मशीन में हाथ डाल दिया था।''

मां के मन में बार बार यही आवाज आती थी, ''यह वही है, यह वही है।'' मि० कराचीवाला ने वातावरण की गंभीरता को दूर करने का प्रयास करते हुए पुनः कहा, ''अनु और सुधीर दोनों एक दूसरे को बहुत पसंद करते हैं, यह मेरी इकलौती लाड़ली है, मैं अपने ऑपरेशन से पहले ही इन दोनों का ब्याह कर देना चाहता था पर अनु कहती है, डैडी आप अच्छे हो जाइए।''

कराचीवाला के प्रस्थान के बाद डॉ० सुधीर मां से कुछ कहना ही चाहते थे कि मां बोल पड़ी। ''आओ मेरे साथ''

मां ने अटैची से एक आडियो सीडी निकाली और सुधीर को देते हुए बोली, ''इसे लगाकर सीडी प्लेयर ऑन करो।''

''यह तो टेस्ट सीडी है।'' डॉ० सुधीर ने यह कहते हुए उसे लगा कर सीडी प्लेयर चालू कर दिया। एक वार्तालाप की आवाज आने लगी।

"तुम कैसे छूट आए?"

"मुझे आज तक कोई पकड़ नहीं सका है। मेरे ऊपर स्मलिंग का कोई भी चार्ज सिद्ध नहीं हो सकता। तुम मेरा कुछ भी नहीं बिगाड़ सकते।"

"मूर्ख, तुम्हारे खिलाफ मेरे पास हजारों केस हैं। मैं कल ही तुम्हें फिर से गिरफ्तार करवाता हूँ।"

"हां, हां, हां, कल तो तुम देखोगे ही नहीं, तुम्हारी जिंदगी अभी खत्म होने वाली है।" इसके बाद हाथापाई की आवाजें आईं फिर चीख की आवाज के साथ कैसेट बंद हो गया।

"अरे इसमें तो मि० कराचीवाला की आवाज है।" डॉ० सुधीर ने विस्मय से कहा।

"और दूसरी तरफ पापा की।" मां बोली।

"इसका मतलब?"

"कराचीवाला ही तुम्हारे पिता का कातिल है।" मां बोली, उनका चेहरा तमतमाया हुआ था।

कराचीवाला, उद्योगपति, दानवीर, तमाम ट्रस्टों का मुखिया। उसकी प्रेमिका का पिता, उसका मरीज, उसके पिता का कातिल है कातिल।

"मां...मां...मुझे रास्ता दिखाओ वरना मैं पागल हो जाऊंगा। मां मुझे पूरी बात बताओ, तुमने मुझे इस सीडी के बारे में पहले क्यों नहीं बताया।" डॉ० सुधीर चिल्ला पड़े थे।

मां बोली, "तुम्हें अपने पिता की सरकारी ड्यूटी के प्रति सत्यनिष्ठा और वफादारी के बारे में तो मालूम ही है। वे नेपाल सीमा पर स्मगलिंग रोकने के लिए बहुत सख्त थे। उनके तमाम दुश्मन पैदा हो गए थे। जब मैं एक दिन पड़ोसन के यहां शादी में गई थी तो उस समय वह घर पर अकेले ही थे, वे भी शादी में थोड़ी देर से आने वाले थे। घर में एक सीडी प्लेयर की टेस्टिंग एक टेस्ट सीडी से कर रहे थे कि कातिल ने आकर उनके ऊपर चाकू से प्रहार कर दिया था। हाथापाई में कातिल के एक हाथ की उंगली कट कर गिर गई थी। जिस कमरे में कत्ल हुआ था उसमें चारमीनार सिगरेट के

अधजले टुकड़े पड़े थे। हम लोगों ने सीडी पर ध्यान नहीं दिया था। मुझे बाद में यह टेस्ट सीडी मिली। कातिल के तीन निशान स्पष्ट थे—सीडी की आवाज, चारमीनार सिगरेट की आदत और एक हाथ की उंगली का गायब होना, पर पुलिस कातिल पकड़ने में असफल रही।''

''मां...मां...मैं क्या करूं...मां।'' डॉ० सुधीर पागलों की भांति चिल्ला रहे थे।

''बेटा, तू पहले एक डॉक्टर है, तू अपना कर्तव्य पूरा कर। तुम्हारे ऑपरेशन पूरा करने के बाद हम पुलिस को इत्तिला कर देंगे। कानून न्याय करेगा।'' मां दृढ़ता से बोलीं।

''मां, आपके विचार इतने उच्च हैं?'' डॉ० सुधीर बोले।

''और हां, अनु के लिए अपने घर के दरवाजे खुले हैं।'' मां पुनः बोलीं।

डॉ० सुधीर ने बड़ी मेहनत से ऑपरेशन किया। ऑपरेशन सफल हो गया। मि० कराचीवाला डॉ० सुधीर के बड़े शुक्रगुजार हो रहे थे। अस्पताल से उनके छूटने के दिन जब पुलिस आई तो वह हड़बड़ा गए। इसके पहले कि पुलिस उन्हें पकड़ कर ले जाती, उन्होंने पिस्तौल निकाल ली और उनकी तरफ तान कर बयान दिया, ''मैं अपनी जिंदगी के सारे अपराध स्वीकार करता हूं। सुधीर की मां से मैं अपनी गलतियों के लिए क्षमा मांगता हूं। सुधीर के पिता के जीवन को तो मैं वापस नहीं ला सकता पर आत्मग्लानि और प्रायश्चित के लिए मैं अपनी सारी जायदाद व संपत्ति सुधीर के नाम करता हूँ। अगर सुधीर व उनकी मां, अनु को बहू के रूप में अपना लेंगे तो मेरी आत्मा को शांति मिलेगी।'' यह कह कर कराचीवाला ने अपने सिर में कई गोलियां दाग डालीं।

वापसी

देवलोक में तहलका इस बात को लेकर मचा था कि एक आत्मा देव योनि को स्वीकार करने तैयार न थी। उस आत्मा का कहना ये था कि मुझे वापस मनुष्य योनि में जाना है, क्योंकि बहुत से काम छूट गए हैं और उन्हें पूरा करने के लिए उसे पृथ्वी लोक पर जाना ही पड़ेगा। उसे तमाम देवताओं ने समझाया था कि देव योनि बड़ी मुश्किल से मिलती है और उसे अस्वीकार कर वो मूर्खता का परिचय दे रहा है पर वो मानने को तैयार नहीं था। उसे विश्वास था कि मनुष्य योनि में जाने से एक बड़ा लाभ यह है कि अच्छा कार्य कर मनुष्य मोक्ष प्राप्त कर सकता है, लेकिन देवता कभी मोक्ष नहीं पा सकते।

देव लोक की अथारिटीज ने उसका प्रार्थना-पत्र अन्ततः स्वीकार कर लिया था। दरअसल देव लोक की अथारिटी उसकी इस धमकी से हड़बड़ा उठे थे कि वह हड़ताल पर चला जाएगा। देव-लोक की अथारिटी को कुछ लोगों ने यह बता दिया था कि पृथ्वी-लोक पर हड़ताल नामक एक नया अस्त्र तैयार किया गया है जिससे सभी अस्त्र हार जाते हैं। देवलोक की अथारिटीज़ ने सोचा एक आत्मा अगर वापस पृथ्वी लोक पर वापस जाना चाहती है तो जाने दिया जाए, बजाय इससे कि आत्माओं की हड़ताल को झेला जाए। हड़ताल बहुत ही हानिकारक सिद्ध हो सकती है। अगर आत्माओं ने असहयोग आंदोलन शुरू कर दिया और जिसे मेढ़क बनने को कहा गया वो कछुआ बनने लगा या जिसे गिरगिट के शरीर को धारण करने को कहा गया वो औरत के शरीर में जाने का ज्ञापन दे दे तो सारी व्यवस्था

अस्त-व्यस्त हो जाएगी। उस आत्मा ने अपनी अर्जी में ये कहा था कि वो जल्दी में पृथ्वी-लोक छोड़कर आ गया था। उसका पोता उसे बहुत प्यारा था। उसे देखने की बहुत इच्छा थी। इसके अतिरिक्त वो तो भारत छोड़ो आंदोलन में मोर्चा निकाल कर ले जा रहा था पुलिस की गोली से एकाएक मर गया। वो भारत को जाकर फिर देखना चाहता है कि आजाद होकर भारत कितनी तरक्की कर चुका है। उसे पता चल चुका है कि भारत आजाद हो चुका था। भारत की स्वतंत्रता के लिए जो उसने जान दी वो देखना चाहता था कि क्या वो सार्थक हुआ या नहीं। जैसा कि ऊपर बताया जा चुका है उसकी अर्जी हड़ताल के डर से मंजूर हो गई थी। उसे अपने पृथ्वी लोक पर वापस आने की इजाजत मिल गई थी। पहले इसकी अवधि पांच साल की थी। इसके बाद उसे वापस देव लोक में आना था। वो बेताब था कि किसी तरह वो वापस भारत आए पृथ्वी लोक पर अपने पोते से मिले, साथियों से मिले और अपने देश की प्रगति को अपनी आंखों से देख सके। वह वापस अपना नाम सरौता सिंह पा चुका था।

× × ×

राजन अपने बंगले के स्वीमिंग पूल से नहा कर निकला ही था कि इंटरकॉम पर संतरी का फोन था–

"सर एक बुड्ढा आपसे मिलना चाहता है।"

"बुड्ढा और मुझसे–मेरी उमर बुड्ढों से मिलने की नहीं है।"

–राजन ने जीन्स चढ़ाते हुए बोला। उसने टी-शर्ट पहनने के लिए हाथ ऊपर उठाया ही था कि कार्डलेस इंटरकाम से आवाज आई– सर वो अपना नाम सरौता सिंह बता रहा है।"

–"सरौता सिंह नाम तो जाना पहचाना सा है।"

–"पूछो काम क्या है सवेरे-सवेरे पीछे क्यों पड़ा है–अगर डोनेशन मांगने आया है, तो बोलो आफिस में जाए।"

–"नहीं वो कहता है, वो इस घर का मालिक है।"

–"कोई सिरफिरा होगा।"

–"सर वो आपको अपना पोता बता रहा है।"

—"मैं उसका पोता...यानी मेरे दादा जी...अच्छा हां उनका भी नाम तो सरौता सिंह था...पर उनको मरे तो पचास साल हो गए।"

—"सर अगर भूत का शक हो तो पुलिस को फ़ोन करूं।"

—"पुलिस भूत को नहीं भगा सकती।"

—"तो तांत्रिक बुलाऊँ।"

—"अच्छा अंदर भेज दो देखते हैं।"

सरौता सिंह अंदर आए। घर की चमक-दमक देख कर दंग रह गए। न खाट न तख्त न चारपाई न आराम कुर्सी न हुक्का-सब कुछ बदला हुआ सा था। जब वो राजन को छोड़कर मरे थे तो वो छः वर्ष का था। जाहिर है राजन उनको पहचान नहीं सकता था।

राजन ने वृद्ध पुरुष को देख कर अजीब सा मुंह बना कर कहा– "यस व्हाट कैन आई डू फॉर यू।"

सरौता सिंह ने कहा– "मैं अपने पोते राजन से मिलना चाहता हूँ।"

राजन को लगा वृद्ध सठियाया है– "उनको मरे तो मुद्दत हो चुकी।"

सरौता सिंह ने संक्षिप्त सा उत्तर दिया– "किसको मरे?" राजन अब झल्ला गया था..."जिसके पोते की बात आप कर रहे हैं।"

सरौता सिंह देव लोक से आ रहे थे। उन्होंने क्रोध पर विजय प्राप्त कर ली थी। इसलिए बिना झल्लाए हुए कहा–

"भई सरौता सिंह तो मैं ही हूं...बताओ राजन कहाँ है? वो मेरा प्यारा पोता...उसकी तोतली बातें मुझे अभी तक याद है। मैंने ही उसे चलना सिखाया, मैंने ही उसे बोलना सिखाया, वो मुझे और मैं उसे दोनों एक-दूसरे को बहुत प्यार करते थे। वो मेरे साथ ही खाना खाता था, मेरे साथ उठता-बैठता था। रात को जब तक मैं कहानी न सुना लूं वो सोता न था।"

बुड्ढा बातें सच कह रहा था। राजन को बचपन में दादा से बहुत प्यार था।

उसे इन सब बातों की धुंधली-धुंधली याद थी। पर बुड्ढा एकाएक मरकर पचास वर्ष बाद प्रकट होगा यह बात निश्चित रूप से अविश्वसनीय

थी। राजन ने झुंझलाते हुए कहा– "पर कोई मरने के पचास वर्ष बाद कैसे आ सकता है? तुम फ्रॉड हो।"

सरौता सिंह ने पूछा– "भइया, तुम्हें राजन कहां है यह बताने में क्या एतराज है?"

"राजन मैं ही हूं–" जैसे ही राजन ने यह कहा, सरौता सिंह ने लपक कर उसे गले लगा लिया।

राजन ने उन्हें हाथ से हटाते हुए कहा– "अब मेरी ये उम्र नहीं है कि कोई मुझे गले लगाए मैं खुद बाप की उम्र का हूँ तुम ऐसे नहीं मानोगे लगता है पुलिस बुलानी पड़ेगी।"

सरौता सिंह बोले– "पुलिस किसलिए? क्या अब भी पुलिस का राज्य चल रहा है। मैं तो समझा था आजादी के बाद पुलिस का राज्य नहीं जनता का राज्य आ गया होगा।" राजन को समझ में नहीं आ रहा था। वो माथा पकड़कर कुर्सी पर बैठ गया। उसने घंटी बजाकर कुछ नौकरों को बुलाया और कहा– "यह बुड्ढा कहता है मेरा दादा है। जरा इसकी शक्ल तो देखो। मेरी इसकी उम्र में कोई खास फर्क तो है नहीं। ये अपने आपको मेरा दादा कहता है। मेरे दादा पचास साल पहले 'भारत छोड़ो आन्दोलन' के जुलूस में अंग्रेजों की गोली का शिकार हो गए थे। अब ये बुड्ढा पचास साल बाद जाने कहां से प्रकट हो उस पुण्यात्मा का बहुरूपिया बनने की कोशिश कर रहा है। हे भगवान, कितनी मुश्किलों से मुकदमा लड़ने के बाद मैंने ये जायदाद हासिल की है। जरूर मेरे पट्टीदारों की कुछ चाल होगी। उन लोगों ने ही लगता है इसे कोई नाटक करने के लिए भेजा है। धक्के मार कर निकाल दो इसे।"

सरौता सिंह के चेहरे पर खुशी के लक्षण आ गए वो चहक कर बोले– "सब कुछ तुम्हें याद है, मेरा जुलूस में झंडा लेकर गोली खाकर प्राण त्याग देना, पर मेरी शक्ल नहीं याद है..." फिर एकाएक गंभीर होकर बोले– "पर ये तुमने क्या किया राजन अपने ही भाई-भतीजों से मुकदमा लड़ा है, जायदाद के लिए।

राजन ने सोचा कि ये वाकई सरौता सिंह जी हैं। पूछा, "पर बाबा ये तो बताइए आप कहां से आए?"

उसकी बात का प्रभाव और नौकरों पर पड़ा। उसकी शक्ल को पुरानी फोटुओं से मिलाया गया और इस बात पर सहमति हो गई कि यह हैं तो सरौता सिंह ही। नौकरों ने राजन से पूछा– "सर, आपके दादा जी के कोई जुड़वा भाई तो नहीं था।"

राजन ने झल्ला कर कहा– "सवाल ही नहीं, इतने साल बाद जुड़वा कहां से पैदा होगा।"

एक नौकर ने कहा– "सर जुड़वे हमेशा क्लाइमेक्स के टाइम पर पैदा होते हैं।"

राजन ने चिल्ला कर उसे चुप करा दिया– "चुप बे" अगर सरौता सिंह स्वर्ग से न आ रहे होते शायद वे भी या तो डर जाते या क्रोध में आ जाते पर वो इन सब पर विजय प्राप्त कर चुके थे।

बूढ़े नौकर ने पुनः मामले को शांत करने के लिए कहा– "पर बाबा आप कैसे इतने साल बाद प्रकट हुए?" राजन ने बूढ़े नौकर की तरफ आंखें तरेर कर देखा पर बूढ़ा नौकर घर का सबसे पुराना नौकर था। इसलिए बुजुर्ग होने के नाते उसे कुछ स्वतंत्रता दे दी गई थी। सरौता सिंह ने जवाब दिया– "मैं मरने के बाद बहुत साल तक ईश्वर से प्रार्थना करता रहा कि मुझे पृथ्वी-लोक पर वापस अपने घर कुछ वर्ष के लिए भेजा जाए। मुझे अपने पोते राजन से बहुत लगाव था। मैं उसे बड़ा देखना चाहता था। फिर हम लोगों ने स्वतंत्रता संग्राम में बढ़ चढ़ कर हिस्सा लिया था यहां तक कि मैंने स्वतंत्रता की खातिर अंग्रेजों की गोली भी खाई, जान भी दी, तो मैं जानना चाहता था कि स्वतंत्रता प्राप्ति के बाद देश की क्या दशा है? कितनी खुशहाली है? कितनी तरक्की हुई?...इसलिए ईश्वर से चंद वर्षों की मंजूरी लेकर मैं वापस आया हूँ। ईश्वर को राजी करने में कई दशक लग गए।"

राजन के रुख में कुछ परिवर्तन दृष्टिगोचर हुआ।

बूढ़े नौकर ने शंका व्यक्त की–"पर आप को वहां पता लग गया था कि भारत आजाद हो चुका है।"

– "हां आजादी के कुछ वर्ष बाद तक लोग स्वर्ग आते रहे और कुछ लोगों ने बताया पर पिछले कई वर्षों से कोई स्वर्ग आता ही नहीं था। सब शायद नरक की तरफ जाने लगे थे। इसलिए हाल चाल मिलना बंद हो गया था।" –माहौल बदलने के कारण सरौता सिंह के इस वक्तव्य में आत्म-विश्वास आ गया था।

बूढ़े नौकर ने राजन से कहा– "सर, बाबा ने सब कुछ ठीक कहा है। मुझे विश्वास हो गया है कि यही सरौता सिंह हैं। ये तो अपने पुराने मालिक हैं। सब सम्पत्ति तो इन्हीं की है। मेरी समझ से तो सर आप बाबा के चरण छूकर आशीर्वाद मांगें। किस कमरे में इन्हें ठहराना है जल्दी बताइए। इनके खाने-पीने रहने का अच्छा प्रबन्ध करना पड़ेगा।"

जब राजन ने जमीन-जायदाद के लिए मुकदमा लड़ा था तो बूढ़े नौकर ने उसकी मदद की थी। उसकी गवाही से ही उसे मुकदमा जीतने में आसानी हुई थी। राजन बूढ़े नौकर की सलाह को टाल न सका। उसने हामी भर दी। पर उसे इतना ज्यादा विश्वास अभी तक नहीं हो पाया था कि झुककर दादा से माफी मांगे और उनके चरण छुए।

राजन को मानसिक तनाव का अनुभव हो चुका था। ज्यादा तनाव बर्दाश्त करना मुश्किल हो रहा था। इसलिए शीघ्र ही उसने व्हिस्की का गिलास तैयार कर लिया था। जब सरौता सिंह ने उसे व्हिस्की पीते देखा तो चौंक गए–"अरे इस घर में शराब और तुम पी रहे हो। घर में पुराना सामान निकाल कर नया आया, घर की शक्ल बदली गई। यह सब समझा जा सकता है, बर्दाश्त किया जा सकता है पर शराब का सेवन...छी छी छी।"

इस बात का उत्तर देने के पहले राजन ने व्हिस्की के पैग का एक सिप लेना जरूरी समझा। सिप लेकर उसने उत्तर दिया– "बूढ़े नौकर के बाबा जी, व्हिस्की पी रहा हूं, कोई खून तो नहीं पी रहा हूँ ये तो अनाज या फल-फूल का रस ही तो है।"

इतने में नौकरानी तली हुई मछलियां और भुनी हुई मुर्गे की टांगें भी रख गई।

सरौता सिंह को जब तली हुई मछलियां और जले हुए मांस की गंध आई तो खांसकर नाक पर रूमाल रख कर आहत स्वरों में बोले– "अरे क्या अब इस घर में मांस भी खाया जाने लगा है।"

राजन ने प्रश्नसूचक निगाहों से कहा– "क्यों क्या पहले नहीं खाया जाता था। मुझे तो याद नहीं कि कब ये नहीं खाया जाता था।"

"मुझे इस घर में घुटन सी हो रही हैं तनिक मुझे बाहर ले चलो। क्या मुझे वहां ले चल सकते हो जहां पर हमारे स्वतंत्रता की मांग पर भारत छोड़ो आंदोलन कर रहे जुलूस कर्त्ताओं को गोली दागी गई थी। उन्हीं में से एक मैं था। मैं उस जगह जाना चाहता हूं अपने साथियों की याद में।" —सरौता सिंह ने बूढ़े नौकर से कहा।

राजन की तरफ से उसका दिल टूट गया था।

पर उसकी ये बात राजन ने सुन ली थी। उसने व्हिस्की का एक घूंट लिया और कहा– "उस जगह को आप लोग अब पहचान भी न पाएंगे। पहले वहा शराब का भट्ठा चलता था। फिर एक बिल्डर ने वहां रहने वाले मवालियों को पैसे देकर वहां से भगवा दिया। उसने एक मल्टी स्टोरी कॉम्प्लेक्स बनवा दिया। जिसमें होटल के अलावा बाजार भी है। डिस्को डांस क्लब है। होटल में कैबरे भी होता है, देख आना मन बहल जाएगा..."। राजन ने यह बात कह कर ठहाका लगाया। नशा चढ़ जाने के कारण उसे अब मजाक सूझने लगा था।

सरौता सिंह बगल के कमरे में जाकर लेट गए। उन्हें दुःख हो रहा था कि वो क्यों पृथ्वी लोक पर आए। जिस पोते से वो मिलने को बेताब थे और जिसके लिए ईश्वर ने अपने कानून तक को बदल कर उन्हें वापस भेजा था वो उन्हें स्वीकार करने तक को तैयार नहीं था। पोते का उनके प्रति प्यार उनके सीने में दफ़न होकर ऐसा विलीन हो गया था जैसे नदी की तह में बालू।

वो बूढ़े नौकर का नाम याद करने की कोशिश कर रहे थे पर याद न

आ रहा था। पृथ्वी लोक पर वो अब अपने को असुरक्षित अनुभव कर रहे थे। इसी नौकर की वजह से उन्हें अपने घर की छत नसीब हुई थी। वरना राजन घर से निकाल कर उन्हें जेल भी भिजवा सकता था। फिर उन्हें शक हुआ कि क्या अभी जेल होते होंगे। जेल में स्वतंत्रता-सेनानी ही ज्यादातर भरे जाते थे अब तो वे रहे नहीं, उनकी जरूरत नहीं। दो चार जेल होंगे इक्के-दुक्के डाकू-चोरों ठगों के लिए। इतने में बूढ़ा नौकर उनके लिए खाना लेकर आ गया। वो जेल के बारे में इतने चिंतित थे कि उसी से पूछ बैठे– "उन जेलों का क्या हुआ जहां ब्रिटिश सरकार हमें बंद किया करती थी। अब वहां– "बूढ़ा नौकर बोल उठा– "अब उसमें चोर, बदमाश, स्मगलर, गुंडे, आतंकवादी, शेयर के चोर दलाल, कातिल, अपहरणकर्ता...ये सब रखे जाते हैं।"

"तुम्हारी बातचीत से लग रहा है जेलें कम पड़ जाती होंगी?"

हां मालिक अब तो नए-नए जेल भी बन गए हैं। जेलों का विस्तार भी किया जा रहा है। हर प्रदेश की सरकार में जेल का अलग विभाग खोला गया है। उसका एक मंत्री भी होता है।"

यह सुनकर सरौता सिंह की आंखें अविश्वास से मुंद गईं। इस तरह के माहौल की उन्होंने कल्पना तक न की थी।

"क्या जेल जाने वाले इतने लोग पैदा हो रहे हैं क्यों?"

–उनके मस्तिष्क पर यह सवाल हथौड़े की तरह चोट मार रहा था। जब बूढ़ा नौकर पानी का गिलास लेकर आया तो उसने आश्चर्यचकित हो पूछा– "अरे ये क्या, आपने अभी तक खाना शुरू भी नहीं किया, किस सोच में पड़े हैं।" उसकी इस बात से उनका ध्यान भंग हुआ। फिर उन्हें ख्याल आया कि पहले इस बूढ़े नौकर का नाम जाना जाए। उन्होंने बजाय घुमा फिरा कर बल्कि सीधे-सीधे प्रश्न कर लिया –"आपका नाम कुछ याद नहीं आ पा रहा है।" उन्होंने यह कह कर अपनी भौहें टेढ़ी कर लीं।

बूढ़े नौकर ने अपना नाम खट से बता दिया– "सनेही, सनेहीराम"

थोड़ा खाना खाकर बाकी वापस करते हुए सरौता सिंह ने कहा– "सनेही कहीं अखबार मिलेगा। इसे पढ़े बहुत दिन हो गए।"

"अभी लाता हूं मालिक" –यह कह कर सनेही लुप्त हुआ और क्षण भर में ही कुछ अखबार लाकर सरौता सिंह के पास रख गया। उससे अखबार लेते ही सरौता सिंह बोले, –"क्या अभी तक मालिक, सरकार, हुजूर ये शब्द प्रयुक्त होते हैं। लोकतंत्र में भी इस तरह का सम्बोधन होता है?" सनेही जो कमरे से वापस जा रहा था, मुड़कर बोला– "क्यों ये शब्द क्यों चले जाएंगे। अभी भी तो मालिक लोग हैं, सरकार है, हजूर है। सब कुछ वही है, बस गोरे-अंग्रेज नहीं हैं, तंत्र वही है अभी भी रोज की ही तरह काम होता है फर्क ये दिखता है कि अब सामन्तशाही या जमींदारी पुश्तैनी नहीं हैं लोग इसे हासिल करते हैं वोटों से, चुनाव से, लूट के, खसोट के, शोषण तो अभी भी है गरीबी, बेरोजगारी, व्यभिचार बलात्कार, अगवाई व दहेज...सब कुछ तो है कुछ गया नहीं है ऐसी चीजें तो और बढ़ी हैं।

सरौता सिंह को एक-एक शब्द बिच्छू के डंक जैसा लगा। अखबारों पर नजर डालते हुए उन्होंने कहा–"क्या कोई हिन्दी का अखबार भी आता है, सब अंग्रेजी के ही दिख रहे हैं।"

"हां नौकरों के लिए आता है, अभी मैं अपने क्वार्टर में जाऊंगा तो लाकर दूंगा या भिजवा दूंगा।।"

"क्यों क्या साहब लोग हिन्दी का अखबार नहीं पढ़ते।"

–मुझे शक है कि कुछ लोग हिंदी का अखबार चोरी-छिपे पढ़ लेते हैं। असल में हिंदी का अखबार पढ़ना, अखबार क्या हिंदी बोलना-पढ़ना पिछड़ेपन की निशानी मानी जाती है। अभी भी अंग्रेजी की गुलामी चल रही है।" सनेही के वक्तव्य से सरौता सिंह पूरी तरह आहत हो चुके थे।

"गांधी, नेहरू के देश का ये हाल।" उनके मुख से बस इतना ही निकल पाया।

बूढ़ा नौकर सनेही जा चुका था। उसने सब कुछ सहज रूप से बयान कर दिया था। उसके लिए सब कुछ सामान्य सा लग रहा था पर सरौता सिंह को लग रहा था कोई पाताल में धकेल रहा था। उनके सीने पर सांप लोट रहे थे। उन्हें कभी-कभी लगता ये लोग झूठ बोल रहे हैं। अपना देश सबसे ज्यादा महापुरुषों को जन्म देने वाला सबसे ज्यादा संस्कृति वाला था।

जाहिलियत कैसे आ सकती थी। वेद-पुराण, रामायण, गीता की जमीन पर यह सब कैसे हो पा रहा था। इस बीच सनेही का पौत्र हिन्दी का अखबार दे गया था। सरौता सिंह ने उसे देखा– उसने जीन्स पहन रखी थी। जगह-जगह चकत्ते लगे थे। गंदी भी थी। बाल पीछे की तरफ बढ़े हुए थे। कान छिदे हुए थे।

"लड़का है कि लड़की।" जब सरौता सिंह फैसला नहीं कर पाए तो पूछा।

पौत्र समझा बुड्ढा पागल है। पर बाबा सनेही ने महात्मा टाइप की इमेज बना दी थी इसीलिए उसने कुछ ऊल-जुलूल नहीं बोला। उसने सिर्फ यही कहा–"लड़का, यह कह कर वह हंस दिया।"

"ये पैन्ट फट गई, कम से कम दूसरी बनवा लेते...खैर क्या करोगे, आह गरीबी क्या न करा दे" सरौता सिंह ने निश्वास छोड़ा। पौत्र ने हंसते हुए कहा, "ये तो फैशन है जीन्स जितनी गंदी पुरानी और चकत्तेदार हो उतनी ही आधुनिक और मार्डन। गरीब-अमीर सब के लिए बनती है, गरीब के लिए सड़क पर बिकती है, अमीर के लिए एयरकंडीशन्ड शाप में जीन्स सब लड़कों को बराबर कर देती है।"

सरौता सिंह बहुत सी अविश्वसनीय बातें सुनकर विश्वास करने के लिए बाध्य हो रहे थे। उन्होंने यह भी स्वीकार कर लिया।

"बाल बढ़ने से जुएं नहीं पड़ते–सिर भारी नहीं लगता?"

सरौता सिंह ने उस पौत्र को जाते हुए कहा।

पौत्र लौटकर हंसता फिर यह बोला कि – "यह तो फैशन है" वापस चला गया।

सरौता सिंह ने अखबार पर नजर डाली। अजीब-अजीब तरह की खबरें छपी थीं। उनकी नजर एक खबर पर पड़ती फिर दूसरी पर भागती फिर तीसरे पर, हर खबर ऐसी थी कि नजर पढ़ कर सकपका जाती थी। बलात्कार, लाठीचार्ज, निरपराधों निर्दोषों की हत्या, बम विस्फोट, स्मगलिंग, हत्या, दल-बदल...राजनेताओं मंत्रियों के विरुद्ध भ्रष्टाचार व अपराध के इल्जाम, अपहरण, कब्जा..हड़ताल मोर्चा बंद, लूट-पाट, आगजनी, फरार टाडा

जाने क्या-क्या अखबारों में छपा था। शायद ही कोई खबर दिल को तसल्ली देने वाली, सांत्वना देने वाली खुशी देने वाली हो। यह सब पढ़कर उनका दिल उदास हो गया। सनेही जब अखबार रख गया था तो साथ में कुछ पत्र-पत्रिकाएं भी रख गया था। उनके पढ़ते ही सरौता सिंह के पांव तले जमीन खिसक गई। कई प्रान्त देश से अलग होना चाहते थे। वे संविधान जला रहे थे। कई प्रदेशों में खुलेआम अलग होने की मांग चल रही थी। ऐसा करने व कहने वाले खुलेआम घूम रहे थे, मुंह खोल कर बेशर्मी से देशद्रोह की बातें कर रहे थे गणतंत्रता का मजाक उड़ा रहे थे। देश की एकता के जामे को फाड़ रहे थे।

सरौता सिंह यह सब देख सुन बेहोश से हो गए। लोगों ने समझा शायद वो सो रहे हैं।

थोड़ी देर बाद उन्हें चेतना आई। उन्होंने घर से बाहर आकर मन बदलने की कोशिश की। ऊंची अट्टालिकाएं, फ्लाईओवर, रोड ओवर ब्रिज, चमक दमक देखकर वे अचंभित हो गए।

सरौता सिंह के मन में विचारों की आंधी बह रही थी। क्या सब इस हद तक बदल सकता है। कैसे हो गया ये सब? कौन जिम्मेदार है। वो यह सब सोचते चले ही जा रहे थे कि एकाएक शोर सुनाई दिया। कुछ लोग आपस में लड़ते दिखाई दिए। उनके हाथों में चाकू, छुरी, देशी पिस्तौल इस तरह के हथियार थे। लोग एक-दूसरे को मार रहे थे। कुछ लोग जान बचाने के लिए भाग रहे थे। सरौता सिंह चिल्लाए, "अरे भई बताओ तो क्या बात है? किसलिए ये मारकाट?"

किसी को बताने की फुरसत नहीं थी। लोग या तो लड़ रहे थे या भाग रहे थे।

इतने में एक प्रौढ़ व्यक्ति भागता हुआ आया और सरौता सिंह को अपने साथ घसीटता हुआ ले गया। वो प्रौढ़ चिल्लाता जा रहा था– "बुड्ढे यहां पूछताछ मत कर पहले जान बचा। ये दंगाई किसी को भी मार सकते हैं। चलो इस बंद गुमटी के पीछे पेड़ों की आड़ में छिप जाते हैं।"

प्रौढ़ हांफने लगा था। सरौता सिंह ने उसकी सांस सामान्य होने की प्रतीक्षा की फिर पूछा—"किस बात की मारकाट"

प्रौढ़ ने उसे होठों पर उंगली रख चुप रहने का इशारा करते हुए कहा—"हिंदू-मुस्लिम दंगे हो गए हैं।

सरौता सिंह ने आवाज को धीमी करते हुए कहा— "हिंदू-मुस्लिम दंगे—अब किस बात के दंगे...सुना था पाकिस्तान बना था उस समय भी खून की नदियां बही थीं...अलगाव हो गया था—अभी तो दोनों कौमों को साथ-साथ एक देश में रहते हजार साल से भी ऊपर हो गए।" प्रौढ़ ने फिर इशारा किया—"कौन ये सब सोचता है...दंगाइयों को दंगा करने का बहाना...उनको उकसाने वालों का कोई औंर मतलब होता है। मरते तो निर्दोष, निपराध—कर्फ्यू में रोजी-रोटी का नुकसान तो गरीब का जो दोनों कौम में है उनका होता है..." सरौता सिंह ने पूछा।—"पर ये बताइए इन दंगों में हिन्दू को कैसे मालूम कि जिसे वो मार रहा है वो मुसलमान है या मुसलमान को कैसे मालूम जिसे वो मार रहा है वो हिन्दू है।"

प्रौढ़ ने बीड़ी को जलाते हुए माचिस की तीली फेंक कर उत्तर दिया—"क्या मालूम, मुझे तो लगता है हिन्दू, हिन्दू को मार देता होगा मुसलमान मुसलमान को—फिर कई तो आपस की दुश्मनी भी इन्हीं दंगों के दरम्यान निकाल लेते हैं पुलिस का काम भी कम हो जाता है दरियाफ्त करने की जरूरत नहीं किसने किसको मारा क्यों मारा—लिख दिया कौमी दंगों में मारा गया।"

सरौता सिंह पूछ बैठे—"गुरु आप किस जाति के हैं।" उनके समय में इस तरह के प्रश्न पूछने का रिवाज था। प्रौढ़ ने बीड़ी का आखिरी कश लिया और फेंक कर चप्पलों से बुझाते हुए कहा— "मैं...मैं...मुसलमान हूँ—पर तुम—"

सरौता सिंह को इस उत्तर ने चौंका दिया था। अगर वो स्वर्ग में न रह आए होते तो अवश्य डर जाते। उनका शरीर बूढ़ा था लड़ने की शक्ति भी न थी, कोई उन पर हावी हो सकता था। वो सोच ही रहे थे कि प्रौढ़ ने पुनः प्रश्न किया— "तुमने अपने बारे में नहीं बताया।"

सरौता सिंह को उत्तर देना ही पड़ा–" मैं हिन्दू हूं।" प्रौढ़ ने मुस्करा कर कहा चलो हम कसम खाते हैं कम-से-कम हम एक-दूसरे से नहीं लड़ेंगे–हम दोनों एक दूसरे को बचाएंगे।"

सरौता सिंह को ताज्जुब हुआ–"एक दो ऐसे अभी भी हैं।" वे बुदबुदाए।

"बहुत देर हो रही है निकलने का कुछ रास्ता निकालना पड़ेगा"–प्रौढ़ ने दूसरी बीड़ी जलाते हुए कहा।

सरौता सिंह दंगों के विषय में सोच रहे थे। उनको प्रौढ़ की बात सुनाई नहीं पड़ी।

उन्होंने कहा– "कैसे बिना जातीय दुश्मनी के सिर्फ कौम के नाम किसी दूसरे को मारने के लिए मन में ख्याल आता है समझ में नहीं आता।"

प्रौढ़ ने बीड़ी का लम्बा कश लगाया और कहा–"अरे हिन्दू-मुस्लिम तो छोड़ो, अब तो हिन्दू-सिख दंगे भी हो जाते हैं।"

सरौता सिंह चौंक उठे–"क्या हिंदू-सिख आपस में विश्वास नहीं होता...सिखों का स्रोत भी तो हिन्दू धर्म से है। मेरे परिवार की लड़की सिखों में गई...मेरे रिश्तेदार ने अपना लड़का सिख बना दिया था–लगता है कुछ बिनों गें भाई-भाई ही लड़ने लगेंगे।"

प्रौढ़ ने निर्भीक स्वरों में कहा–"भाई-भाई भी तो लड़ रहे हैं जमीन जायदाद के लिए...थोड़े दिनों के बाद भाई रहेगा नहीं।"

सरौता सिंह ने आश्चर्यचकित होकर कहा–"क्यों भाई, क्यों नहीं रहेंगे?"

प्रौढ़ ने मुस्कुराते हुए कहा– "अब परिवार नियोजन के जमाने में एक या दो बच्चा होना है। जिसके एक लड़का होगा वो भाई का मतलब क्या जानेगा–जहां दो लड़के हो गए वे बहन का मतलब भी नहीं समझ सकेंगे।"

दंगाइयों ने वहां दंगा मचा कर सूनापन फैला दिया था। कुछ लाशें इधर-उधर पड़ी थीं...कुछ आहट चोट खाये हुए कराह रहे थे।

प्रौढ़ ने कहा– "अब चला जाए। लगता है दंगाई अपना काम करने किसी दूसरे एरिया में चले गए हैं। अब पुलिस भी आती होगी।"

सरौता सिंह प्रौढ़ के साथ छुपने का स्थान छोड़ बाहर आए। कराहते हुए आदमियों की तरफ वो जाना चाहते थे, ताकि उनकी सेवा सुश्रूषा का

प्रबन्ध करे, पर प्रौढ़ ने समझाया क्यों इस चक्कर में पड़ते हो...अगर पुलिस ने देख लिया तो तुम्हें ही पकड़ लेगी कि तुम दंगा कर रहे थे–कुछ नहीं तो गवाह तो बना ही लेगी फिर रोज अपना धंधा-काम छोड़कर, परिवार की आजीविका छोड़ कौन कोर्ट-कचहरी के चक्कर लगाएगा। मुकदमे, सालों तक चलते रहते हैं।

सरौता सिंह के बढ़ते कदम रुक गए। उन्होंने सोचा– "मुझे तो पृथ्वी लोक पर वापस चंद वर्षों के लिए ही भेजा गया है–पूरे मुकदमे तक रुक भी नहीं सकता।"

प्रौढ़ ने सरौता सिंह को ज्यादा सोचने का मौका भी नहीं दिया। वो घसीटता हुआ दूर ले गया दूसरी तरफ, फिर कहा–"मैं तुम्हें तुम्हारे घर छोड़ देता हूं।"

सरौता सिंह ने कहा–"नहीं मैं चला जाऊंगा। आपका शुक्रिया, आप जैसे भले मानस पृथ्वी पर बचे हैं, तभी शायद पृथ्वी लोक चल रहा है।" सरौता सिंह उदास मन के साथ घर वापस आ गए।

आज फिर सरौता सिंह बाहर निकले थे। आज भी अजीब किस्म का दृश्य था। लोग भाग रहे थे। दुकानें बंद हो रही थीं। कुछ लोग आते-जाते ट्रकों को लूट रहे थे। कुछ सोडा वाटर की बोतलें फेंक रह थे।

"ये क्या हो गया है, क्या सब लोग पागल हो गए हैं? शांति से रहते क्यों नहीं।" वो बुदबुदा ही रहे थे कि एक पत्थर उनके कान के बगल से सन्न से गुजर गया। बगल में पान की दुकान की ट्राली थी। पान वाले ने झगड़ा देख खट से उसे बंद कर दिया और ट्राली के नीचे आकर छिप गया। उसने अपने आप को बोरे का पर्दा लगा कर छिपा लिया था। सरौता सिंह जानना चाहते थे कि बात क्या है कहीं फिर कौमी दंगा तो नहीं हुआ पर कोई बताने वाला न था। "कौमी दंगे होते तो दो समूह होते लोग एक-दूसरे पर वार करते ये अजीब सा दृश्य है...एक ही समूह कभी कहीं लूट रहा है कहीं आगजनी कर रहा है"– सरौता सिंह दिमाग पर जोर दे रहे थे पर कुछ समझ में नहीं आ रहा था। सरौता सिंह को उत्सुकता भी थी ये जानने की कि ये सब क्या हो रहा है, क्यों हो रहा है। उन्होंने भी आंदोलनों में बढ़

चढ़कर भाग लिया था, जुलूस निकाले थे, मोर्चे निकाले थे पर एक आदमी ने जब इस लूटपाट को जन-आंदोलन बताया तो उन्हें विश्वास न हुआ कि आंदोलन का ये रूप भी हो सकता है।

एक जगह एक मोर्चे ने रास्ता बंद किया था। लोग जमा हो गए थे। जो रोके गए थे उसमें स्कूल जाने वाले छात्र, अस्पताल जाने वाले बूढ़े, दफ्तर जाकर जनता का काम करने वाले कर्मी, वॉटर-टैंक, एम्बुलेंस, काम-काजी महिलाएं आदि लोग थे। पहले सब भागम-भाग में थे इसलिए कोई सरौता सिंह को जवाब नहीं दे रहा था। अब जब मोर्चे वाले आंदोलनकारियों ने "रास्ता रोको" कर रखा था तो लोगों के पास समय था। गुब्बारे, चने, मूंगफली, भुट्टे बेचने वाले जाने कहां से प्रकट हो गए थे। रास्ता रुकने से उनका मार्केट पैदा हो गया था। जो रुक कर बोर हो रहे थे। उन्हें मन बहलाने के लिए चने, भुट्टे, मूंगफली बच्चों के लिए गुब्बारे आदि खरीदने ही थे।

एक आदमी ने सरौता सिंह को बताया–"भाव-वृद्धि के कारण बंद का आह्वान है।"

सरौता सिंह ने उत्सुकता बश पूछा–"ये आंदोलन का आधुनिकतम प्रयोग है।"

आदमी ने बताया–"हां, इसमें सब कुछ बंद रखे जाने का हुक्म वो पार्टी जारी करती है जिसे जनता में सर्वप्रियता हासिल करने या पब्लिसिटी यानी प्रचार करवाने की जरूरत होती है।"

सरौता सिंह ने पुनः पूछा– "क्या पेट और मन भी बंद करना पड़ता है।"

आदमी ने कहा–"वो कैसे बंद हो सकता है।"

"तो बाकी कैसे बंद हो सकते हैं?"

–"मुझे नहीं मालूम"– आदमी ने यह कह कर सोचा बुड्ढा सठियाया लगता है।

सरौता सिंह की उत्सुकता बढ़ती जा रही थी। आखिर लोकतंत्र क्या रूप ले चुका है, ये जानने की उनकी उत्कंठा बढ़ती जा रही थी। आजादी

की हद कहां तक जा चुकी है उसकी सीमा देखने को वे बेचैन हो उठे थे। थोड़ा झल्ला कर सरौता सिंह ने धीमे स्वरों में कहा– "समझ नहीं आता ये लोग क्यों अपना और दूसरों का वक्त जाया कर रहे हैं।"

"वोट के लिए-सत्ता पाने के लिए"–आदमी ने कहा।

"पर दूसरों को तंग करके क्या सर्वप्रियता हासिल हो सकेगी...क्या वोट मिल सकेगा...बजाय सेवा करके नुकसान पहुँचा कर सत्ता में आने की कोशिश करना कहां की बुद्धिमानी है, कोई बेवकूफ ही इन हरकतों पर वोट देकर इन्हें सत्ता में आने देगा।"–सरौता अपना वक्तव्य पूर्ण भी न कर पाए कि आदमी ने कहा–"हड़ताल में भी तो आम आदमी ही भुगतता है।"

"क्या ये सब करने से भाव कम हो जाएंगे?"

"ये सब करने से विनाश बढ़ता है, उत्पादकता कम होती है, भाव और बढ़ जाएंगे।"

"फिर इन्हें रोकता कोई क्यों नहीं?"

"जो रोकेगा वो जनता का दुश्मन कहलाएगा।"

इतने में पुलिस का दस्ता आया और उसने रास्ता साफ करवा दिया था।

सरौता सिंह आगे बढ़ गए। एक रेलवे स्टेशन था। जहां पर दो रेलगाड़ियां खड़ी थीं। बहुत से लोग उतर कर इधर-उधर घूम रहे थे। पटरियों पर लकड़ियों के स्लीपर और लोहे के बड़े-बड़े टुकड़े रखे थे। कुछ लोग पटरियों पर बैठे थे। इन्हीं कारणों से गाड़ी रुकी थी। यात्री परेशान थे। घंटों से खड़े थे। सरौता सिंह ने एक से पूछोगे– "ये गाड़ियाँ लगता है बहुत देर से खड़ी हैं?"

उत्तर दिया–"जाने कितनी देर और खड़ी रहेंगी।"

"क्यों?"

"रेल रोको आंदोलन है आज बंद का आह्वान है।"

"इन गाड़ियों में जो औरतें बच्चे...बूढ़े सब बैठे हैं वो कहां के रहने वाले हैं।"

"अपने ही गांव-देश के लोग हैं।"

"ये लोग क्यों यात्रा कर रहे हैं?"

"कोई इलाज के लिए जा रहा होगा, कोई शादी ब्याह में, कोई सरकारी काम से, कोई अपने व्यापार से, कोई पढ़ाई के लिए, कोई जनता के काम से, कोई इंटरव्यू।"

"यानी दूसरों के काम से भी लोग जा रहे होंगे?"

"क्यों नहीं।"

"फिर जब अपने ही देश के लोग हैं, अपने देशवासियों के काम से ही जा रहे हैं तो इन्हें तंग क्यों कर रहे हैं, इन्हें रोक कर इन्हें परेशान क्यों कर रहे हैं।"

"आंदोलनकारी सरकार का ध्यान आकर्षित कर रहे हैं जनता की तकलीफों का..."

"इस तरह जनता के ही एक अंग को घाव देकर...जिनको रोका गया है वो भी अपने ही हैं।"

इतने में एक देशी बम फटा और कुछ लोग आहत हो गए। चीखने चिल्लाने की आवाजें आने लगीं। सरौता सिंह भी बेहोश हो गए थे।

पता नहीं कैसे वो घर पहुंच गए थे। शायद बूढ़ा नौकर सनेही बाजार गया था। उसे भनक पड़ी कि बम फटा है। आहत लोगों को अस्पताल पहुँचाया गया है—ये उसने सुना था। वो अस्पताल इसलिए गया था क्योंकि सरौता सिंह वापस घर नहीं आए थे। उसे शक हुआ कि ऐसा न हो कहीं बम-विस्फोट में घायल हो गए हों। उसका शक सही निकला। उन्हें ज्यादा चोट नहीं आई थी। मूर्च्छा जरूर आई थी।

जब उन्हें होश आया तो सामने सनेही को पाया। सरौता ने पूछा—"राजन किधर है?"

सनेही ने बताया कि वो क्लब चले गए हैं। सरौता सिंह के दिल को ठेस लगी—"राजन को इतनी भी फुरसत नहीं कि दादा के घायल शरीर को देख सके...क्या ये वहीं उनका पुराना पोता है?"

सरौता सिंह परेशान थे। वो पृथ्वीलोक पर रह नहीं पा रहे थे। उन्हें पछतावा हो रहा था। क्यों सालों ईश्वर से प्रार्थना कर पृथ्वी लोक आए।

बेकार उन्होंने पचास साल गंवाए। पृथ्वी लोक में किसी को उनकी जरूरत नहीं है। फिर जिस आजादी के लिए उन्होंने जान दी—क्या यही पाना था?

सरौता सिंह से रहा न गया। वो ईश्वर को मुंह दिखाने के काबिल स्वयं को नहीं समझ रहे थे। उन्होंने खुदकुशी कर ली थी।

उनकी आत्मा स्वर्ग में प्रवेश न पा सकी, क्योंकि उनको जो अवधि बाहर रहने को दी गई थी उससे पहले वो आना चाहते थे। उनकी आत्मा भटकती रही, स्वर्ग में वापस जाने के लिए!

●●●